U0459372

在季风中逆行

王文泸散文随笔集

王文泸 著

累君青眼阅，
恕未把名签。
或恐一朝弃，
飘零曲巷间。

作者心语

青海人民出版社

图书在版编目（CIP）数据

在季风中逆行 / 王文泸著. — 西宁：青海人民出
版社，2014.9
ISBN 978-7-225-04785-0

Ⅰ.①在… Ⅱ.①王… Ⅲ.①散文集—中国—当代
Ⅳ.① I 267

中国版本图书馆 CIP 数据核字（2014）第 210012 号

在季风中逆行

王文泸　著

出　版　人　樊原成

出版发行　青海人民出版社有限责任公司
　　　　　　西宁市同仁路 10 号　邮政编码:810001　电话:(0971)6143426(总编室)
发行热线　（0971）6143516/6137731
印　　刷　兰州人民印刷厂
经　　销　新华书店
开　　本　720mm×1010mm　1/16
印　　张　22.25
字　　数　200 千
版　　次　2014 年 9 月第 1 版　2014 年 9 月第 1 次印刷
书　　号　ISBN 978-7-225-04785-0
定　　价　45.00 元

版权所有　侵权必究

在季风中逆行（自序）

从散文随笔选集《站在高原能看多远》出版，瞬息10年过去，回眸一望，时光模糊，竟想不起做了些什么。唯有这些散篇断章，如踏雪鸿踪，印成指爪，成为对时间的一串记忆。

还如以往，我的写作，无计划，无目标，随兴所至，有感则发。有几个原因使我没有扔掉手中的笔，也未敢以马虎的态度对待笔下文字。

活到这一把年纪，眼界自然宽了点，想的问题也多了点，日积月累，脑子里自然沉淀了一些所谓"思想"的东西。对于生活，固然也看到它的美好，但探究和质疑的意识重了。写作就是探究和质疑的方式之一，我从中获得更多的精神自由。从总体上看，几乎所有的人，在现实世界里都是被动的、被制约的，而一旦进入写作，则变得无比主动、活跃和富于创造性。

生活每天在变，在最近的几十年里开始加速。如坐过山车，令人兴奋，也令人不安。兴奋的缘由已被人们热烈地和重复地强调，不安的原因则常常被轻描淡写。在我眼里，万马奔腾与万马齐喑同在，缤纷与暗流并存。对于某些看似冠冕堂皇实则不可理喻的变化，我以蚊虻之音呐喊一声，虽不能改变潮流于万一，对于自己却是快意。

还有一些东西，比如某些所向披靡的价值观，以及某种风气，时代往往来不及对它们作出理性的反应，它们已然成了气候，成了左右人们生活目标的力量，如同强劲的季风，挟裹着人们前行。一个不甘心被挟裹的人，顶着飘忽不定的风，秉持自己的信念，走自己的路，在对风的抗拒中品味着内心的坚韧，增添了一点充实感。像我这样的人其实还有，只不过有人把自己的态度诉诸文字，有人没有，只是默默地迎风而行。

每个人都有与众不同的心路历程。我所感受到的一切，对别人来说也许是陌生的、新鲜的，我把它写出来与读者分享，也是一种快乐。

自己经验过的事情别人也许同样经验过，但所见各不相同，我把自己的感受写出来，碰巧有过这种经历的读者看到了，就进入了交流。世界上没有两片相同的叶子，每个人都自成一个世界，都对生活有着独一无二的理解和把握。无论是"有闻蚁斗，不闻雷鸣"，或是"有见蚊睫，不见昆仑"，都是合乎情理的个性化存在。我把自己对生活的理解告诉别人，不欲强加，但求共鸣。"嘤其鸣矣，求其友声"，这差不多是每个写作者的初衷。

网络当然是最便捷的交流工具。有段时间我也迷上了网络，开了博客。心想，借助网络，我的声音可以传得更远，参与交流的对象可以无限扩大。但很快发现，对我来说，这是一种十分累人的交流方式。桑榆之光，理无远照，我时髦不起。还是老老实实回到纸上吧。

即使读者不去看我发表在纸上的东西，我也需要和自己的内心交流，我在笔下实现了这个目的。写作的人可能都有这样的体会：对于自我以外变化着的一切，虽然时时有所感悟，但一般来说都是随机的、朦胧的、零碎的或是偏颇的。写作的过程就是自己和自己较劲的过程：质疑自己或是鼓励自己，反驳自己或是说服自己，矫正自己或是补充自己。在这个过程中，朦胧可能变为清晰，零碎可能变为完整，偏颇可能变为公允。但也有可能最终劳而无功。在这样的折腾过程中，我饱尝写作之苦，也享受写作之乐。

我没能放下写作的另一个原因是"技痒难熬"。一个人一旦掌握了方块字的堆垒技术，很容易成瘾、成癖，这跟有些人打麻将成瘾是一个道理。每有所得，必欲命笔。而一旦进入写作，很快会被汉字排列组合的妙趣所陶醉，甚至于沉溺其中不能自拔。越是如此越会发现，汉语艺术境界之高妙，如一条风光无限的小路，看近处，繁花迷径；望远处，山影重重；入之愈深，所见愈奇，却永远走不到尽头。

会有一天，由于文思枯竭或精力不敷，我会放弃写作。到那时，我会把写作的欲望打成一个包袱，垫到枕头底下，让它陪伴着我的梦，叫做"跛者不忘履，瞽者不忘视"。

王文泸　2014 年 3 月

第五辑　　乡村的微笑与叹息

第六辑　　有缘为人做嫁衣

第七辑　　小品也是大心情

第八辑　　世博花絮

第一辑 大地苍茫

在季风中逆行

中华水塔三江源

青海的山

金子般的黄土

好山好水好风光

古红柳：活下去的理由

古红柳保卫战

中华水塔三江源
（2010 年上海世博会青海展馆主题陈述）

家谱：细小与伟大

当格拉丹东雪峰下缘倒挂的冰柱上一滴晶莹的水珠嗒然落地后,它的性质发生了变化。它不再是简单的氢二氧一的化合物。它与大半个中国的所有生命有了联系。它开始了奔向大海的万里长征。它具有了催生城市的能力。它的情绪影响了全流域城市的百代兴衰史。

这里是青海三江源,亚洲三大江河的发源地。黄河、长江、澜沧江的胚胎受孕于天地之精华、日月之灵气;成形于冰峰雪岭的怀抱。落地后它们就在宽谷大泽之间蛇行龙伏,蓄势聚能,积微末为大渎,终成矫矢不凡的神龙。

长江发源于格拉丹东雪峰,经青海高原、川西高原、华南腹地、华东平原流入东海;黄河滥觞于巴颜喀拉山主峰,经青海高原、黄土高原、华北平原,由胶东半岛归于渤海;澜沧江起家于唐古拉山北麓的一脉细流,它一路炫耀似的变换着名片上的不同身份：扎曲河、澜沧江、湄公河、湄南河。在中国境外流经缅甸、老挝、泰国、柬埔寨、越南，进入南海。

青海不仅仅是它们的摇篮，也是它们迈开巨人步伐的地方。长江、黄河和澜沧江在青海境内的流量，分别占它们各自总流量的 49%、25% 和 15%。三条重要的江河，源头竟如此接近，这在世界上绝无仅有。

三江源总面积 36 万平方公里，占青海的一半，相当于两个山东省或三个浙江省。

中国人自古以来就对三大江河的源头充满了神秘的猜测和无穷的疑问。"黄河之水天上来"——李白的天才想象，把诗的意境叠印在 1 300 年后科学调查的结论上。

在这块世界海拔最高的天然湿地上，1 800 多个湖泊星罗棋布，竟占了中国湖泊总数的近一半。湖泊与雪山、河流一起，结盟成一个天造地设的华夏供水系统。

这里是名副其实的中华水塔。

身世：滋养华夏的乳汁

人类所有的文明都离不开河流。从长江、黄河、澜沧江到尼罗河、底格里斯河、幼发拉底河，每条大河都是人类文明的摇篮。在中国人心目中，三大江河就是孕育华夏 5 000 年文明的母亲河，是大半个中国的生灵万物赖以生存的血脉。它们在民族文化心理上有着不可替代的象征意义。

三大江河流经之地，有了风吹草低见牛羊的金牧场；有了黄土高原的灌区和华北平原的千里沃野；有了长江三角洲的富庶和江南山水的秀丽。

三大江河催生了城市文明。中国80%以上的通都大邑,都是依傍着三大江河而建。航运、码头、商业重镇、叹为观止的古老灌区,都是三大江河的活力与民族智慧嫁接出来的文明硕果。

在三大江河流经的地方,形成了瑰丽多彩的文化走廊。在北方,想象奇绝的昆仑神话,灿若云锦的彩陶文化和史诗式的草原文化,都源于黄河及其支流提供的精神原动力和物质基础;而南方城市的丝竹之音、园林之情,无不闪烁着水的影子。无论是"大江东去"还是"在水一方",所有的灵感无不来自江河的灵性对艺术家智慧的点化。

三大江河还赋予中华民族多样化的精神气质。北方民族宽广的胸怀、质朴的作风近似黄河;江浙民众含蓄、温婉的品格,恰如长江支流的含情脉脉;而桀骜不驯的澜沧江劈峡削谷、所向披靡的勇力,又塑造了这个流域人民坚韧不拔的超强生存能力。

警钟：中华水塔告急

2001年7月的一天,位于长江之尾的上海浦东新区,一个即将开盘的楼市交易所里,万头攒动。精明的算计和兴奋的选择张扬着城市的活力。

而在同一天,位于长江之源的青海省曲麻莱县,一个姑娘穿上了裙子,成为这个高处不胜寒的小县城有史以来夏季头号新闻。

这两件事情相隔万里之遥,看似风马牛不相及,其间却潜伏着一个内在的逻辑联系:姑娘的裙子对拥挤在楼市交易所里的人来说是个不祥之兆。

裙子意味着三江源头的气候正在变暖!在长达三千多万年的岁月里岿

然不动的雪山冰川开始悄悄地"瘦身"。

三江源曾经是一个超稳定的生态循环系统,也是世界海拔最高的生物多样性集中地区,被称为"生态处女地"。白雪皑皑,河流纵横,森林密布,草木葳蕤,羽族炫翎,蹄类竞骄,万类霜天竞自由。阳光、雪山、湿地、河流和生灵之间交换着能量,也交换着诚信,共同维系着最流畅的供求关系圈。

这种旷古未移的平衡格局在离我们最近的这个世纪被打破。地球气候变暖,冰川开始退缩。人口和畜群持续增长,草原不堪重负。交通的畅达和砍伐技术的进步,使森林变得像待收割的庄稼一般脆弱。采挖沙金、采集冬虫夏草等生产经营活动,又以前所未有的力量加剧了生态的破坏。短短几十年里,森林消失,湿地缩小,河流干涸,湖泊减少,土地涵养水分的能力下降,草原以每年数十万公顷的速度在沙化。鼠兔猖獗,成为牧人的心腹大患。

源头之变,祸及整个流域。三大江河中下游地区旱涝灾害开始频繁。1998 年,长江三角洲发生亘古未闻的特大洪灾,险些吞噬了华南华东,中国被震动,世界也被震动。

而人类依然在局部利益的博弈中竞赛着智慧。

2004 年,一份金资源勘查报告中赫然写着:曲麻莱"又发现金矿体 11条,初步估算金资源量 18 吨……"

冬虫夏草在国内外市场的价格以难以置信的速度飙升,2008 年 7 月,北京同仁堂的虫草价格达到每 500 克 22 万元人民币, 比黄金的价格还要贵出许多。

疯狂的需求,对三江源的生态意味着什么,是不言而喻的。

沉浸在现代物质文明成果幸福中的人们,很少想到,物欲的无止境膨胀,已成为对三江源最危险的破坏性力量,没有注意到万里云天之外那一片高大陆上频频亮起的生态红灯。

有识之士看到了灾害的实质:"请不要因为 1998 年发生的事情诅咒长江。其实长江何辜?假如那茂密的森林保存如初,假如早年在长江上游全面实行禁采禁伐,假如没有平均每年 6 亿吨的泥沙滚滚而下,那场洪灾从何而来?"

在黄河流域则是另一番景象。

曾经"咆哮万里触龙门"的黄河早就没有了咆哮的力气。支流的枯竭,水量的减少,无数电灌站的抽取,使它变得羸弱不堪。1972 年 4 月 23 日,山东境内的黄河竟然断流。这个消息在当时是那样令人难以置信,不啻某一天醒来后发现太阳没有按时升起。

但噩梦刚刚开始。此后的 20 年中,黄河在多个省区发生断流,最严重的一次,时间长达半年多。万古不竭的波涛消失了,裸露的河床上,车马,行人,拖拉机,在初见天日的河底乱石间寻路穿行,踩出条条大道。

大自然的恶作剧还在继续。2000 年,媒体又爆冷门:"守着黄河源头没水喝——曲麻莱县成了缺水县"。盖因源头地下水位下降,曲麻莱县城里打不出井水,居民的饮用水全靠水贩子从远处贩运供应,每桶(约 14 公斤)售价 5 元,相当于广州市水价的数十倍。

任何一个稍具想象力的人不难明白,假如三江源的生态系统彻底崩溃,冰柱上嘀嗒有声的水珠消失,那将意味着什么。那不仅是全流域的水电厂停转,船舶搁浅,也不仅是灌区荒芜,城市发臭。那将使城市和它创造的一切文明成果化为乌有,是中国、东南亚的灭顶之灾。

而整个地球村呢,可保无虞吗?

中国已成为全球 13 个缺水国之一,人均水资源占有量仅为世界平均值的八分之一。中国 600 多个城市中,400 多个城市供水不足,其中 100 多个城市严重缺水。

为了喝上干净的水，又不得不付出昂贵的成本，使用复杂的技术处理。由于地表水和内陆河的污染，北京、上海、广州等城市的饮用水，要经过至少 13 道程序的沉淀、净化和消毒，才能进入消费终端。

显而易见，为水困扰的生活，无论多么现代，都不可能有真正意义上的美好。

城市引领着全社会的生活模式，示范着现代生活一切美好的内涵。但在今天，任何城市的发展，任何美好生活目标的实现，都不能也不敢离开生态安全因素孤立地考虑。水是生态安全中第一位的因素。而三江源，是中国大陆上对生态"最敏感的一块皮肤"。可以毫不夸张地说，三江源的命运，决定着大半个中国和东南亚城市的终极命运。

皮之不存，毛将焉附。但愿大自然一再耳提面命的这个真理不再被人类遗忘。

理性回归：拯救与希望

善待自然就是善待我们自己——这个观念终于作为历史的一大进步，被社会的主流价值观所接受，并在决策层面上被肯定。

这是人类在危急时刻的觉醒。我们必须回归——回归到一个曾被三江源的先民们所恪守的基本价值观上去，那就是敬畏自然、尊重自然，在向大自然索取的同时勿忘回馈。

这是观念的后退，又是理性的大踏步前进。人和自然的关系重新被审视、被定位。毫无疑问，人类必须从自然征服者的角色心理中摆脱出来，回到自然之子的角色。

在生态问题上历史走了很长的弯路。所幸今天的三江源还能为亡羊补牢提供足够的机会。

2000 年 7 月,中国生态史上一个具有里程碑意义的新闻事件发生了:长江上游通天河畔,一座石碑巍然耸立。"三江源自然保护区"从此把 31 万平方公里的土地纳入中华民族关切的目光之下。

青海省确立生态立省的战略,是事关国家生态安全大局的明智之举。省政府痛下决心:"今后在三江源地区不提工业化口号,不考察 GDP 指标。"

江河源头的所有县域全面禁采砂金,部分地区禁牧还草。曾经长期依赖资源开发维持财政的青南各县,如今面临增长方式的转变。

退耕还林(草)政策实施以来的 7 年中,27 万亩山地农田告别了犁铧和镰刀,在阳光雨露的抚慰下期待着林木和绿草的覆盖。改变了生产方式的农民由国家给予经济补偿,这是一笔很大的投入。

为了给草原生息的机会,"生态移民"工程作为一项重大决策提上省府的议事日程。在政府的苦心动员和周到安排下,唐古拉山的第一批移民把深深的恋乡之情打进行囊,挥泪告别雪山、牧场和牛羊,搬迁到戈壁新城格尔木,开始了全新的生活方式。这是脱胎换骨之痛,但为了大局必须如此。这仅仅是整个三江源综合治理计划中做"皮试"的那一部分,在地域更为广阔的青南牧区,牧民们经历着同样的人生转换。

如果说,过去为了摆脱贫困,青海省曾经以牺牲环境、破坏自然为代价寻求发展的话,那么今天的青海,就是以宁愿放缓发展速度的决心来保卫母亲河,保卫中华水塔。

世界：三江源对你呼唤

牧民们将草原还给了自然，变成了准城市人。但草原依然是他们梦中永远的家园。2006年，曲麻莱县一位牧民按捺不住思乡的渴望，从县城骑马去探访他离开了3年的牧场。他费了老大功夫才根据山川提供的一些参照物，认出了自家那片夏季牧场。但他还是怀疑自己的眼睛：原先那片被干旱和鼠害破坏得满目疮痍的草场，如今被青翠的牧草覆盖。大自然自我修复的能力让他惊叹："天哪，我快要认不出你了！"

这也许只是一则特殊的个例，三江源生态的恢复远非如此简单。人工增雨作为国家实施三江源综合治理的重要内容，已经持续多年。巨额的投入让人们看到了生态改善的明确曙光。2007年，玛多县干涸了多年的湖泊河流重现粼粼波光。由于黄河断流而沉寂下来的两座小水电站，重新响起了水轮机的欢唱。

环保、生态这些原先只停留在纸面上的概念，越来越成为全社会的自觉。1999年3月，西宁街头五千多名青年开展的"保卫母亲河"行动，喷薄着青海人民保护生态、保卫三江源的强烈愿望。

拯救三江源的行动中有了民间力量的参与。尽管弱小，却对全社会有着巨大的启示意义。1986年夏季，当全中国的球迷为墨西哥世界杯而狂欢的时候，大胡子青年杨欣却在悄悄地组织环保志愿者。他创办的民间环保组织后来在三江源建立了闻名遐迩的索南达杰自然保护站。他们做的工作之一，就是连续多年在三江源头的冰川下缘打桩做标记，测量冰川退缩的准确数据。

2006年，藏羚羊入选奥运会吉祥物，这不仅因为它卓越的禀赋恰恰符合更快、更高、更强的奥运格言，而且昭示着三江源生态在国家民族心目中的分量。

藏羚羊,这青藏高原的精灵,造化的杰作,曾经在无情的追杀下淡出人们的视野多年,而今,种群数量明显增加。它感知到了人类的友善,不时漫步在三江源的公路沿线,让久违它的人们惊喜莫名。

但是拯救三江源的路还很长。它期待着在更广阔的时空范围里矢志不渝的努力,它考验着一个民族在发展问题上的智慧和眼光。

为了今天,也为了我们的子孙后代能够呼吸到新鲜的空气,喝上干净的水,用上放心的食品,无论是住在江之头的我,还是住在江之尾的你,都属于一个谁也离不开谁的利益共同体。

一个神圣的目标呼唤着我们:

拯救第一滴水,决不让它变成最后一滴水,变成人类的眼泪!

尾声:最后的净土

以人类今天拥有的技术手段和物质力量,也许可以再造一座北京城、上海市,可以在茫茫宇宙建造更多的卫星空间站,但人类永远无法复制三江源头的第一滴水。

不仅如此,三江源特殊的精神价值,正在被高度发展的现代文明所认识。

尽管工业文明已在三江源打下了扎眼的印记,但还没有来得及把这片净土改造得面目全非。它依然是最接近历史真实的地方。走近了它,就等于走近了历史,走近了人类的童年。

回归自然,缓解文明造成的内心冲突,是现代人共同的精神诉求。

　　三江源超凡脱俗的博大空间,是患有城市综合症的现代人释放心灵重负的理想家园。是放飞想象、在与大自然神交心合的状态下体验生命愉悦的伊甸园。人们怀着近乎朝圣般的审美心态走近它,也是在寻找灵魂深处最真实的自我。

　　三江源,是造物主为这个喧嚣拥挤的现实世界预留的精神后花园。

2008 年 10 月

　　注:此篇与王贵如、王湘江合作。

青海的山

　　青海是个多山的省份。青海的山远比青海本身有名。许多青海人在沿海内地都遭遇过相同的经历：人家问你来自何方，你言明来自青海，对方常会有片刻茫然，或者以为你说的是青岛。但如果你提起昆仑山、巴颜喀拉山，则会得到明确的肯定："哦，知道知道。小学地理课本上学过的。"

　　与三大江河相对应而存在的，是青海那些著名的大山。它们不仅构成了青海基本的地貌特征，也承载着俗众对于时空的想象——极地。西陲。凝固的岁月。地老天荒。高处不胜寒。手可摘星辰。等等。

　　假如从太空俯瞰青海，就会发现，青海境内有三条突起的皱褶由西向东横贯全境，向境外延伸。

　　北部是高耸的祁连山系。西起与阿尔金山相连的当金山口，一路逶迤向东，直抵宁夏的六盘山。除了昆仑山系，国内没有比祁连更长的山系。

　　祁连山系是造物主为了体恤干旱少雨的青海西北部地区而设置的天然长城，它阻挡了来自塔克拉玛干沙漠和巴丹吉林沙漠的季风，使青海境内的牧场、丛林和农田得以存活下来。

祁连山系愈是向东,分支愈多。横亘百里的赛什腾山、柴达木山、疏勒南山、托来南山和我们熟悉的那一段祁连山,看似卓然独立,其实都是这个庞大山系的分支。大的支脉又分出小的支脉(或叫余脉),支脉愈小,人们对它的熟悉程度愈高,比如岗什卡达坂、门源达坂、仙米达坂、互助北山、冷龙岭等。

人类号称万物之灵长。但为生理条件所制,在大自然面前目光如豆,很难得窥全豹,偶尔攀上它的一条细枝碎蔓,就会惊呼:"天啊,真大!"

青海中部是昆仑山系。横行2 500余公里,被称为"亚洲的脊柱"。它发端于帕米尔高原,横贯青海,向东南方倾斜下去,直抵川北。它一路跌宕起伏,以扇形展开,时有高峰突起,形成相对独立的大山:布尔汉布达山、鄂拉山、阿尼玛卿山、西倾山。仅西倾山又分出许多支脉,那就是青海人都熟悉的拉脊山、青沙山、积石山等。但人们很少知道这些山的父亲和爷爷是谁。

雄峙在青海南部的,是天下人都知道的唐古拉山和巴颜喀拉山(东段)。它们是青海与西藏、与四川的界山。

来青海游览的内地人,会毫不费力地用许多时髦的或古典的词语赞美这里的江河、湖泊、牧场、云天和油菜花,但对于青海的山,往往不能置一词。因为它们太大、太复杂、太神秘、太难以概括。它们给人类造成的渺小感剥夺了与之交流沟通的心理基础。1985年夏,文坛大腕、年逾古稀的陈荒煤来到昆仑山下。下得车来,踉踉跄跄往前奔出数步,大喊一声:"昆仑,我来了!"随后匍匐在地……

这是陈老先生面对昆仑山说出的唯一一句话。先生乃卓然大家,非拙于言,非贫于词,但此时此地,所有言词失色,万般感受无法道出。

青海的大山摄人心魄,不独因为它们摩天凌云,绵延千里,更因为它们傲视万物的气概迫使别的一切"伟大"归于渺小。你愈是走近它们,愈会感觉自己身同蜉蝣,声似蚊蚋,极易体会"望天地之悠悠,独怆然而涕下"的绝望。

假如你站在昆仑绝顶东望华夏(暂且忽略地球弧度和目力极限两个因素),你会看到,称为五岳之首的泰山小如拳石;而西岳华山也不过像个盆景或假山而已。

青海的大山少有植被。与内地的名山大川相比,青海的山缺乏亲和力。显然,它们只接受尊崇,不想和人类过于亲近。它可以允许低级生灵在它怀抱里徜徉、肩膀上奔走,但拒绝接纳人类。它深知人这种动物的可厌。如果接纳了他们,他们就会在它头上兴工动土,镌刻题写,喧哗闹腾,吃喝拉撒,永无宁日。它们用缺氧遏制了人的欲望。对于试图超越雷池者,仅示以头痛胸闷、脸面青紫、肌体无力,就足资惩戒,使人望而却步。

缘于此,青海的山总是本色的、干净的和无装饰的。

青海北部的山多悲壮色彩;西部的山多神话色彩;南部的山多宗教色彩。

走近北部的大山,不由得会想到胡笳、狼烟、"惊沙入面,利镞穿骨"的战场;想到那些与伟大理想或民族责任有关的慷慨悲歌。

"青海长云暗雪山,孤城遥望玉门关。黄沙百战穿金甲,不破楼兰终不还。"王昌龄笔下愁云黯淡的雪山,就是指祁连山的中段,那里离玉门关最近。而紧挨着祁连山东段的,则是岳飞寄托了悲壮理想的贺兰山。

"唱起激情的花儿/我心中常有花的草原/捧起英雄的传奇/我面前常有雪的祁连。"北京诗人韩翰所说的英雄传奇,就是上世纪30年代,红军西路军在风雪祁连遭遇的惨烈战事。

不敢走近祁连山。

青海西部的昆仑山自古被尊为"万山之宗""龙脉之祖""天帝下都"。地位崇高得无以复加。它还是中国神话的摇篮。嫦娥奔月、白蛇传、西游记等神话故事都与它有关。西王母、瑶池、结满珍珠美玉的仙树、道教混元派的洞府，还有驾高车、御神骏，远道来访的西周天子穆王，给后人留下了无穷的遐想。《山海经》和《禹贡》中对于昆仑山简约至极的记述，害得专家学者们寻章摘句，考证无已，试图用连篇累牍的文字还原出那一段瑰丽而迷离的时空。

青海南部的大山被神秘的宗教气氛所笼罩。这里，无一座高山不是神山，无一处湖泊不是圣湖。且不说唐古拉山、阿尼玛卿山、年保玉则山都是传说中天神的化身；无数与之毗邻的山峰，也都是有名有姓的神祇驻跸地。

宗教信仰使南部大山的原始面貌定格了多少个世纪，现代工业文明的步步进逼也未能彻底打开那里的山门。

青海西部和南部的山对于中国这个缺水的国度，是宝贵的水源涵养地。众多雪峰、冰川、湿地一起，养育了中华民族的母亲河。如果没有这些大山，西北和华北中部、华南和西南全境，将和塞北大漠有着相似的地貌。

青海北部的山多为童山秃岭。它们一直在考验着人类"再造秀美山川"的能力。谚云：十年树木，百年树人。而在这里，休说十年，百年的树也未必成材。以西宁为例，植树造林的努力已经坚持了半个多世纪，几代人前赴后继，费尽移山心力。终于，南北两山裸露不毛的地表被绿色覆盖，小心呵护了数十年的幼苗，小者粗仅拱把，大者差可合抱。入夏，这里绿荫蓊郁，鸟雀鸣噪，俨然连片成林。据此，人们有足够的理由陶醉于自身的创造能力。然而，登上飞机从高空俯瞰，呀，荒山无涯，旱垣连绵，人造林仅为大地身上的一撮毛而已。至此，人们才明白，人定胜天这句口号，是当不得真的。

众所周知，青海的大山成型于青藏高原隆升的年代，是地球内力碰撞挤压的结果。但青海境内还有一些较小的山丘，与上述地质成因无关，它们是

风和水的柔　软与大地的坚硬长期较量的结果,比如丹霞地貌和雅丹地貌。

丹霞地貌犹如桂林山丘飞来旱地,又似火烧云落地生根。它的主要成分是红色沙砾岩。在雨水或雪水的缓慢侵蚀下,沙砾岩中的石灰质和碳酸钙逐渐分解,松动部分不断垮塌,留下了千姿百态的赭红色山岩,簇立如柱,仰望蓝天。

走近丹霞地貌,如果你的思绪超越了审美愉悦这个层面,如果你懂得了它们的来历,那么,驻足流连之间,你会悚然心惊。它们把恒久与短暂两个概念置于一处,对比给你看,尖锐得无可回避。

一位地质工程师陪我去坎布拉考察丹霞地貌。他如数家珍般介绍道:"喏,您瞧,咱们眼前这座山峰,通高 27.5 米,有八万三千多岁了。再看它东侧那一座,通高 32 米,它有十万六千年的山龄。"

我有点怀疑:"说得这么具体!有科学依据吗?"

"当然有。要知道,它们原先并不是山峰,而是山麓前的旱垣。土壤中的易融部分平均每年被雪水带走 0.3 毫米,根据这个速度,切割出一座 32 米高的山峰所需要的时间不就算出来了吗?这个方法很科学。"

听了这话,我一时哑然无语。人生极限不过百年,与面前这个十万六千岁的"丹霞老人"相比,短得可以忽略不计。在无数和我一样走近过它,触摸过它的生命灰飞烟灭之后,它还是它,脸上甚至不会多添一道皱纹……

这么一想,顿觉人活一世,草活一秋,太多的患得患失甚为无聊。

与丹霞地貌的成因截然不同,青海西部的雅丹地貌,形成原因与水无关,那是风的作品。雅丹地貌也称风蚀残丘。在极度干旱的瀚海戈壁,来自中亚的季风由西向东,锲而不舍地剥蚀着寸草不生的地表,土壤中较软弱的成分一再妥协,随风远扬,留下来一丘丘坚硬的栗钙土,连绵起伏,和风做着永远的抗争。极目望去,这些风蚀残丘似猛兽蹲伏,宫阙林立,又如战舰列队,疑兵布阵,电讯静音,号令不发。忽而风动沙起,丘阵内异响呼啸,怪声隐约,森然可怖,"魔鬼城"由此得名。

水和风,是世界上最柔软的两样东西,但时间之手把它们变成了万年不钝的雕刀,最终完成了丹霞地貌和雅丹地貌两件杰作。

从人与自然的精神联系看,青海的山,适合于被一些特殊的人群深度感应。他们是虬髯飞动、执戈戍边的猛士;以国为家的伟丈夫;神游八极,参悟天地真理的哲人和思想家;孤标傲世的诗人;敢以性命作抵押的探险家。不适合以下人等欣赏:未成年人,娇弱女子;身高五尺而无男子气的小男人,被舒适的城市生活彻底异化的白领;擅写脂粉气作品的作家诗人。

君不见夏季的青海草原,游人如织,有几个人真正凝望过青海的大山?

青海的大山一如既往地沉默着,它的内心永远深不可测。

2010 年 10 月

金子般的黄土

一

除了水,黄土就是这个星球对人类最大的恩赐。

不能想象,如果没有黄土,粮食怎么生长。运用营养液和无土栽培技术,也能成功地种出麦子和蔬菜,但那是大棚里的成功,无法养活众多的人口。

青海虽说地域广袤,黄土却不富裕。有着厚实覆盖层的地方还不到全省总面积的三分之一。主要分布在境内的黄河、湟水流域,还有共和盆地、都兰盆地。质地优良的黄土从青海东大门一直铺到日月山下。青海百分之八十的人口依附着黄土而繁衍。数千年来,飘荡的炊烟,翻滚的麦浪,传唱不息的歌谣,都是从黄土地生发出来的。

在两河河谷地区,以阶梯结构分布着大大小小的黄土台地,多达7级。这些台地,有些得到河水的滋养,成了有名的灌区,是青海的粮仓;有些无缘灌溉,全赖雨水的恩赐,成了旱作植物不稳定的根据地。

河湟谷地的黄土台地,也叫河水沉积平原,形成于距今约两百多万年的第四纪,是最适合于种植的沃土。土层最厚的地方,挖下去 10 丈是黄土;挖下去 20 丈、30 丈,还是黄土。

黄土就像海绵,为植物根系蓄积水分和营养。

攥一把这里的黄土,仔细看看,它松软,但不松散;有黏性,但不黏滞。这样的黄土不仅适合于稼穑,也适合于挖窑、筑墙、脱坯、烧陶和制砖。

如果以河流的走向为轴线,往两侧延伸,就会发现,离开河流越远,土层越薄。或者换句话说,黄土的厚度与海拔高度成反比。这一点,无需专业人员论证,我们只看一个简单事实,就能明白:看农村传统庄廓院围墙的高度。河谷地区的围墙都打得高,离河流越远的地区,围墙越低。不仅如此,河谷地区的围墙光洁、硬实,屹立百年而不坍圮;而在浅脑山地区,很少见到这样的高墙大院,不仅因为这里土层薄,土质也比较粗糙,黄土成分不如前者纯净,含有较多沙砾,难以把墙打高,是比较贫瘠的土壤。

二

用黄土烧制陶罐,是里程碑式的技术发明。大约在距今 4 000 年前,湟水河中游,先民们借水的便利,就地取材,抟土造型,烧制陶罐(那时湟水两岸森林茂密,烧柴不成问题)。几个世纪过去,烧陶技术日益成熟,规模日益扩大。陶罐极大地改变了原始生活方式。人们用陶罐舀取泉水,炖煮食物,盛储粮食,也把它作为最主要的随葬品(说不定还用它做嫁妆呢)。精美的彩陶,成了当时技术含量最高、用途最广泛的生活用品。但不知什么原因,黄土造就的这一段辉煌文明,后来又被黄土掩埋了,埋得干净彻底。在此后的很多个世纪,这里只见高阜秋风,草枯草荣;阡陌纵横,麦青麦黄。仿佛什么也没发生过。直到上世纪 70 年代,一个偶然的机会,在乐都柳湾,发现了这个宝藏。随着两万多件彩陶陆续出土,世界考古界被震惊。很快,一个被学术界普遍认可的结论产生:这里是迄今为止世界上最大规模的原始社会氏族公共墓葬群。

但是正如青海俗语所说:"干啥的务啥。"考古界只说考古的话,并没有去思考陶罐产生的另一种划时代意义。这一点,被考古界以外的人发现了。医学专家张建青认为,陶罐的出现,是人类智商由低级阶段进入高级阶段的一个分水岭。陶罐出现之前,人类和其他动物一样,基本在吃生食。陶罐为人们提供了把食物煮熟的条件。食物一经煮熟,营养成分更容易被吸收,大脑的发育更加完善,创造能力由此突飞猛进,人类文明成果的产生从那时开始加速。

这是黄土的功劳。

三

人们习惯于用"贵如珠玉"或"贱如粪土"来形容某种东西的价值。

比起珠玉,黄土是不值钱。但没有珠宝金玉,日子照样可以过下去,没有黄土则不行。

在河湟谷地的农业区,黄土几乎涵盖着生活的基本物质形态。除了种植粮食蔬菜,还用黄土来筑墙、脱坯、盘锅垒灶、烧砖制陶、垫圈打炕和铺路。这里的人一生与土为伴,在生命的终点,一抔黄土又是接纳灵魂的最后驿站。

在化肥出现之前,粪肥是种植庄稼蔬菜的唯一肥源。人畜粪便随时要用黄土苫盖,黄土是吸纳性极佳的敷料,它消解了粪便的臭味,而它自己渐渐沤成浓酽的粪肥。送到田里,经过复杂漫长的生物营养合成过程,腐朽化为神奇,臭秽变为美味。这种美味今天不容易享受到了,单纯由粪肥种植的粮食蔬菜,成了餐桌上的稀罕物;把它作为日常食物,是某些特殊人群的专利,对于普通人群,则是个梦想。

经过一春一夏的雨水浸润和阳光曝晒,粪肥再次还原成干干净净的黄土,再次被人们运回家中,垫圈、和泥、抹房,或是脱坯、打墙,如此往复循环,以至无穷。黄土被造物主赋予奇妙的魔力,不断地分解、还原、再分解,以此来满足人类世世代代的需求。

在这个星球上,没有一撮黄土是多余的,也没有一撮黄土是一次性的。

混凝土的出现,是建筑史上划时代的技术突破,它彻底改变了这个世界的建筑模式和居住模式,极大地提升了道路桥梁的承载能力。但混凝土有先天的缺陷:一旦废弃,就是永久性垃圾,无法重复利用。全世界每天都在制造混凝土垃圾,坚固的混凝土垃圾山长势强劲,蔑视一切试图消灭它的手段,人类至今对它束手无策。

四

河谷地带的黄土是河水在几百万年间挟裹下来的,所以叫河水沉积平原。而在远离河流的更加广袤的荒漠、半荒漠、草甸和高山丛林,那一层薄薄的地表黄土,得益于风的传播。尘土随着高原季风落下,千万年过去,这才积淀成十几厘米或几十厘米厚的土层,得到雨水的滋润后,留住了草籽、树种,于是有了幽幽草甸、郁郁林莽,还有那些只能生长坎巴草和芨芨草的半荒漠草原。

缓慢,缓慢,缓慢。高原草地上黄土形成的最大特点就是缓慢,而毁掉它易如反掌。人类对这一点认识得很晚。上世纪 60 年代初,在向草原要粮的思想指导下,开荒大军在荒山和草原摆开了战场,竞赛红旗处处飘扬。脆弱的草皮在履带式拖拉机后面翻开了波浪。人们把金贵的种子和满腔的期望一起播下。秋天,稀稀拉拉的庄稼黄熟了,新垦的荒地回馈给人们的,是比籽种还少的一点收获,甚至颗粒无收。人们吞下了违背科学蛮干的苦果,苦涩渐渐被忘记,草原的创伤却永远留在大地。至今,在青海湖以南,曾经垦殖过的草地还躺在那里,当年的田畦垄埂,犹如草蛇灰线,依稀可辨,但草原再也不是最初的模样了。

几年前,我去青海湖游览,遇到一个熟人:中科院地理所博士钟林生。他是应旅游管理部门的邀请,来做青海湖旅游规划的前期考察。他指着湖边上那些混凝土建筑物——堤坝、停车场、水泥道路、宾馆和博物馆等设施,明确地说,这些东西都不应该建在紧靠湖岸的地方,这是对自然面貌的破坏。如果有足够的资金,应该全部拆除,南迁 10 公里,让湖畔恢复自然本色。我向他请教说,就算是有经济力量把它们拆除、搬迁,可是混凝土垫层掀去之后,裸露的沙砾怎么办?什么时候才能长出草?靠风的播撒,积淀出能够抓住草根的土层,那得多少世纪啊!

钟博士沉思有顷,不很自信地说,可以考虑从别处拉运黄土来铺垫。

我说,这么大的面积,那又得多少黄土?再说,黄土本来缺少,拉运等于剜肉补疮啊。

钟博士说,是啊,是个问题,是个问题……

五.

黄河湟水两大谷地的黄土,主要以农田形式留存到了今天。河湟流域还有大量荒山,貌似黄土堆积,其实不是纯净的黄土,在薄薄的黄土覆盖下面,是岩石、沙砾和僵硬的栗钙土。

两大谷地的黄土正在迅速减少。近几十年来,一片片肥沃的耕地被厂房、道路、楼群蚕食。等到耕地保护和粮食安全成为严峻的问题被提上议事日程之日,人们发现,湟水谷地的水浇地已经消失了大半,黄河谷地的耕地也在开发与保护的冲突中挣扎。在城镇化进程中,越是靠近城镇的优质耕地消失得越快。

失去了耕地的村庄,找不到垫圈的黄土了,猪圈和厕所里一塌糊涂,臭味远播。要想用黄土垫圈,得花钱去别处买。

纯净的黄土曾经孕育了纯净的瓜果。以素有瓜果之乡美誉的贵德为例,在黄土比较纯净的年代,生产的长把梨皮薄,汁多,肉细,香味绵厚。后来退化了。果汁少了,果肉粗了,颗粒多了,梨核大了,味道淡了。对此,人们一直在寻求答案。答案很快找到了,是梨树赖以汲取营养的黄土成分发生了变化。农药,以及化工产品、电子产品的废弃物释放的有害物质进入地表,被污染的渠水也进入地下,腐蚀了土壤。

专业人士认为,污染最严重的土壤,要想让它复原,需要 200 年以上的时间。

纯净的时代结束了。世界变得复杂而难以把握。

即使是最优良的耕地,土质也不再纯净。

纯净的黄土将来有可能在博物馆的展柜里见到。

2014 年 2 月

好山好水好风光

——互助南门峡散记

南门峡的山

南门峡的山属于祁连山的支脉、大坂山的余脉，多为平缓的丘陵。但就在这绵延不断的丘陵起伏中，偶有奇峰突起，峻拔高峭，与脚下低矮的山岽形成比照，相映成趣。高峭使平缓不再单调，平缓使高峭免于孤独。

兰雀山以其体量之大，成为南门峡最突出的地标性山峰，众多的丘陵衬托着它，它由东北向西南倾斜，横亘在天际，有包容之势，而无跋扈之气。夏天，山顶常有云气蒸腾，欲雹欲雨；秋季则是晴岚送爽，韶光明媚；唯有冬春两季，山上淡淡的青灰色天幕，少有变化。

南门峡的山以岩石为体、褐土为表，遍被细草。岩石多为沉积岩，也有少量火成岩(比如常见的花岗石)。山脊的岩石多以裸露形式出现，或整个山头都是岩石；在山坡和谷底，岩石常以局部拱出地表，其根基深埋在大地。

沉积岩是地球表层的沙砾和泥土在挤压和风化双重作用下形成的。南门峡的沉积岩风化得相当厉害。由于石质松脆,给了风施展魔力的便利。风是一把无形的雕刀,锲而不舍地雕刻着岩石,雕刻着时光,刻出千姿百态的造型。像宫阙、古堡、狮虎、仙人。这些造型给人以无限的想象空间,当地人便给这些山岩起了种种名字,这些名字起得很随意,有些也是从别处因袭过来的。从事旅游资源考察的人到此,也会驻足流连,一些好听的名字会脱口而出。但名字一旦产生,想象空间便受到局限,况且,同一块山岩,在张三眼里和在李四眼里呈现的形象特征不尽相同,前人所见,也常受到后人质疑,所以给自然风光命名不可不慎。

南门峡的水

互助境内绝大多数山区干旱缺水。相对而言,南门峡属于比较湿润的地区,年均降水量达 600 毫米,仅次于北山地区,这是我省东部绝大多数农业区无法比拟的。不仅如此,它还拥有一大水脉:南门峡河。上世纪七八十年代,为了蓄水灌溉农田,政府组织群众鏖战十余年,筑坝拦河,建成了有名的南门峡水库。它有名,是因为在全县 40 座水库中,它的坝高第一,库容最大。

南门峡水库曾经碧波激滟,映照四山,吸引着远近游人前来泛舟。后来由于库底出现渗漏,存不住水,逐渐干涸了。近年,政府斥巨资实施防渗工程,如能成功,昔日胜景必将重现。

南门峡水库是生产力还很低下的年代,在缺少大型施工机械的条件下,靠人海战术打造的经典作品,如同河南省的红旗渠一样,是南门峡的

"红旗渠"。

在这场旷日持久的战役中,磨穿的鞋底,磨秃的铁锨,磨损的轮胎,如果堆积起来,一定十分壮观。行走在宽阔的大坝顶上,往下望去,稍具想象能力的人,不难在脑海里还原出当年河滩工地上红旗招展,帐篷如云,"手扶"如林,架子车如麻,铁锨如雨,人声鼎沸的浩大场面。

那个时代的老百姓可真能下苦!南门峡大坝以86米的高度,见证了一段蚂蚁搬山、精卫填海的动人历史。这段历史将来假如做成一面浮雕,矗立在南门峡水库大坝上,必将丰富这个景区的文化内涵。

高山之巅,有水名天池。勇于登临并且脚力好的人,会在池畔领略到"明镜生寒天欲雨,一声喊透几重山"的奇妙境界;爱思考的人,更能从"山有多高,水有多高"的现象中感悟出生态循环系统的奥秘。

南门峡的山沟里有水。水从乱石杂沓的沟脑里安静地流出,迂回曲折地潜行在山谷,不作喧哗。遇到遍布鹅卵石的河床,水流才发出汩汩低语。经过草地时,又变得悄无声息,使行人忘记了它们的存在,溪水清冽寒凉,不见草屑,水底沙石清晰可辨。

跟随着七塔沟里的小溪,踩着碎石和草皮,溯源而上,就得不断地跳来跳去,越过溪水。这倒给游览者增添了不少乐趣,其实溪水只有一条,它绕来绕去,不时拦住去路,仿佛在和你游戏。有人身手敏捷,奋力一纵,滴水不沾;有人勉强跃过,湿鞋濡袜;有人只能脱下鞋子,蹚水过去。山谷里也因此多了些欢声笑语。曲曲折折,就是这条小溪的魅力。假如这溪水像渡槽的水一样,笔直一条,一览无余,将使人游兴顿减。

这些山谷将来做旅游开发,肯定要搭建一些桥梁,方便游客。但是人工添加的东西,不可避免地会破坏自然的原始风采。如何做得不露人工痕迹,与环境浑然一体,这对桥梁设计者的创造能力将是考验。

南门峡的川

古汉语中，"川"指河流。"子在川上曰"，说的是孔夫子在河边发感慨。在现代汉语中，"川"指平地。而在青海方言中，除了指平地，也指比较开阔的山谷。青海人不说"山谷"，而说"川道""川份"。

南门峡的川道多，川份大，又很宁静。

川大了视野开阔，适合于放飞想象，唱一曲"上去高山望平川"。平川里虽然不可能有牡丹，但也有野花丛生，星星点点，颇能引发遐想。

这里的川道都有植被覆盖，极少看见裸露的山坡。草色连天的川道，每一寸草地每一块石头都是天造地设，合情合理。游人到此，不由得就会把宠辱得失暂时放下，领略一番"偷得浮生半日闲"的况味。

川道里的植被皆为细草杂花，也有少量灌丛。灌丛以金露梅、银露梅和其他杜鹃科植物组成。开花季节，远远望去，如金星闪烁，白玉散落，翡翠铺地，十分养眼。

灌丛中间的草地上，随处可见吃饱了的黄牛（黄牛泛指农区家养的牛，不唯色黄）懒洋洋地卧地反刍，让人想起辛弃疾笔下的天然画图："平岗细草鸣黄犊。"

从某一个沟口开始往里行走，会发现，入之愈深，植被愈好，到了沟脑里，满坡细草如毯，能埋住人的鞋履。此时谁都想躺下来，舒展酸困的腿脚，四仰八叉，不拘形骸，仰观流云，耳听虫鸣，当一回活神仙。会有一些不连贯的诗句飘过脑海。时间、空间和生命的三维关系困惑着你，依稀有点明白了，倏尔又变得模糊。

南门峡的川道单纯而不单调，因为山谷中多见一簇一簇的石头。说"一簇一簇"，是因为这些石头都有"根"，是从土壤里冒出来的。川道里的岩石多为火成岩,色彩斑斓。它们零零星星地分布在草地上,像是女娲补天后剩下的彩石。凑近了看,会发现没有一块石头的质地是单纯的,全由色调各异的小石头凝聚在一起,像八宝饭,像团结糕。这些石头,是亿万年前地球岩浆冲出地表后冷却而成。它们年轻时曾经纵情燃烧过,现在沉静下来了,仿佛在等待地球的另一次更新。

　　没有一块岩石是单色的,石头上"盛开"着各色石花。石花是附着在岩石表面的地衣,属于苔藓类。多为鲜艳的橘红,亦有浅绿,赭黄,花色错杂,文彩纷披。七塔沟深处,小溪旁边,兀立着一块岩石,约有半间房子大小。岩石表面,除了石花,竟然长出了一片矮矮的灌丛,让人大为惊讶。可以想象,这是鸟雀们上洗手间时,把未能消化的植物种子屙在了饱含水分的石花里,居然扎根成活了。这一定是地球上最省力最浪漫的植树方式。

　　如果改变一下自己的空间感觉,想象自己是矮人国里人,再看这些一拃多高的灌丛,又像是一片袖珍版的松林。是"明月夜,短松冈"中的松林。"松林"中间裂开了一条罅隙,直抵石底,宛如深渊。面对此景,注目久之,恍如置身于幽谷深涧。仰观危崖之上,一片阒寂,幸无临渊俯瞰之人。瞬间遐想,颇觉奇妙。

南门峡的色彩

　　南门峡之美多种多样,油菜花可以代表美中之至美。

　　7月,这里的油菜花开了。它以强烈的暖色调衬映着蓝天,山川顿时亮堂起来。它以难以言传的美感冲击人的视觉,让人们形容它时,常常感到词穷。"金灿灿"等美丽的词语,仍不能表现油菜花的神韵于万一。"金灿灿"带点金属的光泽,油菜花并没有金属光泽,但它黄得耀眼。对,是黄得耀眼。青海"花儿"唱道:"红牡丹红着耀人哩,"那是艺术夸张,但对于油菜花,说它耀眼,犹感不足。

看单株的油菜花,只见花瓣碎小,花朵稀疏,并不起眼。当它们以整齐、集群的方式呈现在天地之间时,量变引起质变,渺小转化为博大。它们漫山遍野,恣肆汪洋,气势磅礴。自然界所有的美在它们面前失色了,这种磅礴之美足以羞花闭月,沉鱼落雁,令人销魂夺魄。只要凝视一瞬,美得让人不忍离去。

青海门源的油菜花久负盛名,每逢花期,都吸引着天南海北的目光。门源的油菜花与南门峡的油菜花相比,各有千秋。前者以播种面积之大闻名。一马平川的"百里花海"即是代表性景点。后者随地势分布,起伏有致,层次丰富,多了些色调变化。南门峡的油菜花,虽说处在同一自然环境之中,应该一样的花容月貌,一样的青春风韵,但由于坡地与平地的高度、湿度和迎受阳光的角度有差别,于是花期有了先后,色调有了明暗。初开期、盛开期和凋谢期的油菜花同时并存,彼此照应,犹如精于丹青的大师用水彩轻轻晕染的色块,或浓或淡,总是妖娆。

晴朗的中午,置身于花海之侧,冲天香阵沁人心脾。陶醉之际,隐隐约约,有天籁之声撩拨耳鼓。其声细小而又宏大,含蓄而又喧闹。那是什么?蜂喧蝶舞之声。发声的主角自然是辛勤劳作的蜜蜂们,也还有许多配角:金龟子、甲壳虫、苍蝇以及更加渺小的蚊蚋。它们并不采蜜,却在一起鼓翅做声,加入大合唱,仿佛是为了酬谢夏天的厚爱,酬谢油菜花带给它们的快乐。

黄色是南门峡夏天的主色调。但地势多变,并不全是黄色。一些不宜种植油菜的小块砂石地,也早被斑驳的杂花覆盖,它们丰富了南门峡的色彩。

有马先蒿、矢车菊、碎米荠、铁线莲、锦毛悬钩子和蒙古绣线菊等。有些小块平地被玫瑰红或蝴蝶蓝所浸染,那是一种叫点地梅的野花,碎小而又精致,紧贴着地皮开放,花瓣状若古装戏旦角头饰中的"亮片"。它们仰望着蓝天,也仰望着从身旁走过的游客步履,期望着被人注意,可它们太小了,常被忽略,只有当困乏的腿脚坐下来歇缓时,才会有人发出惊呼:"嗬,这么漂亮的小花!"

油菜收割之后的南门峡仿佛洗尽铅华,归于朴素。空间似乎突然增大了许多。苍黄的色调贯穿在秋冬两季。入冬后第一场雪落下,高坡低岭一片素白。雪霁天晴,大地蒸腾起蒙蒙雾气,雪水渗入土壤,成为宝贵的"墒"。墒蛰伏在土里,耐心地等待着来年的犁铧。只要有油菜籽入土,到了 7 月,大地必将如约把满川金黄再次奉献给人们。

南门峡的牧场

南门峡的许多山坡都是天然牧场,面积都不很大。这里毕竟不是纯牧区,是农业区的小块牧场,分布在青稞油菜地周边。

有牧场就有牛羊和牧人。牛羊和牧人为阒寂的田野增添了生气。"羊吃山顶牛山腰,马恋平滩不上坡。"牲畜们按各自的习性在不同的高度采食。它们悠闲自在地享受着造物主的赐予。牛羊对外界反应迟钝,一门心思地用整齐的门齿收割短草,或懒洋洋地卧地反刍,不理会频频对着自己的照相机。马天性警觉,吃草时一边优雅地甩动尾巴驱赶蚊蝇,一边竖着耳朵捕捉着四周的动静,不时抬起头颅,察看走近它的游客,判断着是否有危险。

南门峡的牧场不像牧业区那样分冬窝子和夏窝子,这里一年四季就一个牧场,牧人的住所也只有一处。这不是他们的家,家在十几公里外的村庄,这里是他们专为放牧建造的简易住所,我们戏称这些住所为"牛倌别墅"。这是简易到不能再简易的"别墅"了。讲究一点的人,用牲口从山外驮几根橡子,一套门窗,进得山来,用铁锹就地挖出一块块草皮,垒砌成墙,再把木料搭建上去,房子就算成了。有的人干脆省了这些麻烦,只用草皮搭建,没有门扇,挂一块帆布门帘;没有窗扇,在窗洞上插几根带皮的树棍,糊一张纸。顶棚呢,用马柳枝或狼麻(一种忍冬科灌木)搭就,抹上泥巴,盖上草皮,居然也能住人。这种房子,当地人叫做尕茅庵(青海话读"尕茅南"),也颇贴切。别看尕茅庵简陋,这种建筑形制,比世界上任何建筑还要古老。试想,人类最早的生活方式都是游牧。游牧时期的人,好不容易告别穴居,住进尕茅庵,就是划时代的技术进步。所以,我们走进这些尕茅庵,就等于走进了人类的童年,走进了历史。

点缀在大山褶皱里的尕茅庵,房顶上白茅草随风摇曳,烟囱口青烟袅袅,在文人墨客眼里,就是诗意或人间烟火气息。虽说地处偏僻,但并不与世隔绝。信息时代,现代文明轻而易举地就能进入。有些尕茅庵的主人,用上了小型太阳能发电装置。房顶的草棵间卧躺着一块不大的太阳能电池板,导线引入房内,连接上蓄电池和控制器,就能让一只灯泡和一台电视机亮起来。主人时而跨出门外,眺望一眼山坡上的牛羊,又回到被牛粪火烧热了的土炕上看他的电视。虽说生活单调一点,但他们拥有最广阔的门前绿地和最清新的空气,也是大自然给予的一种补偿。

听到外人的声音,牧人就会出来搭几句话。一年到头陪伴着牛羊,未免寂寞,所以乐于和外人交谈。有时,尕茅庵里会飞出一两个孩子,睁大好奇的眼睛打量外人。游客们这时很乐意把随身带的糖果拿出来一点给孩子。山区气候寒凉,这些孩子穿着单薄的衣服,拖着清鼻涕,脸颊绯红,赤脚在草地上飞跑,丝毫没有畏寒之态,看上去元阳充足,十分健康。

　　初识山区的城市游客置身于此，触目皆是新鲜有趣，照相机不离手，觉得收进取景框里的，全是景。而尕茅庵的主人们同样感到新鲜：不就是几条山沟，一群牛羊，一间草皮尕茅庵吗？值得大老远地赶来看稀奇？还像模像样地穿着登山鞋，戴着遮阳镜，背着旅行包？

　　由不同的生存方式所决定的审美心理在这里发生了对撞，形成喜剧性错位。在游客看来，这里的一切美不胜收，这些尕茅庵和牧人（连同他们的孩子）最好永远不要搬走，永远充当取景框里的角色；而对于牧人而言，他们原本不是为了美丽才选择这种生活的。这仅仅是一种不得已的谋生手段。他们从电视中早就看到，就在同一块蓝天底下，还有着怎样美妙舒适的生活方式。但是，羡慕归羡慕，生活归生活。他们要想告别尕茅庵，像城里人一样生活，那是比登天还难的事情；反之也一样，这些被城市的紧张节奏和污浊空气憋闷得几近崩溃的城市人，让他们逃离城市，住在这尕茅庵里当上一年牛倌，哪怕只是一个月，也是比登天还难的事情。

　　认识生活是一回事，改变生活是另一回事。

南门峡的古刹

　　踏着却藏滩的浅草碎花缓步走去，视野逐渐开阔，远处，一脉青山映带之下，闪出一处青瓦红墙建筑。那便是却藏寺。看得最清楚的，是殿脊上的宝顶吻兽。那鲜明的金色光泽，穿越透明度很高的空气，在数公里外就扑入人的眼帘。

　　这里是一处风水宝地。依照历来"前有照山，后有靠山"的选址原则，却藏寺背后的"龙山"形如蟠龙拱卫；紧靠寺院东侧，有山势平缓的凤凰山回护,山顶有云杉覆盖,云杉周围是茂密的草地和农田。寺前是一片开阔的簸箕形坡地,夏季,这里翠鸟鸣啭彩蝶舞,青苗铺秀菜花黄,风光迷人。去寺院前方十里许,有云杉密布的南屏山和平顶山作为"照山",俗称"青狮""白象"二山。

走近这一方清净佛地,人们会暂时忘却了嚣嚣尘世。信佛的人,双手合十走进大殿,点一盏灯,虔心展拜,表达一个生命对精神母体的忠诚;一般人,有时也会即生善念,发个愿心,一瞻一礼,祈求一个美好的愿望能够实现。没什么信仰的人,至少也会轻声细语,正容观瞻;在这个世界上,所谓"彻底的唯物主义者"并不多见。

很难想象雍正至乾隆年间却藏寺的雄姿。那是它的鼎盛时期。即使几经劫难,到了上世纪 50 年代,它的规模也足以让人"高山仰止"。据亲睹原貌的阿德成先生讲,在他印象中,仅两道山门的柱子,都有汽油桶那般粗。

我们见到的是重建中的却藏寺,主体建筑是一座千佛殿。殿前是一方宽阔的平台,青砖铺就,约有两个篮球场大。这就是当年的山门所在位置,1958 年山门被毁后,留下了这一片青砖铺就的台地。冰草从砖缝里顽强地挤出身来,在这块台地上形成青绿相间的几何图案,像放大了的棋盘。偶尔,有僧人走过台地,绛红色的袈裟一闪,与绿色的"棋盘"之间形成奇妙的对应关系,游人纷纭的思绪里,会飞进一个意味深长的启示:棋盘象征着竞争,而袈裟象征着超越于竞争之上的存在方式。

大殿东侧的大院里,来自甘肃陕西的工匠们正忙着加工木构件,修缮当年的活佛府邸。

今天的却藏寺,只是当年宏伟建筑群的一个局部。当年的却藏寺名气很大,身份很高。它是"北方四大名寺"之一,曾经管辖过河湟地区的至少五座寺院。第一世却藏活佛南杰班觉,是最早由朝廷册封的"呼图克图"(蒙古语,意为"圣者")。呼图克图的身份一经确定,名册就进入朝廷理藩院档案中,下一辈转世,须请中央政府派钦差大臣主持金瓶掣签仪式加以确认。这是不同寻常的政治资格。

却藏寺名气大,还因为它拥有清朝皇帝敕建的九龙壁。九龙壁是影壁之一种,影壁也称照壁,在中国的风水学中,照壁相当于屏障,起着为建筑物阻挡气流冲煞的作用。由于"龙"的身份的特殊性,不是随便什么影壁都能以龙造型的。偌大的中国,影壁不可胜数,人们见到的九龙壁只有三座:故宫九龙壁、北海九龙壁和山西大同九龙壁。而国内寺庙建造九龙壁的,大概只有却藏寺一处,足见它的地位之高。它实际上相当于一座皇家寺院。

在今天,因为不用担心犯"僭越罪"而招致杀身之祸,国内不少寺庙和旅游景点都在建造九龙壁,九龙壁也就不再稀奇了。然而,开发商建造的九龙壁,和皇帝敕建的九龙壁,又岂可同日而语?

却藏寺为什么要建一座九龙壁?我分析,既然俗称青狮白象的两座山并称却藏寺的"照山",那么却藏寺中轴线所对准的,实际是两山之间的连接地带。这毕竟不是最理想的地形,所以需要在寺院近前建一座照壁,加强屏障效果,于是,经三世却藏活佛派使者向驻锡北京的章嘉活佛请求,章嘉活佛以大国师的崇高身份向乾隆皇帝启禀,虔信佛教的乾隆皇帝很快准奏,下旨建造九龙壁一座。

九龙壁毁于1958年。现存的遗迹是一段高约两米、长约三十来米的墙芯,也就是夯土筑就的骨架。用手去摸夯土,十分坚硬,当年可能用筛子筛过,又掺入石灰、细沙,形成强度很高的三合土,所以才能经半个多世纪的风雨侵蚀而不坍塌。遗址周围杂草丛生。青砖烧制的龙浮雕,早已散落民间,尚有几块存于寺院。僧人们拿给我们看,形制比故宫九龙壁的"龙"略小,说明设计者深谙封建社会等级森严的建筑规格,心中自有分寸。

却藏寺有辉煌的时候,也有窘迫的时候。雍正年间,它毁于年羹尧大军征讨青海蒙古亲王罗卜藏丹津反叛力量的战争,随后重建;同治年间,又毁于河湟地区的一次民族冲突,后来又重建。再后来,是尽人皆知的 1958 年,它再次遭到灭顶之灾。

不只是却藏寺,中国的许多古刹都是这样,反反复复地被毁,反反复复地重建。有时候,由于上层建筑动荡的原因,从被毁到重建要间隔很长时间——比如 1958 年被毁之后到 1984 年重建,这二十多年中,中国社会经历了意识形态和政策的大变化。

没有寺院的年代里,佛法在人们心中。犹如大火过后,森林被毁,焦土之下,尚有完好的树种,一待春风化雨,必然破土而出一样。而一个寺院无论修得多么坚固结实,金碧辉煌,也很难保证它不会再次被毁。这是宇宙的一个基本规律:所有的物质形态都处于成、住、坏、空的变化过程,没有什么东西能够永远不变,唯一不变的就是"变"。

这座古刹,是南门峡的一个精神高地;它仿佛从终极意义上观照着南门峡所有美丽的东西:一切美丽都是短暂的,无论是南门峡的山、水、川;无论是活跃于山水之间的人畜、禽鸟、虫蚁,都一样。在无始无终的时间长河里,甚至连佛法也处在"缘生缘灭,缘尽缘起"的过程之中。但万事万物,自性有恒,不会因为生命短暂而马虎自处,各依自身的规律认认真真地存在着。七塔沟的山泉年年奔流,不舍昼夜;点地梅和矢车菊应时而花,永世不爽。不仅如此,在真知者看来,短暂和恒久其实并无根本区别,皆由感受主体的立场所决定。以宏观视之,高山为谷,深谷为陵不过是朝夕间事;以微观视之,则一花一世界,一沙一乾坤,一只蝴蝶从生到死亦长似百年。唯有纯真的信仰乃能贯穿时间长河,无论今生来世,不可移易,无所谓短暂和长久。一个定力在身的人,即使他确信当天晚上地球会爆炸,早晨还会照样叠好被子,还会照样给花盆里浇水,还会照样秉持他的善念,从容自处。

　　在却藏寺的僧舍里喝完茶,道一声多谢,走出山门,心想,南门峡的风光是美丽的,比风光美丽的是修持者的心念。在这个心念里,每个生命都有可能活得像莲花般纯洁……

2013 年 6 月

古红柳：活下去的理由

眼前这些古老的红柳，在时光中已经挺立了若干个世纪。这漫长的生命历程就是与干旱、水涝、风沙、严寒反复较量的过程。红柳经受住了考验，硬硬朗朗地活下来了。而现在，它们却需要寻找一个理由，才有可能继续活下去。

2012年10月16日，我和朋友董明怀着近乎朝圣般的心情，在同德县委统战部尖措副部长和两位林场场长的引领下，来到这片林地，惊呼，瞻仰，抚摸，拍照。流连复流连，嗟叹复嗟叹。

这里是青海同德境内，黄河谷地深处，一个叫"然果"的地方。当地群众称这片红柳林为"贾什达"（藏语，意为红木）。

红柳也叫沙柳、红沙柳、梭芥（读gai）。学名柽（读cheng）柳。这个"柽"字有点生僻，眼拙的人很容易读成"怪柳"，所以我还是称呼它的土名：红柳。

红柳是广泛分布于我国西北的耐旱灌木。红柳分叉密集，丛生在河滩、旱垣和戈壁。红柳枝条编制的背篼、糖子是我自幼熟悉的农具。

昆仑山的诸多余脉像屏风一样包围着这里的旱垣，旱垣被万古不息的黄河深切，形成宽阔狭长的谷底滩地。弥望皆是植被稀疏的坡地，唯有这一片林地以亮眼的葱茏映照着四周的苍黄，像一幅色彩鲜明的油画。

走进这片林地，恍如走进了一个童话世界。这真的是红柳吗？它们身躯伟岸，粗皮皴裂，冠盖凌空，浓荫翳日，犹如古槐老柏。可是，看那细碎的卵形叶片，还有遍布枝梢的紫色柔毛，分明是红柳无疑。

是什么原因使得它们终于越过造物主设置的雷池，由灌木变异为高大乔木，获得了崭新的身份？这里的地质和气候环境又以怎样的方式参与了红柳们鲤鱼跃龙门的非凡过程？这些秘密就潜藏在它们的躯体里。研究员吴玉虎称它们为"世界柽柳之王，野生植物中的活化石"，实在恰当不过。

眼前的红柳，个个如树中之怪杰、枭雄和伟丈夫。最大的几棵，数人难以合抱，树龄或许已近千年。有的树干呈螺旋状，一拧一拧地伸向天空，木质纹理清晰，犹如大力士臂膀上隆起的肌肉；有的似虬龙盘伏在地，鳞甲宛然。龙脊上高耸的侧枝，像长靠武生肩背的靠旗；有的遍身布满碗状瘿瘤，层层累累，鼓凸有致，那是树干受到伤害后，分泌出的树汁变成的木化物，炫示着红柳超强的自我修复能力。

时令已届深秋，微风带着寒意在林地周围徘徊。林地中高大的小叶杨开始凋零，片片金叶在空中打着优美的旋儿，扑向大地，和泥土吻在一起。红柳们不为所动，静默着，仿佛还在继续它的千年大梦。它们万万不会想到，一个建设中的水库，即将终结它们在世界野生红柳家族中的巨擘地位。

感谢吴玉虎，若非他的介绍，我不会有幸认识它们。

吴玉虎是中科院西北高原生物研究所研究员、青藏高原生物标本馆馆长。在不久前的一次旅途中，我和他认识。他当时是以激愤的语气说起这片原始野生林地的。两年前他带领考察队进行植物区系调查时，在同德境内发现了这片世界罕见的原始野生林地。在混生着小叶杨和沙棘的狭长林地里，竟矗立着数十棵直径在100厘米以上的红柳，"树高都在6米至8米之间，最高的达到16.8米，最大的一棵，胸围竟达376厘米。这是迄今为止我们见过的最大、最古老的野生柽柳树。听当地老年人讲，附近的村庄是60多年前搬迁来的，而在这些老人的记忆中，孩童时代见到的这些树已经是这么大了。"

红柳生长极其缓慢，60年的变化对它们来说几乎可以忽略不计。可以肯定地说，乾隆皇帝登基的时候，这些红柳已经很大了。还可以说，由乾隆上溯四百六十多年，马可波罗从西域进入甘肃、青海游历的时候，最大的这棵红柳已经存在了。

在这些古树身下，是或密或疏的林下植被。也有一些树身底下不生植被，地表平坦。看得出，这是很久以前洪水浸泡后留下的淤泥。淤泥围裹着红柳的腰身，但红柳没有被泡烂、闷死，显示了它能在两极条件下生存的本领：既耐干旱又耐水涝；既耐酷热又耐严寒，简直就是"蒸不烂、煮不熟、捶不扁、炒不爆、响当当一粒铜豌豆"。不仅如此，它对盐碱的适应性无与伦比。树龄愈高，抗盐碱的能力愈强。我们面前这些红柳枝梢上白花花的碎屑，就是它们过滤出来的盐分。它们天生就是改造盐碱地的良才。红柳超强适应能力的形成，伴随着漫长的基因变化过程，隐藏着尚未认识清楚的秘密。而巨大植株的发现，为科学家们提供了新的研究出发点和认知空间。这样的植物，岂止让人好奇，简直让人敬畏。

那次短暂的旅行中，我们聊天的全部内容几乎都是这片野生红柳林。吴玉虎的激愤，来自一个自然科学家的职业责任感。只有他们才真正懂得这片林地的旷世价值。在发现这片林地后，他和助手们立即给其中的66棵编了号。回省城后向西部地区几位权威的植物学家通报了这一宝贵信息。听到这一消息的人都很惊讶。此前，科学家们所认识的野生红柳多为灌木，少有小乔木，即有，最大直径也超不过 20 厘米。"直径在 100 厘米以上的野生柽柳，单株已属罕见，何况连片成林。这一奇观不仅在青海绝无仅有，在世界范围内也从未有过报道。这些古树历经数百年气候环境变迁而不死，几经战乱而未被毁，是幸存的宝贵自然遗产，也是生命的奇迹。而且从根本上颠覆了以往关于'柽柳属植物的野生植株多为灌木、且绝少直径超过 30 厘米的小乔木'的科学定论，成为人类新发现的一个野生乔木新类型。它们独特的生物多样性基因以及它们所记录的数百年气候状况及环境变迁等信息，对于我们了解大自然的奥秘是十分难得的科研证据和直接材料。它们应该是大自然留给青海、当然也是留给中国乃至全人类的珍贵自然遗产。"吴玉虎在他的考察结论中写道。

但是，时至今日，全社会的生态觉悟还远未真正形成。古红柳的大限正在迫近，寿未尽而命将殒。古红柳所携带的生物学密码，将永远消失在水库之中。决定它们命运的，不是大自然的力量，而是经济力量，它给人类带来福祉的同时，也经常造就罪恶。

吴玉虎曾愤愤地说："生态环境和生物多样性保护，这个理念对许多人和有些部门来说只不过是个时髦的口号，一遇到具体问题，叶公好龙的面目就暴露了。"在一次论证会上，他曾单枪匹马地与主张淹没这片红柳林的人们激辩过。对方理屈词穷之际，竟然提出"你们的发现在后，我们的水电站规划在前！"

地球正处在一个物种快速消失的时期。据世界自然基金会统计，全球每年至少有 3 万种物种消失。其中有不少是人为因素造成的。即将消失的这片野生红柳林，即属此例。生态文明理念已经倡导了多年，它离我们如此接近又如此遥远，真乃咫尺天涯。急功近利的心理普遍支配着人们的行为，甚至有些从事科研工作的人也不例外。就在去年，国家某科研单位的人员来到这片林地，锯走了三株粗大的红柳，其理由竟然只是为了数一下年轮。吴玉虎闻知后大怒，"这哪像专业人员的做法！要能这样做的话我早做了。为了测定树龄，我都不舍得用钻取树芯的办法，怕给它们造成伤害。他们竟然说锯就锯了！"

这或许是这个地方自有人烟以来，古红柳树首次遭受斧锯之劫。因为在当地群众心目中，这样的树早已是"神树"，没有人会动它一根枝条的。

在我们脚下，被锯过的树茬赫然在目。我们蹲下来想数清它的年轮，目力既穷而未果。失水之后的树桩早已干裂，密集的年轮被一道道裂隙切割成无数凌乱的碎块。

曾有北京和新疆的科研单位闻讯而来。他们表示，如果青海不能保全这批植物活化石，他们想连根挖走，移植到当地的植物园，以供科研、观赏和瞻仰。

青海的一个特有的标志性植物被外地挖走，且不说会给热爱青海的人们造成什么样的心理效应，仅从技术操作角度看，我们也觉得很玄乎。想想吧，为了重型吊车、大型平板车等机械的进入，先得在河谷修几十公里长的专用道路，这要花多大的代价？关键是，离开了原生水土，它们能否复苏？即使成活了，能否像原来一样茂盛？都很难说。

科学有一百个理由让它们继续存活下去。但经济力量只承认与现实经济目标一致的理由。

钱可以造就电站，电站会带来更多的钱。但再多的金钱也无法创造一棵野草，遑论千年古树。吴玉虎曾连续上书国家环保和林业等部门，陈述保护这片野生柽柳林的理由。热衷于建设电站的人劝他：顾全经济发展大局吧，不要再上书了。

吴玉虎的态度是：绝不妥协！

一百年后会怎么样？

也许，在增订过多次的《世界植物志·被子植物门·柽柳科·柽柳属·附录》中，会有一段记载："2010 年，在中国青海同德境内发现的巨大野生柽柳，属甘蒙柽柳的一个新的形态类群——高大乔木，是有史以来所发现的全球最大的柽柳。2016 年因新建的水库蓄水而被淹没，从此彻底绝迹。"

我们不难想象，未来的自然科学家们读到这段文字后的惊愕。

不过也不一定。当今世界三大特征：信息化、全球化和生态关注。鉴于此大背景，古红柳林躲过一劫的可能性仍然存在。果如此，一百年后，也许在多种文字版本的中学课本上会有一段内容："21 世纪初，在中国西北干旱的同德山区，一个建设中的水电站因为一片罕见的柽柳林的发现而最终放弃。这是当时生态文明实践中的一个成功典范，曾在科学界、思想界和文化界传为佳话。"

而同德这个地方，也因拥有世界柽柳之王而早已蜚声四方。世事难料。古红柳林的未来会充满变数。

诗曰：千秋功罪凭谁说？

　　　古木无言霜叶飘。

　　　南去彩禽北返日，

　　　可知还有旧时巢？

2012 年 10 月

古红柳保卫战

树　缘

在城市,如果见到一幢好端端的高楼大厦在爆破令中轰然倒塌,我多半不会动容。纳税人的钱被糟践固然可惜,钱毕竟是印钞机印出来的,它代表着财富,但它只是财富的货币形式,是没有生命的东西,所以我并不动容。但在旅途中,只要看到年头久远的老树被伐倒,心里则很难平静。它们在高寒少雨的环境里能活到今天,都是老英雄。这些树曾经迎接过多少婴儿的啼哭,又陪伴他们渐渐老去。期间,见证了多少人间悲喜和社会变迁。它的一片荫凉,就是当地人民记忆中最生动的一页历史。就这么地,连征求民意的程序都没有,被伐倒了。下令砍伐的人和抡斧操斤的人,不知是否有过一声叹息。

青海历来干旱少雨。在这片乔木覆盖率只有1%、灌木覆盖率只有3%

的土地上,每一棵小苗长成大树就是一部传奇,灌木长成乔木尤不容易。质地坚韧的红柳树苗,根本来不及长大就被砍走,拿去做铁锨把子、斧头把子和榔头把子;再细一点的,用来做牛鼻桊,编制背篼和糖子。枣红色表皮上的颗颗结节,被手掌攥紧时的感觉,仿佛还留在我掌心里。但我从没见过红柳们长到足龄的模样。偶尔遇到侥幸长大的红柳,总会让我惊诧不已。若干年前,在同德县一处河滩地,我见到一株活到高寿的沙棘,立时看傻了。原本属于落叶小乔木或灌木的沙棘,竟然长成高大乔木,约有两层楼高,远超身边的同类。它让我久久仰望,不愿离去。如今它还在吗? 想到此,吟成一首小诗:满树明珠琥珀色,多情应把玉栏围。凌云铁骨今在否? 怕是早成灶下灰。

柴达木盆地曾是红柳的王国。我在那里生活了十几年,见到的红柳都是些劫后遗存,其中鲜有粗大者。红柳根系发达,木质坚实,引燃后火力堪比煤炭。早从上世纪 50 年代,第一次西部大开发开始,红柳就被摧残殆尽,直到 80 年代初我调离海西时,城镇和农村牧区的引火柴仍然是红柳。

所以,2012 年秋,当我在一个偶然的场合,听人说起海南同德境内有一片巨型红柳,即将被水库淹没,立即打定主意前去看个究竟。

董　明

正当我琢磨着借助什么交通工具完成这个心愿时,碰到了董明。董明是我的一个忘年交,为人诚朴,有血性。酷爱户外徒步和山地摄影。更重要的是,他跟我一样在柴达木生活过多年,对红柳王国的式微,"与我心有同悲焉"。给他说起此事,他慨然表示愿意陪我前去。他刚买了一部崭新的帕萨特轿车，爱惜备至，但为了帮我，不惜在路况不明的陌生区域长途驱驰。

但是光有帕萨特轿车还不行。我了解到的情况是，从同德县城到红柳所在地，除了村庄，还有近百公里山道，都在黄河峡壁穿行，沟深路险，没有越野车和足够胆量，难以到达。于是求助于省城的另一位朋友才让多杰，也解决了。他打电话给同德的亲戚，叮咛说，来的是他的一位老师和助手，为了保护生态而奔波，一定要照顾好。当天傍晚我们到达县城时，县委统战部副部长尖措和居布林场场长才让泰早已等候多时，食宿和越野车也已安排妥当。

我和董明从西宁出发时是 10 月中旬一个微雪初霁的日子，空气清冷干净，我们的心境亦如天气般明朗。路过贵南黄沙头时，我们下车，各自掏出相机拍了好一阵。黄沙头是著名的治沙示范点，我们看着金叶灿烂的防沙林带，还有山坡上用麦秸栽植的方格"沙障"，想起柴达木曾经拥有的天然沙障红柳林，感慨不已。董明说起格尔木周边广袤的红柳包快速消失的情景，说起那里的胡杨林给他的感动，深为人类的愚痴叹惋，彼此都感到沉重。

董明为此行做了充分准备。车子后备箱里，但凡野外活动需要的应急之物，一应俱全。他后来在自己的博客中写道："……我虽然人微言轻，但为了这片古老的柽柳免遭灭顶之厄运，我愿成为王文泸先生的一个助喊者：吁请人们关注世界柽柳之王的命运！当自然遭到毁灭的时候，也是人类生存面临毁灭的时候。"

在黄河谷地深处，面对那个恍如童话般的古红柳林，我们的内心受到的冲击，一如前文《古红柳：活下去的理由》中所描述，兹不赘述。从我们意犹未尽地收起相机，恋恋不舍地离开红柳林的那一刻开始，我们就意识到，我们得做点什么。

返回西宁的四百多公里行程,董明车开得慢,是为了说话。他跟我一样,有许多的感受需要表达。在恰卜恰镇一个小饭馆里等着吃饭的工夫,我们的思路渐渐明晰。保护古红柳最简单的办法,是拿出文明人类应该有的眼光和胆识,放弃那个莫须有的羊曲水电站。但谈何容易。青海谚云:"猴儿的手里夺枣儿哩,卡码没有的事。"经济目标就是猴子手中非同寻常的大枣。放弃一个建设中的水电站,那是身居庙堂而心忧江湖的人才能够作出的决策。折中的办法倒是有,董明描述出来了:水电站缩小规模,大坝降低原定高度,在此前提下,在紧挨红柳林的河道里建一个半月形围堰,把红柳林圈起来,此围堰可设计成观光围堰,顶部宽可行车。大坝背水一面,以钢筋混凝土为芯,以黄土为表,广植红柳,与坝下的古红柳林形成互相衬托的观赏效果,库区建成之时,泛舟的游客可在此登上围堰,一睹世界柽柳之王的神采。如此,同德将拥有一个金牌旅游景点,而国内外生物界,也将拥有一处研究植物活化石的公园,是为一举两得。

我们在恰卜恰镇小饭馆的餐桌上完成了一次无人倾听的论证。约定:他在博客上著文,我在报纸上发声。

吴玉虎

此前我在去贵德松巴村的旅途中认识了吴馆长。一路上他手不离相机,随时拍摄路边的杂花野草。一边拍,一边顺手揪下一把,塞进背囊里,说是要带回去制作标本。我饶有兴趣地向他请教那些我自幼熟悉但不知其名的野生花草,吴馆长应答如响,无不知根知底,果然是植物学家,令我肃然起敬。

在我去同德红柳林之前，他已经去过七八次。我们在古红柳树身上见到的红色编号，就是他和助手们做的。这两年，他以一个自然科学家的良知和职业精神，不停地奔走、呼吁、敦请，希望能引起重视。在得不到积极回应的情况下，他一连三次给时任国务院总理的温家宝上书陈情。同时又给中科院和国内多家研究机构的专家写信请求声援。学术界的态度明确而坚定，支持并呼吁保护的电子邮件纷至沓来，其中有中科院院士，有植物学专家，共四十多位。

吴玉虎是陕西人，说话干脆利落。愤世嫉俗的秉性加上关中汉子快人快语的特点，使得喜怒哀乐溢于言表。

"像这种树，哪怕有枯死的树干，也值得我们小心馆藏，供世世代代瞻仰。"同德古红柳带给他的惊喜，在他看来，不啻于上世纪中叶，我国植物学界发现了珍稀植物银杏、水杉和鸽子树。

针对某些人散布的所谓"甘蒙柽柳到处都有，同德那些树只不过长得大一些而已"这种论调，吴玉虎痛加驳斥："这种说法如果不是缺乏专业常识，就是刻意混淆概念、迷惑决策层！"此后他在呼吁信中一再疾呼："亟需保护的是同德然果村那片最大的古树，而不是甘蒙柽柳这个物种。这个物种目前并没有危险。这明明就是两码事！"

令他痛心的是，在省内一次论证会上，主张毁林建站的声音甚嚣尘上，他成了唯一主张保护的人。在他单枪匹马与对方激辩并使之理屈词穷之后，会议仍然做了"不值得保护"的结论。

吴玉虎愤慨地说："负责保护的部门放弃自己的职业操守，还有什么公道可言！"此后，他对这类论证会不再抱任何希望。他认为，如果要开论证会，应该有国家濒危物种委员会和中科院生物多样性委员会等权威学术组织参与，给学界一个充分发表意见的机会。

　　我对他说,要保护古红柳,需要有更多的社会力量参与进来。迄今为止,只有学术界和行政部门知道这件事,那不行。我们得借助媒体,让社会大众都来关注,形成舆论态势,才有希望。

　　吴玉虎赞同。"那当然好。就等你们通过媒体呼吁了！"

希　望

　　我和董明回西宁后各自开始了行动。我用了几天时间写出了纪实散文《古红柳:活下去的理由》,发在《青海日报》副刊。很快有老朋友程起骏打来电话:"你要是把这件事情做成了，社会意义胜过你一辈子写的所有文章。功德无量！"我说,前途如何,还很难说。

　　董明在他的博客上发文了:《永远的古柽柳——全球唯一的野生古柽柳林面临消失的危险》,连同一组照片。同时把我的文章也贴在他的博客上。

　　很快有了共鸣。省内外网友鼎力支持的话语如一重重热情的浪花扑向礁石,回应着我们的呐喊。一位网友写道:

　　我本来在赶写另一篇文章,但看完王老师的《古红柳……》,我写不下去了。我手抖得厉害。

　　这又是一个世界奇迹,是青海对世界生态文明摆出的活生生的实例。古红柳是和大熊猫、桫椤一样经历了亿万年的时光而存活下来的珍贵的植物活化石,青海人怎么能为了一座水电站,就要将它们毁灭呢?

　　由此,我想起了前几天,中国科学院的叶舒宪教授来讲课,讲民间文化,他举的例子竟然大多是青海的。当讲到柳湾彩陶时,我才知道,举世无双无比珍贵的彩陶,竟然一直堆放在几间仓库里。是一个日本专家看不下去了，出钱建了一座彩陶博物馆。青海是穷，可穷到竟然没钱建一座博物馆吗？我们拥有震惊世界、绚烂夺目的文化，可我们为什么不珍惜？

一位网友写道：

如此珍稀的物种，竟然在一些急功近利的人面前面临生死抉择！古红柳的价值无法用数字衡量！任何以牺牲生态而创造的短暂效益终将受到历史的审判！

还有一位网友写道：

被围追堵截的黄河已经淹没掉和将要淹没的远不止是一片古桎柳。只不过，我们偶尔发现了那些古桎柳，别的都没有发现或者没有记住而已。从这个意义上讲，那些古桎柳既很不幸又很幸运，至少有人为之呐喊。即使它被淹没了，也会被铭记。虽然这样的铭记意味着一种悲哀，但更大的悲哀是，我们并不记得曾经淹没过的一切！

所有的感动和焦虑，都来自地球母亲赋予我们的精神胎音；所有的愤懑，都指向由来已久的时代痼疾。

然而这一切，到底能否产生实际效果，能否影响决策部门的态度，是个未知数；文章刊出后会不会招来主管部门的责难，也是个问题。在党报上发声，有一定难处。如果不尽吐胸臆，钝刀子割肉，欲说还休，就不能引动视听；如果锋芒太露，挞伐太甚，则会给媒体带来麻烦。因此，我的言说，只能像一杯满得不能再满的水一样，既保持最大张力，又不让它溢出。

然而十几天过去，既无问罪之师，更无垂询之音。或许是整体麻木，或许是不屑搭理。

这期间，我遇到了老朋友谢教授，他是省政府参事。他说见到了我的文章，让我拿10份报纸给他，他打算联合其他几位参事，写报告给省领导，支持我们的呼吁。他说，必要时他可以直接去找省领导。

这可真是柳暗花明又一村！以合适的身份和最短的路径向最高决策层陈情，那当然是再好不过了。我把这一情况打电话告诉了吴馆长，吴馆长听了连声说："太好了太好了。我就是苦于找不到和省领导直接沟通的机会啊。"

耐住性子等待谢教授的回音。又不好催他。几天之后，忍不住拿起了电话。谢教授给了一个令人振奋的消息。他说他没有急着去找省领导，而是先去某部门找了某人（此处恕不言明身份），了解了一下情况。人家说，问题已经解决了。国务院某副总理（此处恕不言明姓名）最近做了批示，黄河上游包括这片红柳林在内的珍稀植物必须保护。水电站停工了。请谢教授转告写文章的人，不要再炒作这件事了。

没想到问题的解决竟是易如反掌。放下电话，我在心里说：谢教授，你是一员福将啊，一出马就带来了福音！

疑 云

我立即把这个消息告诉了吴玉虎。我说，这下可以把心放到大校场里了，你我的心情没有白费！但电话那头，吴玉虎没有表现出预料中的兴奋，他沉吟了片刻后，以警觉的语气问："某副总理做的批示，是不是真有其事？是在什么时间，针对什么事情做的批示？具体内容是什么？有多少字？如果真有这事，这是个很正面的新闻，媒体早就报道了，为什么人们都不知道？我看这里面恐怕有诈，他们一定是在想对策哩，先放个烟幕弹出来麻痹咱们呢。我太了解这些人了。你再打听打听。"

对啊，保护生态是个正面话题，国家领导人有关保护生态的批示，肯定会由新华通讯社发通稿,怎么会秘而不宣呢? 看来其中是有问题。

吴馆长厉害。一个从事自然科学的人,对官场中事,有如此敏锐的判断力。他当个行政长官也够格了。

刚刚升起的希望熄灭了。问题的不可理喻还在于,浇灭希望的力量来自体制内部。我跟董明开玩笑说,擦亮眼睛吧,阶级斗争非常复杂!

果然,此后关于某副总理的批示一说,杳无音信。而听到的消息是,羊曲水电站建设工程仍在紧锣密鼓地进行。

至此,我已经感到,我们过于势单力薄。而我们面对的却是强大得多的经济力量。所有被我们寄予希望的那些人和部门,都在为一个心照不宣的目标达成默契:经济利益至上,其他免谈。

而此前被我游说过的媒体和通讯社,都曾表示要派记者去同德采访,后来也没有了下文,是否有人在背后干预,不得而知。

沉默,沉默。该发声的,都反常地沉默着。

我给吴馆长说,看来红柳保卫战要输了。他说,先别泄气,库区建成还得几年。

转　机

机会还有一次,那就是一年一度的全省"两会"。政协委员在"两会"期间的提案,是参政议政的重要形式,至少在形式上是神圣的,最终必须得到相关部门的答复。于是我和程起骏先生商量,分头行动,游说自己熟悉的委员,以联名形式向大会递交提案。我们还商定,分别写两个提案,由不同的两拨人递交,观点相同而表述各异,给人感觉是关注古红柳命运的人来自不同界别,不谋而合,以显示民意的广泛性。这其实只是个小伎俩,未必有意义,苦心孤诣而已。

政协委员很快联系好了,我把想法一说,无一例外地说"这是好事,一定支持!"。有的委员还正为找不到有分量的题目做提案着急呢。

这个提案必须写好!试想,"两会"期间,文牍如山,视听浮躁,谁有耐心去看长篇大论。我深知广告学中的一个原理:"你告诉对方的越少,对方记住的越多。"所以,提案必须精短,无需理论演绎,无需起承转合。单刀直入,既讲清病情,又开出药方,字字句句板上钉钉,敲到实处,方能给人留下深刻印象。

我把写好的提案细细锤炼了一番,确信每一个标点符号都没有问题,这才传给了我的代言人。告诉对方,这应当是一份高质量的提案,堪作提案范本,绝对给你们长脸。

至此,我才算松了一口气。至于最后的结果如何,尽人事,听天命吧。

终 场

这以后就是沉闷的等待。吴馆长时而打电话问消息。我说,政协会议之后,有专门的提案办理机构负责此事,提案要分类整理,分送相关部门,责成复函,这个过程不会太快。

但同时我也感到,等待时间越长,希望越渺茫。程起骏先生也打来电话说,恐怕没多大希望了,再等等吧。

半年之后,程起骏给我转来一份文件的复印件,是某部门给多名政协委员联名提案的复函。复函讲到了对保护这片红柳林的重视;报告了相关的调查研究结果；肯定了古红柳的"科学研究价值和观赏价值"以及制订保护方案的必要性。特别强调了加快黄河上游水电开发，建设包括羊曲电站在内的一大批中小型水电站的必要性和可行性，以及下一步的工作设想，等等。我的目光掠过这些无关主旨的内容，在字里行间搜索着有关古红柳归宿的具体结论。最后找到了，只有寥寥一句：

"……建议对其进行有效移植。"

有效移植。说白了，保护的办法是老树挪窝。

"有效移植"这个概念在逻辑上有毛病，但现在顾不上逻辑了，就说老树挪窝吧。

以现代物力财力和机械能力，我相信老树挪窝也许能够实现，"有效"是否可信，未可知也。

事已至此，更复何言！挺立了几个世纪的、未曾离开过原生水土的、根须深达几十米的老树，挪窝后会造成什么损害，无需科学论证，只做常理推测即不难想象。老虎动骨，蛟龙伤筋，还会健壮如初吗？

红柳保卫战终于尘埃落定，我们失败了。

但吴玉虎还不甘心。他悲怆的呼喊声已经充血。8月底，他在一封呼吁信中写道："……如果我们失去一个尚未被人类记录且从未被认识和描绘过的森林类型和景观生态类型……我们信奉的生物多样性保护理念就会沦为作秀的口号，我们的环保法规或将因此蒙上阴影而被视为摆设；而我们或许将沦为割断自然历史、毁灭自然遗产的千古罪人。""如果古桎柳林注定要成为阿富汗巴米扬大佛式的悲哀——任全世界都反对也无济于事的话，则留下的不仅是对学界，也是对国人的无休止的谴责。"

几十年前，三峡水电站工程的漫长论证过程中，黄万里是唯一的最坚定的反对者。"然蚊虻之声，固无当乎雷鸣。"兴建三峡大坝的理由坚如磐石。斯人逝去多年后的今天,各种隐患相继显现,三峡大坝的合理性开始动摇。学界开始怀念黄万里。

古红柳的存亡也一样。历史的裁决不仅滞后,而且总是伴随着永久性遗憾。

尾　声

吴玉虎还在上书。他要一直坚持到古红柳被淹没的那一天。

遥想诸葛当年,对三分天下的最终结局早已洞若观火。到了蜀汉后期,眼看北定中原、兴复汉室的目标乃是不可能实现的梦想,他还是要六出祁山,兴兵讨伐。

明知其不可为而为之,这跟一个人的智慧或愚昧无关,而是与灵魂的煎熬有关。

想我等戋戋细民,既无改变决策之权,又无阻挠施工之力,仅凭一腔草木情怀,人间义理,就想让一个干得红红火火的水电站下马,无乃痴之甚乎? 螳臂挡车,其结局岂有悬念乎?

古红柳应该活下去。这是一个真理。曾有一批人像捍卫真理一样捍卫过古红柳。如红柳有知,或许能获得些许安慰。

真理之光会被遮蔽,但不会泯灭。

2014 年 2 月

青海湖畔:捡回失落的明珠

　　这是一个让人深感惭愧的故事。珠宝就在身边,却熟视无睹,一任风尘湮没。一朝际会因缘,却被来自远方的慧眼识出。

　　金瓶似的小山,

　　山上虽然没有水,

　　美丽的风景已够我留恋。

　　明镜似的西海,

　　海中虽然没有龙,

　　碧绿的海水已够我喜欢。

　　北京城里的毛主席,

　　虽然没有见过你,

　　你给我的幸福却永留在我的身边。

　　认识这首歌是在半个世纪前,缘于中央人民广播电台的传播。那时我正上中学。明快的旋律和空阔的意境很快征服了校园里那些单纯的心。在清晨和傍晚的林荫道上，在校庆晚会的演出中，都有这首歌的回声荡漾。

想不到二十多年后，我和这首歌的词作者朱丁先生成为同事，在同一个办公室上班。但我仍然不知道坐在对面的这位和蔼的老头就是这首歌的整理改编者。我更想不到，当这首歌唱彻全国城乡时，这个人正在遭受磨难。

——2008年夏天，在去青海湖的途中，我就这样向上海客人毛竹晨女士等开始了讲述。其时车窗外草色连天，碧云接地，青海湖的一角衣袂已遥遥在望。我们与这些上海客人随意交谈着，看见青海湖，突然就想起了上海人朱丁。

毛竹晨时任上海世博局国内主题演绎部助理部长，她是和世博局国内参展部副部长钱伯金一行，专程来青海考察我省参展主题的创作情况的。

再回到刚才的话头。我调来青海日报社文艺部两年后的一天，部门领导把从夜班部调来的朱丁介绍给我。第一眼看到他，我立刻想起了汪曾祺的小说《詹大胖子》中的描写：

詹大胖子是个大胖子。很白，很胖，是个大白胖子。

年长的同事朱丁就是这样一个白胖子。胖而和蔼，说话如清风徐来，没有半点陌生感，仿佛和你认识已经很久。

我就这样开始了和他的相处。

很快就从别的同事口里了解到，朱丁是蒙冤多年后被平反、刚刚从海北劳改农场回到报社的编辑。还听说，他毕业于华东新闻学院，新中国刚一成立就和未婚妻一起到青海工作，是青海最早的新闻人、一个奋发有为的青年记者。后来在反胡风的运动中蒙冤，戴上沉重的政治枷锁，发配到海北劳改农场，接受"劳动教养"。几年后，在青海人民广播电台工作的爱人徐沛霖也被打成右派并开除公职，带着三个年幼的孩子来到农场，一家五口人，开始了从精神到口腹都极为窘迫的生活。

等冤案平反回到工作岗位时，人生中最宝贵的一段年华已消耗殆尽。

朱丁的遭遇让我沉重，让我同情，但没让我惊奇。在那个年代，类似的人和事太多太多，这差不多就是上世纪中叶，一代知识分子命运史的封面。

但我惊讶于他的精神面貌。胖而圆的脸，总那么明朗，不见往日的阴影。也许伤痛已被他深埋心底，不愿挂在脸上。

不管怎样，在告别梦魇般的生活后，能以微笑对待新的生活，不去学祥林嫂，也足见一个人心底的宽广。

朱丁阅历深而且博学。作为后生晚辈的我，每每忙完当天的编务，就期待着和他闲扯一阵子，以便长点见识。与这样的人相处，其实无须特意请他传道授业。寻常话题，生活趣事，由他道来娓娓可听，在我听来皆是学问（这需要有心人才行，我恰好就是个有心人）。

但无论说什么话题，我都注意绝不触及他的伤痛。

一次，一位女同事编稿不慎，稿子见报后发现了一点文字差错。那时编辑部制度严格，出了差错就得发表更正，公布责任者姓名。这总是让编采人员难堪的事情。为难之际，朱丁笑了，"办法倒是有一个，既能说清问题，也可免登姓名，只是不好用。"我们连忙请教。他说，更正内容就说"此差错系手民误植"，谁也不会深究。见我们茫然，他说，这是旧时上海的报刊发表更正时常用的措辞。"手民"指排字工人，"误植"是借用树苗栽错了树坑的比喻，说排字时不小心把铅字放错了。一般读者似懂非懂，也就过去了。

我们大笑。办法当然没采用，但又一次感到朱丁好玩。

有次我出差回来，有人告诉我，几天前朱丁在编辑部门厅里贴出一张告示，言明孩子要结婚，欢迎同事们来喝喜酒，但敬谢送礼。纯文言文写的，情辞恳切，文采斐然，大家都在传抄，如同争饮美酒。

可惜我没有及时去搜罗这张告示，成为一个遗憾。

正当我和朱丁渐渐熟稔之际，他死了。

时值改革开放之初，报社组织一批老同志去南方参观。搞这个活动也有抚慰一下那些曾受磨难的心灵的用意。队伍中有朱丁。他很胖，又有高血压，旅途劳顿，到南京，骤逢酷热，一阵眩晕，朱先生过去了。

报社要开追悼会，总编辑李沙铃要我替他写一篇悼词。我有点为难，我跟朱丁共事毕竟不过半年，对他的过去知道得太少。李总编说这好办，我给你写张条子。凭这，你去人事处查阅他的档案就是了。

这是我第一次接触神秘的人事档案。从工作人员手中接过砖头厚的卷宗时，才认识到，一个公职人员从初出茅庐干到一大把年纪，会有那么厚的一沓东西悄悄地跟踪着你，监视着你。

一张张发黄的纸页把我带进了沉重的历史。内容很多，但有一点把我给镇住了：朱丁参加工作之初，在青海湖附近的草原采访时，发现了一首藏族民歌，经他整理改编后，命名《金瓶似的小山》，被中央广播乐团配器演唱，由中央人民广播电台播出，在全国传唱开来。

原来如此！那首我曾唱着它走过青少年时代的著名歌曲，竟出自身边这位可敬的同事之手！

我震惊于这样的发现。我更惊讶于他拥有这样出彩的人生片段而从不提及。假如换了另一类人，可能恨不得拿个大喇叭告诉每一个人呢。

我对朱丁的敬仰由此而加深了一层。

理丧期间我见到了他的夫人徐沛霖。瘦削，忧郁，有大家闺秀的气质。后来我还见到过她手写的回忆录，厚厚的一个硬壳笔记本，里面是娟秀整齐的钢笔字，像一畦畦精耕细作的麦苗。她以朴实而细腻的文笔记下了初来青海那一段激情燃烧的岁月。

……让我再回到驶往青海湖的那部车里。上海客人们在感叹声中静静地听着,只在需要询问时才打断我一下。显然,同乡人朱丁的遭际深深地触动了他们。

告别上海客人之后,我也就忘记了这件事情。不料一个月后,省商务厅从事青海世博事务的李雅林主任告诉我,毛部长回上海后很快在她的博客上写了文章:《青海湖边,一个真实的传奇》,介绍了朱丁和《金瓶似的小山》,还费了大功夫查阅到朱丁的夫人徐沛霖的资料,引述了当年那一批热血青年千辛万苦来到西宁,和许多急于报国的年轻人一起,草创青海新闻事业的那一段难忘经历。

我颇感意外。要知道,2010 年上海世博会被称为"中国经济和人文的奥运",筹备工作千头万绪,那段时间里,世博局官员们东奔西颠,考察指导各省市区主题创意,工作超忙。毛部长竟能见缝插针地将青海湖边的所闻写成文章在网上宣传,让人不能不佩服上海人的工作效率!

我一向自认为在青海这种环境里自己不属于最懒散最迟钝的人,但这一回才明白,地域性的生活惯性在我身上打下的烙印有多么深刻。这么多年了,这样熟悉的题材,竟然让它躺在记忆深处酣眠,而没有去掀开它、审视它。

我把毛竹晨的文章下载过来一看,才知道她不仅是个领导,更是个才女。

读一读外地人心目中的青海和青海人,对于青海人深化自我认识是个有益的比照,于是我把毛部长的文章推荐给了《青海日报》文化专刊部。

今年 2 月 13 日,《青海湖边,一个真实的传奇》在《青海日报》刊出。专刊部主任马钧写了精辟的审读感言,认为半个多世纪前的这段传媒逸事,"是一幅时代画卷上不能缺少的组成元素。……感谢长江之尾的作者的这次溯回,也感谢江河源头的徐沛霖女士的钩沉。"

省委书记强卫读了这篇文章,当即做了批示,对青海日报创业前辈的精神予以高度评价。省委常委、省委宣传部长曲青山也作了批示,号召编采人员认真学习。

与此同时,青海湖景区管理局给编辑部打电话表示感谢。说他们已经将《金瓶似的小山》纳入青海湖景区金牌曲目。

至此,这首冬眠了多年的歌曲,被时代的足音激活,开始释放综合性的精神能量。被它荡起的涟漪,还在扩展:毛竹晨准备把《青海日报》刊载的这篇文章发到世博网和世博杂志上,让更多的人了解青海。这位曾留学英国、年纪轻轻却异常干练的世博官员,仿佛注定和青海有缘分,对于宣传这片遥远的土地不遗余力。

世博,是个吸引全球目光的舞台,也是一棵根须向域内外多元文化延伸的大树。可以预期,借助它的辐射力,青海的形象将会在更为广阔的信息空间里获得深度认识。《金瓶似的小山》那优美的旋律,也将随着五线谱的飘带飞向八方。而青海人,捡回这颗曾经失落的明珠,拂去岁月的尘埃,感慨之余,难道不会获得新的思想启示吗?

倘若朱先生在天有灵,毫无疑问,必当含笑"浮一大白"。

哦,曾经撩动过我无限遐想的歌曲《金瓶似的小山》!

哦,我那短暂的同事、永远的师长、可爱的胖子朱丁!

2009 年 4 月

从马背到田野

——话说土族

历史上的某一天，朝廷的一个史官，也可能是西部边地的一个地方长官，也可能是长官手下负责文牍的一个小吏，在起草一份给朝廷的报告时，为了省事，自作主张地把"土浑"（读"吐胡"——"吐谷浑"的简称）写成"土民"。他偷了点懒不打紧，一个民族的名称就这样被随意篡改，并进入了官方的各种文本，一直沿袭下来。

深谙翻译要义的人都知道一个原则：凡属于庄重概念的翻译，不仅译音要准，而且字义要好。特殊情况下，宁肯译音不准，也要字义端庄。上世纪中叶，一个与我国有外交往来的非洲国家，出现在中国官方文件和《人民日报》时，国名沿用了旧的惯例，译作"莫三鼻给"。后来是人家的驻华使节感觉这个译名不好，提出交涉，改成了今天的"莫桑比克"。虽说"莫三鼻给"的读音更加准确，但对方宁肯接受不准的译音，也不接受不雅的字义。说到底，尊严高于一切。

吐谷浑人当时为什么不提出抗议？盖因信息闭塞，沟通无门，无由得窥政府文件。更因识文断字者少之又少，名字叫人改了也不知道。待到后人发现有点不对劲时，"土民"这个概念早已深入人心，难以移易了。

——这是我的猜测，但不至于是无稽之谈吧。因为迄今还没见到更为合理的分析。

人名、地名和民族的命名本来是件严肃的事，但在古代中国，尤其是北方地区，十人九文盲，命名权始终掌握在极少数文化人手中。遇上那些缺乏社会责任心的人，就会把此事视同儿戏。这种现象不胜枚举。远的不说，上世纪中叶开始，我省玉树藏族自治州囊谦县出现在公文中，就成了"昂欠县"，并进而扩大到媒体报道及匾额标牌。始作俑者是谁？难道不是政府部门的某个领导或文秘人员吗？他们怯于笔画的繁难而简化的名称，在历史中沿用了数十年之久，幸而近年又改回来了。

把"吐谷浑人"改成"土民"不要紧，问题在于"土民"一词会产生歧义。外界人容易把"土民"理解为"土人"或是"土著"，会误以为指的是青海本地人。这是其一；其二，"土人"这个称谓中还包含着"老土""落后""不开化"等潜在的贬义。在旧时代的青海，人们习惯于把土族男性称为"土人"，把土族女性称为"土人婆"。这个称谓中的蔑视意味显而易见。直至新中国成立，被国家政权郑重确认的56个民族中，青海的"土人"才有了尊严的名称："土族"。这是唯一生活在青海的土族。是堂堂正正的中国土族。

土族人的源头在哪里？辽东半岛。距今有多久？大约1 600年前后。这听起来颇不可思议。那么漫长的距离，邦国对峙，仇雠相侵，关山阻隔，水土迥异，他们为何要来青海？凭借什么力量去做那样迂回曲折、迢遥无涯的迁徙？这中间经历了怎样的磨难，付出了多大的牺牲？流淌了多少血泪？

一言难尽。中国古代社会动荡多难，不同民族之间、同一民族之中，利益冲突、权力更迭、宗亲分歧频频发生；治与乱，分与合，兴与废交替出现，形成了一团难以拆解的历史乱麻。这团乱麻还是让历史学家们慢慢撕扯去吧。

简言之,土族最早的祖先是居住在辽东半岛的鲜卑族,是以狩猎和游牧为主要生活方式的少数民族。魏晋南北朝时期,鲜卑族可能获得了一个天时地利人和之便,逐渐向外扩张,建立起强大的吐谷浑国,跨踞青藏高原与塔里木盆地,长达350年之久。

中国历史上屹立300年以上的王朝屈指可数,这绝对算得上超稳定的社会,必有其外部和内部两方面的原因,值得今天的人们去研究。以史为镜,可以促和谐。

遥想当年,吐谷浑虎踞北方,龙蟠西部,大有扫荡六和、吞并八荒之势。

是什么原因终结了吐谷浑的辉煌,又不得而知,无非内讧与外乱吧。唐代,吐谷浑的政治文化重心开始转移,远迁朔方、代北。至宋代,建立了西夏王国,也长达200年之久。西夏王国是战无不胜的成吉思汗最后遭遇的钉子户,在蒙古军的强势进攻下苦苦支撑经年,终于崩溃。至此开始,吐谷浑人土崩瓦解,风流云散。有一小部分人赶着牲口,带着不多的家当,忐忑不安地摸索着进入河湟谷地。结果发现这是一片既不太富饶也不太贫瘠的土地,相对安全,足可活命,于是定居下来。

他们的选择是正确的,这里远离中原内地的权力中心,被杀伐征战荡起的滚滚烟尘,在地缘因素的消解下,到了这里,变成波澜不惊的涟漪。依赖青稞、小麦、洋芋和油菜提供的物质基础,也能图个温饱。这就是为什么在过去,包括土族人在内的青海人见面互致问候时只问对方及家人的安康——"你好着萨?家里老汉稳当着萨?"而从来不像内地人那样要问"吃了没?"可见"吃了没"对青海人并不是一件特别严峻的事情。

吐谷浑人告别了骏马强弓,拿起犁铧镰刀,学习稼穑,生活模式发生了完全的改变。他们的民族气质中,逐渐少了些大漠草原的粗犷豪放,多了些河湟谷地的敦厚内敛。

从遗传学的角度来看，经过千百年的混血，土族人也失去了祖先的形貌特征，更像汉人了。

相对于祖先们往昔的辉煌，河湟地区的土族差可用"弱息仅存"来形容。

1949 年新中国成立，给这个被主流社会长期边缘化的弱小民族带来了勃勃生机。互助、民和、大通自治县的成立，使土族有了和其他民族平等参与管理国家事务的权利。经济、文化、教育等领域中，有许多事情也都是从一张白纸开始，蓬勃发展起来的。半个多世纪之前，土族人能够走出山沟闯荡世界者凤毛麟角，现如今人才辈出，青海的政治经济文化科研卫生领域，土族才俊群星灿烂。这托了谁的好处？答案不言而喻。1979 年，在人民政府支持下，创立了土族文字，体现了共产党民族政策的昌明。尽管由于汉文的普及，土族文字并没有流传开来，但毕竟这是一个值得铭记的历史事件。回首往昔，有哪一朝哪一代的中央政府如此尊重过这个小民族？

土族是个善于吸纳的民族，虽然普遍信奉佛教，但也尊崇孔孟之道。在家庭关系中，讲究长幼有序、伦理有常；人际交往中，崇尚礼仪和信誉，处处可见儒家文化的影响。

土族是个善于把生活艺术化的民族。且不说每逢婚庆大事，所有程序都被艺术化，日常生活中但凡有心绪的表达，都习惯于付诸歌舞，把原本或许单调沉闷的生活常态化作轻松浪漫，这让汉族人羡慕不已。在但凡需要表达敬意、谢意、爱意、乡思或离愁的时候，土族人总喜欢以歌谣表达，并且人人皆可歌之舞之，无需事先排练，张口即来，轻松如同探囊取物。看到这一切，汉族人就会隐隐约约地意识到，在抖落历史风尘匆匆前行的路上，自己所属的这个群体丢失的东西太多了。以至于在很多情况下，发现表达心声缺少载体，不得不窘迫地向土族人或藏族人借一条哈达。

　　土族人好客。这种好客与一般意义上的客气或礼貌不同。土族人好客的传统，来自农耕社会中一个根深蒂固的文化心理。那就是，一个相对弱小的民族，格外重视亲缘关系，这是他们赖以生存的一个不能忽略的纽带。尽管来客不一定就是亲戚，但当主人满怀虔诚地给客人端上一盘锟锅馍馍、一碗熬茶，敬上三杯青稞酒，唱一曲道拉时，或者亲切地把陌生的来客称一声"阿爹"或"阿嘎"时，他们的潜意识中，就是把客人当作了亲缘关系的延伸部分。如果注意到这一点，就会明白，同样的锟锅馍馍、熬茶或三杯酒，如果出现在旅游项目中，性质就发生了完全的变化，它不再与民族文化心理有关，而仅仅是赚取客人腰包的一个前奏。

　　世界上没有凝固不变的文化，也没有永不褪色的风情。一切都在变化之中。有心人都能发现，花绣衫，轮子秋，安召舞，还有道拉，逐渐从实际生活中淡出，转入旅游领域，"质"与"形"之间的关系悄悄地发生了变化。这有点令人怅惘，但历史的规律就是如此，没有任何群体能够固守传统、拒绝现代文明。问题在于，当一个古老民族在欣然接受楼房和汽车、鼠标和网络，接受西装和夹克衫，接受流行音乐和公共交际语言，接受时代价值观和市场竞争法则的同时，如何保留住民族精神血脉中最可宝贵的基因，不让它过快地流失？或者换一句话说，如何让现代文明与民族文化始终保持并存共生的关系，而不是相互取代的关系？这一点倒是值得每一个土族人去关心。

2009 年 8 月

徜徉在历史的画卷

——话说刚察

　　说起刚察,但凡留意过青海地名的人都会纳闷:青海怎么有那么多地方都叫刚察? 除了海北藏族自治州的刚察县,贵德、贵南、同德、循化、同仁等地都有刚察,果洛也有刚察。有一些叫刚察的村落,按所处的位置分为两块,叫"上刚察""下刚察"。

　　其实,不止青海,西藏和四川也有不少地方叫刚察。

　　这绝不是巧合。有那么多地方叫刚察,说明这不是个等闲的地名,它有来头。

　　史料告诉我们,古代边地游牧民族的社会形态,多以血缘关系为纽带,形成大大小小的部落。部落的名称就是这个群体世代相传的名片,也是每个部落成员的身份证。当一个部落由于遭受战乱,或由于内部矛盾而离开故土,无论这个原本完整的群体变得多么支离破碎,也无论他们迁徙到多么遥远的地方,他们都会把部落的名称连同帐篷、茶碗一起带走,决不会丢弃。这是确认自己历史根基的唯一标志。在远离故土的异地,无论他们的茶碗里是否照样飘浮起酥油的醇香,也无论作为外来人是否忍受着挤压或屈辱,部落的名字总让他们有所依赖,也总会让他们在梦中飞越关山寻找归途,在月圆之夜长歌当哭,涕泗横流。

部落名称的凝聚力何等强大,它穿越历史而不泯灭,久经部落分合而不更改。这就是为什么青海有那么多的地方叫刚察。

史料记载,刚察部落早在吐蕃王朝时期就有名。它曾隶属于"赞普"松赞干布麾下,是具有一级行政职能的部落组织,民风强悍,善于骑射。他们亦军亦牧,平时为民,战时为兵,后来定居在青海湖北岸。那时的青海湖北岸草原可不像今天退化了的草原,那可真是沃野无涯,草丰水美。"风吹草低"的时候才能"见牛羊"。难怪《后汉书》赞叹这里是"锦地千里",清代官员第一次踏上这片土地时,连连惊叹"乐土,乐土"。

但是,回首历史烟云,苦难总是多于安居乐业的日子。在长达一千多年的时间里,杀伐征战一直陪伴着这块美丽的土地。公元1509年,是刚察部落的多事之秋。来自北方另一个游牧民族的一个部落,凭借强大实力,进入青海刚察地区。刀光剑影之中,实力悬殊的刚察部落分崩离析,有的人家沿青海湖西岸逃往盐湖地区落脚;有的人家长途跋涉,往黄河以南迁徙。他们考虑,黄河是一道天然屏障,或许能给今后的日子带来安宁。但是,面对黄河的滚滚波涛,疲惫的人马牛羊踟蹰不前。没有桥梁之便,没有舟楫之利,怎么过河?然而他们别无选择。扎制得不太地道的羊皮筏子,还有不易求得的小船,是当时的渡河工具。自幼在马背上长大、不谙水性的牧民,渡河没有成功,付出了惨重的代价。第一次踩到摇晃不稳的羊皮筏子上,人都会战战兢兢,何况是牲口。但是牛羊不能丢弃,那是他们的命根子;马匹也不能丢弃,那可是长途跋涉中老弱妇孺不可缺少的坐骑。

刚察人曾尝试着把马匹赶上小船。惊惧不前的马匹,被鞭子抽急了,奋力往小船上一跃,小船立刻失去平衡,顷刻之间,人马都被波涛吞没……

奈何？奈何？家园已逝，黄河难渡，他们该去何处落脚？

听当地人说，要渡河，需得等黄河结冰。"冰冻半尺，能担一人一马。"这是生活经验。可是黄河并非年年结冰。或许要等几年、十几年才结一次。

只有等。黄河以北没有属于他们的草场。牛羊不能吃石头沙子活着。窘迫的等待中与当地牧民的流血冲突时时发生。老弱病残之人就在等待中死去，把骸骨扔在远离乡土的陌生土地。

只有等。等着黄河结冰桥，一年又一年地等。

老天终于睁开了眼睛。十年后的又一个严冬，河面上涌动起密密麻麻的冰渣。天要是继续冷下去，冰渣有可能结成冰桥！刚察人苦涩的眼睛里望出火来，望出水来。唵嘛呢叭咪吽。唵嘛呢叭咪吽。唵嘛呢叭咪吽。一天又一天，虔诚的祈祷声中带着哭腔。

在一个寒彻骨髓的夜晚，河面悄悄地结成了冰盖，厚重坚实，晶莹光洁，像白玉砌成的大道。

冰桥！冰桥！上苍赐给了刚察人一条逃生之路。

怀揣着不堪回首的记忆，踩着冰桥，过了黄河，刚察人辗转到了贵德、贵南、同德等地；有的小部落走得更远，他们沿着黄河，在谷地走走停停，一直向东、向东。他们并不清楚自己的归宿在哪里，只想远离战争，远离血色的记忆。

走出了松巴峡，走出了李家峡，又走出了积石峡，他们把未来的命运交给了一片陌生而广袤的草原，那就是今天的黄南。

在新的栖息地，每逢他们的来历被人问及，男女老少本能的回答就是两个字"刚察"。而在贵德、贵南、同德、果洛等地定居下来的人们，也同样毫不犹豫地用"刚察"来命名他们新的家园。

牧草黄了又绿，绿了又黄，在新的环境中成长起来的牧人后代，说话的语调已经带上了当地藏族的口音,但是,父辈们对故土的描述和忆念,深深地镌刻在一代又一代人的骨子里,任何时候,他们都没有放弃过重返故乡的梦想。

天地转,光阴迫。风云变幻,殊难预料。黄河南部刚察人重返故乡的机缘终于到来。经历了罗布藏丹津之乱,又鉴于多年来不断渡河北迁的黄南藏族部落已经在环湖地区居住有年的既成事实,清政府审时度势,终于同意刚察人回迁青海湖驻牧。咸丰六年(公元1856年),藏族刚察部落终于从黄河以南迁回刚察故地。

1949年11月,刚察解放。1953年,刚察县建立,隶属海北藏族自治州。

域甸鼎革,日月重光,刚察历史从此翻开了新的一页。

"刚察"。一个响亮的地名。按安多地区的藏语发音,这个名字音节鲜明,铿锵有力。正确的读音应该是"gangca"。"gang"读上声,"ca"读去声,名字的韵味尽在抑扬顿挫之中。普通话读成了"gangcha",多了一些柔美,少了几许阳刚。

茹毛饮血、嗜腥啖膻的岁月已然远去。今天的刚察,抖落一身风尘,充满自信地行进在时代的霞光里。

刚察地处青海湖北岸,面临万顷碧波,无遮无挡,冬春季节,朔风劲烈,被当地人称为"罡风"。初去刚察的人,对这里的罡风尤其印象深刻。然而,如果从容涉足这里的山山水水,就会发现,刚察之大美,远不是罡风所能掩盖。且不说举世闻名的鸟岛,也不说祁连山下的牧场,吸引着五洲四海的目光;单是遍布境内的佛教文化遗存,激荡过历史风云的哈尔盖古城,还有神秘的哈龙岩画、舍布齐岩画,以及达赖五世泉等等,就值得历史学家、文化人类学家和艺术家们驻足流连,浮想联翩了。

2010年11月

刚察一梦

刚察梦见了洪荒时代。灿烂岩浆冲入云霄,化为万寿菊、海星、孔雀翎,缓缓落下,凝固为五色彩石。

有罡风从天边来,如锉如刀,吹碎一川彩石,化为金沙,铺向天边。

刚察听见大地骨骼嘎嘎作响,巍峨山体从海平面升起。海水大哗,穿峡越谷而退。

刚察梦见一个蔚蓝色大湖。锦鳞纷纷,做旋风舞。羽阵喧嚷,声闻数里。环湖草色鲜亮如锦缎,眩人眼目。地皮轻颤,有物欻来。非马非龙,结队连群,长鬃飘逸,疾如飓风。

刚察梦见雁去雁归,草枯草青。一条小河忽而山前,忽而山后,转瞬之间,频频改道。悚然心惊,乃知人间已沧桑几度,须臾千年矣。

刚察梦见湖水嘶嘶蒸发,湖底黄沙尽显,鱼儿们如万箭齐发,飞向草棵之间。

刚察梦醒,看见湖岸沙雕高矗,车辆攒动,游人如织;听见一片快门揿动之声,如利镰刈草,急雨打窗。

刚察听见罡风与白云相语:"噫! 无海无水之日, 尚有湖沙以资消遣耶? "

白云答言:"焉知百年后,彼处尚为沙雕也? 海之喧哗,或将复闻于人间也。"

2012 年 3 月

黄河谷地的敦厚与内敛

——话说贵德人

贵德地处黄河上游谷地,占有得天独厚的气候地理条件,素有"高原小江南"的美誉。又因盛产长把梨,亦称梨乡。

贵德是一个以羌藏文化为远背景,中原文化为近背景的农业区。境内以汉族、藏族和回族为主体民族。现有的汉族,多为明代以来从内地陆续迁来。贵德最早的土著汉族现只分布在王屯、周屯、刘屯等山乡,说话的语调很特殊,与青海境内任何一个小片方言区都不相同。

在相当长的历史中,由于生活节奏的缓慢和人际交往的相对稀疏,形成了这里的人说话语速较慢的特点,这跟西宁人一比就可以看出。一般人不会注意到这一点,这是一个客观规律,不仅是贵德,其他地区也是如此。

贵德是黄河上游最大的灌区。水土条件好,农民精于稼穑和园艺,优质的冬小麦面粉和花色繁多的果品,是当地人的口福,让外地人羡慕不已。

和青海东部其他县邑不同,由于昆仑山的支脉——西倾山的余脉拉脊山的阻隔,贵德社会长期处在封闭环境中,缺少与外界交流的条件,造成这一方水土上特殊的地域文化心理。朴实、内敛、含蓄和保守是其特征之一。

儒家文化在这里影响很深。这里的汉族人对于儒家的价值观有普遍的认同感和归属感,比如浓厚的农本观念和伦理观念。前者长期以来成为当地人改变生活方式的观念性障碍;后者使得家庭关系中法度井然。在社会交往中,重然诺,讲诚信,是贵德人所崇尚的品格。在家庭关系中,讲究长幼有序,重视辈分界限,忌讳随意越位。过去,通婚联姻都在封闭的内环境中进行,造成区域内繁复密致的亲缘网络。随便一伙贵德人相聚,如果顺藤摸瓜,梳理家族渊源,常会发现原来彼此都沾亲带故。这一特殊的因素成为人际交往中的一种语言制约,使得贵德人语言相对干净。比如,在人多的场合,出言要谨慎,跟人交谈时自觉提防着脏话。不慎发生了语言冲突,事后也在担心,跟自己吵架的那个人说不定就是远房亲戚。初到省城的贵德人,对于西宁人说话大大咧咧、不看场合、不管辈分,随意带"把子"(脏话)的习惯会惊诧不解。

贵德的文化教育开发较早。虽属僻地小邑,贵德人的整体文化素质较好,又因为勤谨、诚实,在外工作的人一般都被社会认可。

贵德人做事不喜欢张扬,淡漠于"抓耳朵"(抓名声)。说话实在,不喜欢"弯弯绕",也鄙视夸夸其谈的人。对于一切廉价的热情,概以三个字表示轻蔑:"甜腥腥"(用青海话读就是"甜醒行")。

贵德人不善应酬。待人饷客的诚意全在行动,缺少城市人那种嘴皮子功夫。过去在乡下,常有这样的现象:客人已经吃饱,主人苦苦夺碗,争执之间几乎把碗掰断。又因为说话"口荏硬",热情的劝敬在外地人看来倒像是严辞相迫。

贵德人保守。自古以来鲜有闯荡世界成就大事者。

由于自然条件的优越,贵德人恋家意识强。即使贫困,也不太乐于到大山外边去谋生,被外地人讥为"恋家羊"。比起一山之隔的湟中人,贵德人的吃苦精神较差。有一则未经核实的传闻:某年,昆仑山改造公路,东部各县都有民工结队去打工。海拔高、苦大,日子难熬。半个月后,贵德人率先卷铺盖撤离。然后是其他县的人,坚持到最后的是循化的撒拉人。

由于受游牧民族习俗的影响,贵德汉族人在婚丧嫁娶方面的礼仪简化了不少,有关时序节庆的应景活动也少。与湟中、西宁、乐都等地一比,贵德人发现人家还有那么多繁琐的讲究。

贵德汉人说话,受藏语语言结构的影响大,倒装句比比皆是:"我发个理去。""你觉一会儿睡了再走。"汉族语言中融入了相当多的藏语语汇,日常交流中频频使用,仿佛已成了汉语的一部分。

例一:"尕娃尕是尕,心里头果巴有哩。"(果巴,意为主意。)

例二:"你光给她的父母亲做工作还不成,码卡丫头要情愿哩。"(码卡,意为关键。注意:码卡不是卡码,后者指办法、原则、原理。)

例三:"下午准备发言的人多,单巴你要说哩。"(单巴,意为主要。)

例四:"小伙子攒劲。模样跟刘德华阿那玛那。"(阿那玛那,意为一模一样。)

从根本上说,一个群体的观念、习惯、行为特征和心理特征无一不是存在状态的产物。改革开放多年,贵德人的存在状态变了不少,人也在变。至于变的结果,能否扬弃应该扬弃的,保留应该保留的,那可不是一个能够简单预测的问题了。

2007 年 7 月

在历史烟尘之外

——谈青海文化的另一种形态

青海文化正处在一个被重新认识的时期。提起这个话题,昆仑山、西王母、吐谷浑、马家窑、大禹治水、唐蕃古道、刺绣、唐卡等等,常会习惯性地进入人们的联想范围,如数家珍般自然。

但窃以为,对青海文化的研究,不应当一味地耽于神话传说、历史故事或旅游文化产品。更应当关注与当代社会生活、与大众精神结构有着密切关系的地域文化心理。它是无形的,曾经是、至今也还在深刻地影响着青海人的价值观念、行为方式和情感方式,也影响着今后的发展。

我们多角度地了解自己的文化血脉,还有利于廓清"发展"与"进步"这两个概念之间的真实关系,有利于对传统文化理性地继承和扬弃。

从人与自然的关系看青海文化

城市化进程的加快,迅速切断着人与自然的联系,今天和未来的内地城市人,被日益扩张的钢筋水泥丛林所拘禁,他们已经看不到自然了。

　　青海人有幸,在工业文明所向披靡的今天,亲近大自然的脐带依然存在。这是任何发达地区的人可望而不可及的。雪山,河流,林莽,农田,草原,炊烟袅袅的牧帐,就在离我们不远的地方,我们随时可以进入,舒展一下被电脑拘禁过久的身心。对于发达地区的人而言,这是一种难以企及的奢侈。借助朝发夕至的交通工具,他们有时也能进入自然,但他们的身份仅仅是观光客,不再是自然的一部分。他们只能在数码相机里留住自然的影子,他们被自然放逐了。

　　在外地人印象中,青海人整体上心胸宽广、温厚朴实。这并非先天的禀赋,而是自然环境熏陶的结果,反映了人与环境的对应规律。青海人如果移居到大都市,在逼仄的空间和紧张的节奏中拼搏,他们的宽厚朴实必将遇到挑战,要么随俗,要么碰壁。

　　过去,青海人几乎终生在山川河流的注视下度过。生存空间的博大和永恒,生命的渺小和短暂,造成巨大反差,仿佛是一种心理暗示或哲学启蒙,时时提醒人乐天知命。缘于此,对人生的理解也多少带点悲剧色彩。有青海"花儿"为证。"花儿"曲调虽多,但其裂胸荡魄之处,不是热烈,而是忧伤,这是"花儿"的灵魂。这种旋律由于暗合了人类情感中普遍的脆弱性而超越时代,今天仍能激起现代人的广泛共鸣。

　　一曲《上去高山望平川》,最典型地代表了青海人人生观的基本倾向。"上去(个)高山(着)望平川／平川里有一朵牡丹／看去是容易(着)摘去是难／摘不到手里是枉然",悠远悲凉的意境中既坦露了对梦中情人的神往,也流露着对梦想的自我克制:人世间一切美好事物都是可望而不可及。尽管如此,追求不会放弃,因为美总是让人心动。

　　自然环境造就了独特的民居方式。青海农村的庄廓院,容纳了悠远的历史文化信息。用黄土夯就的土庄廓古朴、厚重,与黄土高原相互衬映,浑然一体。由庄廓院组成的村落,依山傍水,自成一统,居民稳定,井杵相望,曾为人们带来过踏实的精神归属感。在这种环境里生活的人,追求自足、恬淡、闲适。他们远不像齐鲁大地或云贵高原的民众那样强悍勤苦,也缺乏闯荡意识和拼搏精神。他们的祖籍多在江南,祖先们曾把"小楼一夜听风雨,深巷明朝卖杏花"视为生活的美好愿景,其余韵还在青海人血管里流淌,表现为对生活的易于满足,"客到山家土炕暖,芋熟雪夜满村香。"

青海人对大自然普遍具有敬畏感。从来没想象过去"征服自然"。农业社会的人是这样,牧业社会的人更是如此。在牧业社会的集体意识中,几乎所有的山脉都是神山,所有的湖泊都是圣湖。对自然的态度奠定了游牧民族敬天惜地的基本价值观。正是这样一种基本的价值观,使他们自觉约束着对自然资源的过度索取。除了基本的生活需要,从没想过以破坏自然环境为代价去发大财。多亏了这种生活态度,我们今天还能有幸大体看到青海南部、西南部自然界的原始面貌。

游牧生活的特殊性培育了这个群体的财富观。比起内地人,他们对钱财的态度超脱得多。即使是平民百姓,大都乐善好施。在草原上流浪,一般不会饿死。30 年前,我国地质工作者杨联康,在没有后勤保障的情况下,徒步考察黄河源。在草原的很长一段时间,蓬头垢面,随处乞食,全赖牧民的施予,得以不死,考察工作继续下去,一时传为佳话。

游牧时代的牧民,一般不去置办不动产。财产为了便于在游牧途中携带,必须小型化、袖珍化。珍珠玛瑙、金钏银镯之类,就属于便携式的财富,可以随身佩戴。且看草原庆典中那些身穿节日盛装的青年男女,外来人常常惊讶于她们服饰的昂贵,以及身上佩戴的珠宝之繁多,殊不知这是游牧遗风使然。

所有这一切，我们都可以从人与自然的关系中找到源头。

从社会关系中看青海文化

"人是一切社会关系的总和。"社会关系反映着人的文化观念。农耕社会对血缘关系的重视，源于个人生存能力的弱小。游牧民族由于居住分散，也更看重部落、家族乃至世交之间的相互依赖。离开了对群体的精神依赖，个体的生活信念就失去了支撑。逢年过节，青海农村人非常重视亲戚邻里之间的走动，他们以这样的方式，强化着与自己精神母体的联系，加固着可能松弛了的社会关系链条。

随着经济社会的发展，封闭保守的群居生活方式松动，个人在社会舞台上施展能耐的机会大大增加，对亲缘关系的依赖性也在松弛。即使如此，作为一种文化心理，我们还是随处可以看到它的影子。家中来客，青海农村人更喜欢使用带有亲缘色彩的称谓，而不大喜欢用职业性称呼。

河湟地区的汉族人祖籍都在内地，他们把儒家文化中规范人际关系的一些基本理念带到这里，积淀为青海人文化心理中的元素之一，比如浓厚的伦理观念。在许多场合，礼宾要注意辈分，出言要注意"大小"。过去，忌讳在家庭和村庄里唱"花儿"，是因为旧时"花儿"是"野曲"，歌词多涉狎昵，不宜长幼同听。外地人不懂，讥谑为保守。其实与保守无关，与伦理观念有关。正如在今天，两代人同看电视剧，遭遇到床上戏，必会难堪是一个道理。

"礼失而求诸野。"地缘因素是乡村文化的一道保护屏障，使得河湟地区留住了来自内地、又早被内地所遗失的文明礼仪。农村婚宴中的"说词"就是一例。婚宴不仅是一场物质招待，更是一部人格礼赞。比如，宾客入席之后,东家(或东家委托的知客)要以"说词"表达赞美之情。"说词"分别说给姻亲、冰人(大媒)、厨师乃至请来帮忙打杂的知客,照拂多方,尽显温馨。比如,宴席将毕,东家把厨师请出,坐到一把高背椅子上,手举托盘(盘内置酒杯、毛巾和香皂。酬金另付),高声赞道:"厨长厨长,请到座上。(咩)把你起五更、睡半夜,烟熏火燎的("的"读"子",下同),烧脚烧手的;烟熏了你的鼻子,火燎了你的胡子。你把生的(哈)做成熟的,你把厚的(哈)切成薄的。你切下的龙凤,配下的鸳鸯,香飘着十里的路上。理应当好好待承,(咩)我们穷家小舍,酒无好酒,宴无好宴,一杯儿水酒,你就担待着。"

这些朴素而诙谐的礼仪早已被抖落在"进步"的路上。今天的河湟人不得不屈从于时尚的挟裹,把婚宴办成一场场俗不可耐的海吃海喝。

从对外部世界的态度看青海文化

经济文化的相对落后使青海人缺乏倨傲的心理资本。不少青海人内心深处有着程度不同的自卑感。有些青海人宁愿自己的籍贯是北京上海。

而在上世纪50年代之前,偏处一隅的青海人,还颇有些夜郎自大,说起内地人,常常鄙夷不屑地称之为"哇达拉"。随着建设大潮的到来,五湖四海的"哇达拉"大量涌来,也随着去内地学习观光的机会增多,眼界的开阔,青海人那点盲目的自傲立即崩溃。

半个多世纪以来青海的发展史上,由于外来人口的大量参与,以及各种进步文化和生活观念的强势介入,对本土文化产生了明显的潜移默化作用,青海的社会意识结构中,多元的色彩日益明显,开放的意识日益增长。

发现并承认自己的落后,并且不甘于永远落后,青海人终于对自己有了理性的认识。以开放的眼光对待外部世界，以包容、吸纳的态度对待一切先进的、科学的生活观念，这是今天的青海人最可宝贵的集体品质。"哇达拉"这个称谓早已被遗忘，青海人对于本土以外的人，无论来自哪里，都不存畛域之见，都乐于交往，他们渴望着获得有助于自己发展的启发，包括思想的、方法的，哪怕点点滴滴。

外地人发现，在国内，青海是最少排外意识的地区之一。西宁是推广普通话最自觉的省会城市之一。

这样的态度使青海获益不少。近些年，外地人来青海，每每惊讶于青海和青海人的形象远高于自己的预期。

但同时青海也是模仿意识较强而创新意识较弱的地区。这与文化自信不足有关。无论是普通的社会大众，还是运筹帷幄的部门，潜意识中总以发达地区为范本，这种心态很容易导致价值判断的迷失，比如把"新鲜"与"进步"划等号，一不小心，就会去做别人早已做过并且正在后悔的事情。从青海的城市规划设计、旅游开发、乡村文化建设，到生活模式、流俗时尚，处处可以看到对发达地区的追随和模仿。追随和模仿不但累人，还容易走弯路。恰如一位乡村妇女，初次进城，看到城市女人们穿的牛仔裤，或是欧板鞋，觉得很是新鲜，决心大胆一试。等她终于蓄积了足够的勇气，穿上牛仔裤进城，发现满街又都是"黑又亮"的紧身裤，还有硕大无朋的"松糕鞋"，她仍然没赶上趟。

今天的青海人逐渐认识到，新鲜时髦的东西不一定都好，它们很可能朝兴而夕衰；古朴老旧的东西不一定不好，它们很可能历久而弥新。没有个性的文化就没有灵魂，继承与创新，这是文化发展必不可少的基本精神。

2011 年 12 月

在风俗和文明之间

我们老家贵德河阴那个地方,旧时过年的习俗,与中国北方地区大同小异。有许多的规矩和禁忌,贯穿在祭祀、娱神(社火)、饮食、敬亲、睦邻、飨客等内容中。这些规矩和禁忌,涉及到人的自然观、社会观、血缘观等多个层面,在实际操作中,以程式化的形式固定下来,等同于软性的"公约"。其中有些属于迷信,比如春节三天不动扫把、不动刀砧等,是由于害怕失敬于神灵而立的规矩,这种害怕从根本上说属于自我保护本能,与文明无关;有些活动是为了强化自己的归属感,比如拜年、走亲戚;这些,也只能说是文化现象,与社会的文明程度无关。

其中独有一两个规矩,以其细小而为研究者所忽视。但恰恰是这些细事,闪烁着人性中的文明光芒。一是春节期间不能鞭笞牲口,要用好草好料犒劳为主人下了一年黑苦的"哑巴朋友";二是春节期间如有"要馍馍"(青海民间对乞丐的俗称)上门,不能以干硬残损之物打发,要施以新蒸新炸的完整作品。讲究一点的人家,家长更是告诫家人:拿碟子端给对方,不可直接用手把馍馍扔到人家布袋里。

这两件事情，其一是体现对生命的恻隐之心，其二是体现对卑贱者人格的起码尊重。恻隐之心和尊重他人，才是文明应有之义，并具有超越时代、种族和社会制度的普世价值。但偏偏是这两条，没有被人更多地注意，它的珍贵被人忽视了。

尽管这规矩只管三天，但毕竟是一年一度的周期性自我提醒：人毕竟是人，不可丢弃恻隐之心，不可贱视卑贱者的人格。假如地球人都把这两条彻底丢弃了，人就彻底返回动物世界了。

我们老家农村现在极少有人养牲口了，也没有了"要馍馍"，否则，这个传统肯定还在继续。

风俗的产生，来自于一个群体的内心要求。它有两个特点，一是没有文字规定，二是没有监督机制，但其约束力远超法律条文。尤其是，某些风俗中如果有文明的内核，它就有更强的稳定性。

如前所述，旧时年俗中许多讲究、禁忌，不过是文化现象，与文明无关。随着社会进步而被丢弃，这很正常。具有文明价值而被延续下来的，已经不多。而春节又是风俗的极好载体，现代社会没有及时利用这个载体，培养起崭新的、充满文明张力的、激浊扬清的风俗，是太可惜了。比如有人曾设想，能否以不见公约的形式，先培养起一两种新的年俗，从个别开始，逐渐丰富？比如，春节三天，不出售假货；不借拜年之名，行贿赂之实，等等。这种用意很好，其实是不可行的。首先遇到一个逻辑矛盾，倡导春节三天不出售假货，不以拜年名义行贿，那是否意味着，默许在其他时间售假、行贿？其次，现实社会中义与利关系的严重失衡，以及愈演愈烈的"寻租"现象，有其深刻的社会原因，是前所未有的文明难题，不是仅靠道德召唤就能解决的。春节可以承载许多美好的习俗，却承载不了如此沉重的社会命题。

　　所以还是让春节轻松点吧。可以倡导一些不难做到的事情。比如,年夜饭开始之前,全家人共同或单独许一个愿,内容纯属利他或自律,在来年兑现;春节给亲友拜年,以鲜花代替烟酒;大年初一外出,鼓起勇气,向所有遇面的陌生人问好;家人团聚,重温一遍"朱子家训"(如有写得更好的则另取——可惜迄今还没见到超越者)等等。如果有人开始做了,他人认为可取,也跟着做,日久必能蔚成风气。一种美好的行为,发端之初往往不为人注意,直至形成风气了,才让人恍然明白:其实早就应该那样做了。举个小例:上世纪80年代之前,西宁的公交车上为人让座,那是"卡码没有"的事,在今天却很普遍。人们一定感受到,原来向美好的举止靠近一小步并不难啊。

　　好的风俗必然不悖于文明,但文明远超于风俗之上。

2013年1月

我们当一回怎样的祖先

如同一千三百多年前一个寒冷的秋夜，诗人张继瑟缩着肩膀，于孤寂难眠中吟成《枫桥夜泊》，遂令今日苏州市日进斗金的旅游业收入统计表中有了"寒山寺"这个显赫的名字；如同60年前一个天蓝水碧的季节，小伙子王洛宾灵感一闪，写下了歌曲《在那遥远的地方》，遂令今日的金银滩名声大振，一举成为海北州乃至青海省对外宣传的一大品牌；贵德这个地方，也正在进入这样一个喜剧性的历史规律。这一规律告诉我们：凡属有价值的创造，无论初衷如何，都有可能成为潜在的"原始股"，在某一岁月里以创造者始料不及的能量突然增值，被后人轻松利用。

祖先们为了表达对神祇的敬畏和依赖，修建了玉皇阁、南海殿、文昌庙；为了吃到果子，栽植了梨桃杏李；富于才情的张荫西先生按捺不住对"十年劫灰，旧贯安在"的惋惜之情，写下了文采飞扬的"南海长联"，这些都是实实在在的创造。经过历史规律无情的异化，这些创造成果越来越变成与它们的创造者毫不相干的东西。自梨花吐蕊之日起，至雁阵惊寒之时讫，天南海北的游客慕名而来,在这里流连盘桓。登上玉皇阁的人在感受极目云天、一览山河的快意时,不大会想到,倘非那些名不见经传、早已化为枯骨的工匠们的创造,脚下的这片建筑也有可能是一座星级宾馆或一处红砖厂房;在梨花日益成为一种精神符号启动艺术家和商人们的灵感之时,人们也不大会想到,假如没有村夫野老们日臻娴熟的嫁接技术,人们看到的只能是一些花微果小的"僵树",自然也没有了后人们举办梨花节的由头;同样,在读到"梨英炫缟,桃浪泛红""古木巢鸦,鉴池涵月"这样精妙的描述时,也不大会想到,假如没有张荫西等人的创造,那些恢弘的物质载体极有可能被"实施西部开发,再造秀美山川"之类套话所装扮。如果是那样,就如内蒙古的学者何成保所说的,一个缺少巨星大匠的人文环境,犹如一片没有古槐巨柏的森林,叫人兴味索然。

不能奢望游客们去想这些。谁都会理直气壮地说,我们是在游览历史,不是在游览创造者;前人栽树,后人乘凉,这难道不正常吗?是很正常。问题是,谁也不能只当"后人",不当祖先。在我们成为祖先之前,能留下什么可供后人游览的东西? 换言之,能留下什么可资子孙利用的"原始股"?

2005 年 6 月

獒之惑

高原上的藏狗被人赞美的首要理由是它的忠诚。这符合人类社会普遍看重的道德标准。但这毕竟是一个自私的标准,是人类单方面的约定,忽视了另一方的天性。因为对人来说,"忠贞"的前提是"不二";而对于狗来说,忠于所有曾经豢养过它和正在豢养它的人,却是不可动摇的原则。

按照人的标准,这就是怀有二心了。

所幸在实际生活中,人的标准和狗的原则之间发生冲突的概率极少,否则人可得认真反思:到底以什么样的道德标准要求狗才算正确。

闲话打住。且说上世纪 70 年代,刚刚大学毕业的我,分配到海西蒙古族藏族哈萨克族自治州(1985 年因哈萨克族外迁,改名为海西蒙古族藏族自治州)工作。没多久,就被抽调到路线教育工作队,在严寒季节赶赴天峻县下乡。目的地是位于甘青两省交界处的偏僻山乡苏勒。在那里,工作队化整为零,像沙漠中的几滴水一样消失在茫茫群山中。我被分配到最边远的雪霍里,由公社书记普华亲自送去安置。

是个风雪呼啸的早晨。我们二人骑着马,整整一天行进在阒无人迹的雪野,翻过了三架山,涉过两条河,傍晚时分爬上了又一个山梁,还不见落脚的地方。

"哑,快到了。"普华勒住剧烈喘息的枣骝马,望着山坡底下说。那里有一顶牛毛帐房。在皑皑雪原的衬映下,帐房轮廓清晰得像宣纸上的一块墨迹。

"噢,那就是我要去的人家吗？"我兴奋地问。

"你声音小小的！狗不要惊动——那是拉莫泰家。你的家山后头就是,男人的名字昂秀是哩。我们远远地绕过去。狗惹上了麻烦有哩。"

我这才注意到,黑帐房周围厚厚的雪地里,镶嵌着一些斑驳的色块,那是一些酣睡着的藏狗。足有七八条之多。

见我惊诧,普华解释说,雪霍里这个地方狼多、熊多、豹子多。狗养少了不成。

我们噤声敛气,翻过最后的山梁,走过一条结了薄冰的小河,正要登上对岸,忽然,一声闷雷也似的低吼从头顶的高地滚来,人和马都被激出个冷战。

紧接着是狗群亢奋的狂吠和主人的喝斥。

狗并没有发现我们,它们嗅到了陌生人的气息。

我们提心吊胆地牵着马匹朝帐房走去。帐房主人昂秀,一位身材敦实、相貌憨厚的青年牧民,一面竭力控制着场面,一面以微笑迎接我们。

他用一只手牢牢攥着一只大灰狗的项圈,另一只手指着窜来窜去试图偷袭我们的黄狗,用藏语喝斥,任由铁链子上拴着的一条黑色猛犬跳腾咆哮。

我的目光惶恐地四下里扫视,但见到的就这三条狗。

拴在铁链子上的那条狗着实让我吃了一惊。我在牧区"阅"狗多多,从未见过块头如此高大、气势如此凶悍的家伙。简直就是一头小号的狮子！它被一左一右两条铁链钉牢在地上,活动空间太小,兀自奔突不已。从深广的胸腔里发出的怒吼轰击着人的心胆,几乎要把灵魂驱赶出窍。

那个时代的人尚不知道"藏獒"这个概念。今天回想起来,那是一只真正的獒犬无疑。硕大的头颅被蓬松的鬣毛围裹,集中了整个躯体最强烈的攻击信息。吊眼,短鼻,阔嘴,宽胸。上吻两侧的垂肉覆盖着下颚。眼睛上方是两坨醒目的黄斑(俗称四只眼)。四肢迸发着钢筋似的力度和弹性。倒卷着的尾巴紧贴后尻,像古建筑屋脊上的"吻兽"。

它的毛色黑如煤炭,唯有四肢内侧、下颚、腹部和爪子呈焦黄色。这正是藏獒的类型之一"铁包金"。

女主人快步迎上前来接过我们手中的马缰。我和普华在主人昂秀的护卫下向帐房走去,眼睛始终没敢离开跳腾咆哮的獒犬。但我忽然觉得,那双红宝石一样的眼睛里喷吐的怒火,仿佛只冲着普华一个人。诧异之余,心想这也可能是个错觉。但很快我的感觉再次被印证。

——昂秀掀起毛织的厚门帘,微微躬身,做了个"请"的姿势。我那时虽然年轻,但也颇知一点牧区的礼节,便闪身往后一退,让普华先进。就在他迈进帐房的瞬间,身后的狂吠戛然而止。回头一看,那只獒犬已经卧下来,舔舐着嘴角的口沫,似乎根本不在意我这个人。

我把这个疑问藏进心里,留待日后破解。

喝着奶茶,我问昂秀,为何他家只养了三条狗?

"够了,阿罗。我三条狗就够了。"昂秀变腔走调的汉语里透着自豪。他一边招呼我们吃喝,一边讲述他这三个宝物的来历。

那只尖嘴竖耳,样子像狼的黄狗,是他有一年出去寻找走失的牦牛,途中捡到的一个弃儿。小狗眼睛才睁开,饿得奄奄一息,脖子上还有伤。他用皮袄把它兜回家,拿牛奶和药草调养它,半个月就见了功。长大后发现这狗绝顶聪明,最善察言观色。它完全懂得主人以及另外两条猛犬的眼色,从不误判。遇到野物侵扰羊群，它知道如何巧妙配合两个伙伴，使敌方首尾不能相顾。野兽败退时屁股上总会留下黄狗偷袭的伤口。

那一只用两条铁链子栓着的黑狗（昂秀那时也不知道"獒"这个概念），是9年前他从邻省甘肃带来的。当时他的女儿高烧不退，他留下妻子珍措看羊，自己怀揣3个月大的孩子，骑马翻山越岭，投奔甘肃境内的一个硫磺矿。矿上有个卫生所。

就要离开硫磺矿时，昂秀瞥见大院的角落里蜷卧着一只深栗色的母獒。有四只毛茸茸的小家伙正在吃奶。凭着牧人对狗的品相的敏锐洞察，昂秀断定其中一只大头、宽嘴、"四只眼"的小狗不一般。他的家乡狼害严重，他家这几年先后有两只很不错的牧羊犬在和狼群的拼搏中丧命。

经过再三恳求，硫磺矿的职工把这只小狗送给了他。

就这样，宽大的皮袄里一边揣着女婴，一边揣着小狗，昂秀欢欢喜喜回家了。

"……啊嗬嗬，一般的狗哈不像，实话！"昂秀继续给我们讲述。

小黑獒食量并不大，可长得飞快。才两个月大，就有强烈的护家意识。偶尔来他家的客人，往往只提防了帐房外面的大狗，不在意这个在地皮上滚动的小东西。谁知它会呼地一声扑上来咬住客人的脚脖子，毛茸茸的身体悬吊在客人腿上，任你怎样摔打，就是不松口。主人要慢慢哄着才能把小小的獒嘴掰开。

无奈，在还不该用绳索的年龄，就拿牛皮绳拴住，系在门前的铁橛子上，但几天之后皮绳被咬断。于是换成铁链子。但即使小心防范，还是差一点闯了祸。有一回，公社兽医站来人给他家的畜群打防疫针。那时的黑獒身量快长足了，挣断铁链扑上去。三个身强力壮的男人用随身带的榆木棒子迎击，全然打不退它。要不是主人及时冲上去拉住它，"啊妈妈，那就大大的一个祸闯下了！"

从此，这只由两条铁链子控制的黑獒在雪霍里地区出了名。

"它叫我担心得很！不过自从它长大，我的羊再也没叫狼吃掉过。"昂秀总结说。

昂秀继续介绍他的另一只狗：那个步态高傲的大灰狗。它不是纯种的獒犬，但同样有着牛犊般的体格。这是几年前，远在天棚公社的亲戚听到昂秀家的情况后送给他的。大灰狗性格沉稳，但力大无比。"最最重要的是，它一不怕苦二不怕死！"

昂秀用一件事情证明了他的结论。

前年夏天的一个上午，昂秀出牧时听说苏勒公社来了电影放映队，兴奋得太阳刚一偏西就赶着羊群下了山。在这个几乎与世隔绝的山区里，人们偶尔看一场电影如同赴一场盛宴。

昂秀把羊群安置在帐房附近的圈窝子里，给三条狗喂足了食，让妻子和4岁的女儿换上了新衣服（他的第一个女儿夭折了），栓好了帐房门帘，全家人分乘两匹马上了路。

他们在苏勒公社旁边的草滩上看完电影时已经夜深。天黑，路远，雷鸣欲雨，回不了家。就在公社机关的烧柴房里借宿了一夜。他没太担心自家的羊群。有他的三条狗在，他放心。但他万没想到，昨天离家时犯了一个大错：忘了把黑獒从铁链子上解开。

次早起来，一家人先去公社商店买了些生活用品，然后匆匆骑马返家。临近中午，来到那个熟悉的河滩。马儿们噗噗地喷着响鼻，小心地蹚水过河，昂秀心里突然掠过一丝不安。高高的河岸静悄悄，不见前来迎接主人的灰狗和黄狗，也听不到狗们兴奋的吠叫。夫妻俩忐忑不安地抖动马缰登上河岸，四卜里张望。不远处一丛芨芨草晃动了一下，闪出他家的黄狗。黄狗呜呜地低语着，一瘸一拐地迎上前来，声音里充满惊悸和悲伤。

哦，机灵的黄狗，善于保护自己的黄狗，每次搏斗，它总能撕下敌人的一块皮肉，而它自己永远毫发无损！可这一次，它的左腿有那么宽的一道伤口，露出白的骨膜。

显然，昨夜这里发生了一场鏖战。

昂秀心跳陡然加快。大灰狗在哪里？黑獒在哪里？远远望去，帐房前头的铁橛子上空挂着两根铁链子。

茫然四顾，忽然听到黑獒一声长长的低啸，沉重而悲愤。昂秀滚鞍下马，抢上前去一看，便呆住了。黑獒并没有挣脱铁链，它掉在一个土坑里，筋疲力尽地蜷卧着。它的嘴巴两侧渗出细细的血流，铁链子上也是血迹斑斑。还有爪子。四个爪子上，血和泥土粘结成块。

昂秀的脑子木了。张嘴结舌地呆了半响，突然明白：这个土坑是黑獒自己刨挖出来的。在野兽侵袭羊群的整个过程中，它一直在狂怒地蹦跳，想挣开铁链冲上去。四只爪子把地面挖成坑，挖得爪子流血，自己陷了进去。它试图咬断可恨的铁链，把自己的嘴巴弄伤了。

灰狗，灰狗在哪里？夫妻二人直奔圈窝子。这里一片狼藉。惊魂未定的羊群七零八落，木呆呆地站着。血泊之中躺着一只母羊和两只羊羔的尸体。在羊群的中心，他们找到了僵卧着的大灰狗。它像一堆被遗弃的狗皮。一片片暗红色的血块凝结在灰毛上，像绣在狗皮上的花朵。小腹上有一个可怕的伤口，背上的皮被撕开了一大块。而在离它三步的地方，赫然躺着一只体态颀长的豹子，身上有多处伤口，致命的一击来自大灰狗对它喉咙部位的准确攻击，那里有四个深深的血窟窿。

灰狗的嘴巴里衔着的那是什么？是一只豹耳。天哪，昨夜来了两只豹子，一只被咬死，一只负伤逃走。

大灰狗魂魄悠悠，一息尚存。它感知了主人的呼唤，从胸腔深处挣扎出一丝含糊不清的呻吟，醒转过来。

它总算被救活了。

"后悔啊，后悔！两条铁链子把我的黑狗害苦了！"昂秀用拳头嘭嘭地擂着自己的胸膛，"要不是铁链子，来三头豹子也不怕！"

从此以后，雪霍里山区的牧民们又都知道了昂秀家里有一只咬死过豹子的大灰狗。

昂秀的讲述让我惊叹，也让我担忧。处在这样三条狗的威慑之下，我这个陌生人的小命有什么保障？

"怕没有。"昂秀宽慰我说，"出来进去，我和媳妇把你好好地保护上。还有雅莫特。"

他指了指帐房外面。小女孩雅莫特拖着清鼻涕，正努力地往黑獒背上跨骑，她跌倒了好几次，终于成功了。一双冻得通红的小手攥着黑獒的鬃毛，细声细气地喊着："恩觉，觉，觉勒！"（走，走，走啊！）

这只让人望而生畏的猛犬在小主人胯下温顺如猫，它抖动了一下鬃毛，脚爪轻移，在两条铁链限定的范围内来回踱步。

昂秀又教给我，每次吃完手抓肉，把啃过的骨头扔给狗，让它们熟悉我的气味，它们就会逐渐接受我。

"最多半个月，你就像它们的主人一样。"

当晚，我和普华书记就住在这户帐房里。夜里，狗的吠声几度把我惊醒。侧耳细听，只有山风在轻轻拍打帐房，并无异响。我知道，这是昂秀家的狗们例行常规任务，用吠声警告试图接近这顶帐房的野物。

黑獒的叫声很特殊。低沉，浑厚，像洪钟，一次次撞开空气，飞向极远处，又被群山依次反弹回来，乍一听，仿佛有好几只獒犬在吼叫。

次早饭罢,普华书记告别我和昂秀,骑马回去了。留下我,以这户人家为据点,在方圆数十里的山区开展工作。通常是,早晨的糌粑一吃,昂秀赶着羊群上了山,雅莫特独自和狗玩耍,昂秀的妻子珍措拿一根栓着铁橛子的毛绳(防狗的有效工具)把我护送到某户人家,然后自己回家打酥油、织褐子。

这期间我用昂秀教给我的办法笼络狗。为了加重我的气味,我每次吃完肉都在骨头上吐点唾沫。这办法果然有效,一个星期之后,它们见我从外边回来,不再扑咬了,但是压缩在喉咙里的呼噜声,仍在表示信任度的有限。尤其是那只大黄狗,锐利的目光始终不怀好意地盯视着我,同时又注意着黑獒和灰狗的反应,两只前爪不安分地往地上一按,又一按。显然,只要它的首领一行动,它随时就会扑上来。

所幸大黑獒始终没有明确的表示。它身上有一种王者之气,仿佛不屑于吓唬我个文弱青年。

几天之后,事情还是发生了。这天上午,我再次去河那边的山后访问老牧民罗哲。这是一位年逾七旬的鳏夫,知道苏勒山区过去和现在的许多事情。

谁知罗哲老人不在家,狗也不在。我在帐房后边的草坡上躺下来享受冬日的阳光,等了两个时辰不见人影,打算到他帐房里找根棒子或毛绳回家,又一想,擅自进帐房动人家东西犯忌,就鼓起勇气空手返回。

当我小心地踩着凸出在冰面上的一块块石头过了河,爬到高高的河岸时,我愣住了:昂秀家的三条狗迎面走来。黑獒拖着两条铁链走在前面,一左一右跟着它的两个帮手。灰狗扑棱棱地摆动了一下大脑袋,呼噜呼噜的低吼在胸腔里滚动。黄狗嗖地一下从原来的位置跳开,迅速地围着我兜起圈子,它跑得越来越快,像一团黄色的火焰,带着离心力甩成圆圈。

这个诡诈的家伙正以高度机动的姿态等待着一个袭击的信号。

我一步步后退着，扫视着脚下的草地，希望发现一块石头，但是没有。

我退到悬崖边上，没有退路了。情急之下，抓起头上的皮帽子，奋力向远处掷去。随着一阵突然迸发的狂吠，三只狗扑上去追逐那顶在草坡上滚动的皮帽子，按住它，嗅了一阵，放弃了。

它们再次向我逼过来。在我极为恐怖地喊出第一声"救命"的同时，黑獒扑过来朝我的腿下了口。在电击一样的震颤掠过全身之后，我才意识到预期中的痛楚并没有发生——它仅仅咬住了棉裤。奇怪的是它既不松口，也没咬第二口；更奇怪的是它的两个帮凶尽管焦躁得跃跃欲试，仍然没有扑上来，不知有什么隐秘的信息制约着它们。

听到呼救的珍措从帐房里冲出来，看见我的狼狈情状之后先是一阵狂笑："啊嗬嗬……"她笑得弯下腰来。

这种时刻她竟然笑得出来！

珍措跑上来拽住黑獒的铁链子，用藏语喝斥着，把三条狗带回原地。

我拖着软弱的步子走进帐房，瘫倒在毛毡上，闭着眼睛倾听心脏的狂跳。

珍措拴好狗走进来，开始快速地给我解释着什么，辅以丰富的手势。我一句也没听懂。但我感觉到她的语气中兴奋的成分大于歉意。心有余悸的我猛然坐起来，用仅知的一点藏语不客气地打断了她：

"辖吉埋格！却错格琪傻格！"（没说头！你家的狗好得很！）

笑容在她脸上僵住了，她吐了一下舌头，走出帐篷。

傍晚，昂秀收牧回家。珍措在给他倒上奶茶的同时，兴奋地给丈夫讲述今天发生的事情，急促的语气里仍然压抑着一点笑意。

昂秀"啊啊"地惊叹着，愣愣地思索了片刻，摇头叹息一番。

他先给我解释：上午他媳妇见黑獒卧的地方太潮湿，想给它挪个窝，刚把两个铁橛子拔出来，灶台上煮着的奶子溢锅了，珍措跑进帐房救奶子，黑獒就走脱了。

"阿吾里西巴（干部哥），你害怕的不要。我挖清了，那个狗，"他指了指帐房外边的黑獒，"它今天跟你一个玩笑开了。它不咬你，它要咬的话你一堆碎片片成了。"

昂秀说，他明白了一件事情：这条狗把我当成了 9 年前的主人——硫磺矿的职工。它出生时，见到的主人们是清一色身穿蓝制服的人。它把我当成了旧主人之一，因此它不咬我。

我愕然无语。我联想到初次到昂秀家时，黑獒的咆哮为什么似乎只对着普华书记，而不是对着我。当时的疑惑现在有了明确的答案，它从一开始就对我没有敌意。9 年不渝的忠诚，竟然起始于一个幼小生命对旧主人的感念！然而，视忠诚为重要品格的人类，却需要多么持久的教化，或许才能把忠诚艰难地移植到自私的天性中去。即使如此，忠诚却常常表现为令人担心的不稳定。如此看来，兽性倒是人类应该效仿的品质了，"人面兽心"应该作为一个褒义词才对。

这天晚上，我蜷缩在被窝里，听山风轻轻拍打帐房，久不成眠。我发现自己对大黑獒的感动里含着几分沉重。它毕竟是个畜生，不懂得忠贞不二的危险性。假如它的新主人和旧主人处在剑拔弩张的关系之中，它应该听命于谁？它无论听命于哪一方，都将被另一方视为叛逆，招致杀身之祸。

可是，如果它与生俱来的品格在人类的诱导下蜕化为朝秦暮楚、见风使舵的"聪明"，它还能是一只令人敬重的獒犬吗？高贵的兽性一旦退化为卑劣的人性，谁还敢把身家性命托付给獒犬？

带着深深的困惑，我跌进了乱梦。

牧草开始返青的季节,我接到通知:全体工作队员到苏勒公社集中,开完总结会返回州上。

临走的头天晚上睡不踏实。几次醒来,望着镶嵌在帐房天窗上的那一小块星空,判断着时间。我听见帐房外时不时有铁链子仓嘟嘟的脆响,似乎是大黑獒在坐卧不宁地折腾,但它很少吠叫。这有点反常。

早晨起来一看,我怔住了:清晨这段时间,应该是狗们把嘴巴埋在尾巴底下安然蜷睡的时候。但今天,黑獒脸朝帐房纹丝不动地蹲坐着。它目不转睛地注意着帐房的动静。看见我,尾巴动了动,呜呜地低吟一声。莫非,它凭着第六感觉预感到我将要离开这户人家远去?

昂秀帮我把行李搭到马背上捆紧。我最后看了看黑獒。它的大脑袋微微一侧,敏感地迎接我的目光。我突然有了抚摸它的冲动,又有点胆怯。

"你放心阿吾里西巴,它绝对不咬你。毛主席保证!"昂秀鼓励我说。昂秀喜欢说"毛主席保证"。他把"向毛主席保证"这句流行语中的介词"向"省略了,因为他不懂这个介词的作用。

"你看你看,它尾巴(读移巴)摇着哩!以后碰上狗你记着,尾巴摇的话狗不咬;尾巴不摇你小心!"

我忽然明白了,那天在悬崖边上,大黑獒一口咬住我的危险瞬间,灰黄二狗之所以没扑上来,是因为它们从首领摇尾巴的动作中看到了明确的信息。

我在昂秀的护持下大着胆子向黑獒走去,把手放在那巨大的獒头上。作为回应,它立即伸出舌头舔了舔我的手背,湿润的鼻息咻咻地喷到我的蓝棉裤上。看得出来,它为9年前的"主人"终于抚摸了它而兴奋不已。

我的棉裤再次被它咬住了。它不情愿我离开。昂秀用唱歌般亲切的低语哄着它,双手抓住獒嘴,慢慢让它松了口。

我在河滩对面的山梁上停下，接过昂秀一直牵着的马，让他回去，并嘱咐他："以后要是有身穿蓝制服的客人到来，你最好叫他换身衣服。"

"哦呀。"昂秀憨厚地答应着，但他好像没有完全明白我的意思。

2011 年 3 月

遥望白云深处

假如不是去采访，仅仅是路过，谁能想到，白云深处的这片草原与时代的节拍有着怎样的精神联系。

这片山势平缓、溪流迂回的草原叫扎沙，是祁连县一个正在富裕起来的牧村，一颗在遥远的距离上渴求与现代文明同步的草原之心。

无论是定居点客厅里时髦的陈设；无论是主妇在客人到来后特意换上的新潮欧板鞋；也无论是在羊板粪和山泉水的滋养下试种成功的大棚蔬菜，都在暗暗透露着扎沙人的心曲：现如今城里人有的，我们扎沙人也得有！

但我们此行主要不是为他们的富裕而来，我们是为民族团结进步的主题而来，但在采访的间隙，我们常常听到扎沙人关心的一件事情：手机。

我们感觉到他们对手机的渴求如同逛庙会的孩子对新奇玩具的期盼。

说这个话题说得最多的是村支部书记陆玖（音）。这是个藏族小伙子，明眸皓齿，有点腼腆，也颇机灵。他说青海汉语时，语调之地道，常使我们会心一笑。

陆玖告诉我们,这几年群众吃穿住行都好了,就想着用个手机。其实多数人家早就买好手机了,"就是好好用不成,信号太瓢。"

他不说"信号太弱"而说"太瓢",再次使我们感到,在他所处的环境里,他具有成熟的语言交流能力。

"你们看。"陆玖指着远处的一道山梁,"我们有时候想打个手机了,就爬到那个山梁梁上去,才能断断续续说上几句,还经常听不清楚。"

我目测了一下到那个山梁的距离,判断着来回一趟得用多长时间。问他,费那么大气力去打手机,真有那个必要么?

"咦! 怎么没有? "陆玖书记嗔怪地看着我们,"生产上的事情要通个气吧? 这个不说了。村民们住得分散,东坡上一户,西沟里两家,平时见不上面,互相扯心着哩。爬到那个山梁梁打手机,就是为了互相问个平安:好一晌没见了, 阿奶的病松了点没? 丢失的牛寻着了没? 尕娃今年考上了吧? ⋯⋯要说的话多了! "

他告诉我们,生活在这么大的草原上,就算没啥事情,村民之间通个话,心里也踏实一点。哪像城里人,听说邻居之间遇上面了不说话是常事,实在挖不清是啥原因。

我说,这个问题的原因一言难尽,但你说的是实情。看起来手机对你们和对城里人的意义大不一样。

这么一说,我再次眺望远处那个山梁,就觉得它是扎沙人心中的一块磁石。

到了采访结束的那天,陆玖还在念叨着手机的事情,"听说移动公司明年要在我们这里建一个铁塔,不知道消息真不真? 王老师你说,这么一个地广人稀的地方,人家建个铁塔恐怕不划算吧? "

我说这个事情我也不好估计。但是我可以教给你一个办法，花不了多少钱，马上就可以解决信号太瓢的问题。

陆玖听了，精神一振，便问我是啥办法。其实我要说的办法只是个玩笑。

我告诉他，买一根长长的松木杆子，水泥的也行。选一处住户相对集中的地方牢牢栽好，然后跑一趟祁连县城，找供电公司买一副架线工用的脚扣，还有保险带。想打手机的时候把脚扣一套，保险带一勒，噌噌噌爬到杆子顶端，信号就有了。不过要注意安全。

陆玖愕然张嘴看着我，一口草原人的牙齿白得耀眼。目光里既有惊喜又有疑问。看来他是当真了。

"怎么样，没想到吧？你这么聪明的人。"我逗他说。

沉吟有顷，他略带羞涩地笑了，犹犹豫豫地开了口，"那个……那个太丑吧？你想一下嘛，杆子顶上有个人猴儿般的蹲着打手机哩，杆子下面还有一堆人等着上杆杆哩！唉……那个太丑，那个太丑！"

说到最后这两个"太丑"的时候，他的语调坚定起来。

他是牧人，不说那样做形象不好看，只说"那个太丑"。丑不丑我们倒没去想它，单单是这种对自身形象高度敏感的心理以及这种表达方式，已经把我们笑得一塌糊涂。

出于既要打手机又要兼顾形象的考虑，陆玖书记最后有点遗憾地否定了我给他出的"主意"。

一晃几年过去。前些日子我随一位朋友去海北乡下办事，车子行进在夏日的草原上，想起这条公路的那一端就是祁连县，也就想起了扎沙草原上的人，尤其是想起了陆玖那张生动的脸。

遥望白云深处，心想，在这个完全可用"日新月异"来形容某些变化的年代里，如果说扎沙草原现在可能有了一座移动基站或联通基站，应该是合理的推测。但是也很难说，毕竟那么偏远。渴望着痛痛快快地用手机交流的牧民们，肯定一直在等着村干部嘴里的好消息。那位可爱的陆玖书记会不会在无奈之下果真采用了我的馊主意，在村子中间栽了一根长杆子？

　　但愿不是这种结局。长杆子能否解决手机信号问题，还在其次。关键是，对于那么在乎自身形象的扎沙人来说，用那样滑稽的方式打手机，确实有点"丑"。

　　勤劳的扎沙人有理由像城里人一样用优雅的姿势打手机。

2007 年 8 月

听起来像个童话

2004 年夏，我带记者在贵德新街乡陆切村采访有关民族团结进步的一个典型——乡村医生李加才让。采访中问到一个并不重要的问题：他当初买下大队合作医疗室，需要一大笔费用，这是怎么解决的。他说，除了前些年当裁缝积攒的一点钱，他还有一个重要财源。

他给我们讲了一个故事。这个故事与我们的采访主题无关，所以后来写的通讯里没用它。

上世纪 70 年代，李加才让应一位牧民的请求，去邻县贵南出诊，患病的是这位牧民的妻子。病人转危为安之后，他准备告辞。没想到主人看上了他脚上的一双新靴子，请求按原价转卖给自己。这双靴子是李加才让前些年去西宁进药时在民族用品商店买的，花了 40 元，款式质量都好，他自然不愿意转卖。

但那位牧民太喜欢这双靴子，恳求不已。无奈，李加才让同意了。牧民说："我手里只有 10 块钱。李曼巴你到我的羊群里挑两只羊吧，刚好能顶

30元。(那个年代一只羊也就卖十四五块钱)我可以帮你把羊赶回家去,或者留在我的羊群里也行,反正是你的。"

李加才让说:"我不去挑,也不想把羊赶回去。你随便给我两只就行,当然最好是育龄母羊,还是留在你的羊群里。以后产羔了,是我的,我付给你代牧费。遇到狼害或者天灾,死了,你给我捎个口信就成,我也不要你赔。"

口头约定就这样达成了。李加才让脱下靴子,穿上牧民给他的一双烂鞋,背起出诊箱,打马回家。

和往常一样,他在乡间行医,春忙到夏,秋忙到冬,渐渐把这事忘了。

直到有一天,那个牧民突然出现在面前,他才想起,已经五六年没见到他了。他认出了牧民脚上的靴子,靴子已经破旧不堪了。他问那位牧民,这几年生活怎么样?那位牧民叹了口气,说:"唉,再不说了。"看来日子过得不顺心。

牧民说:"李曼巴,我是为羊的事来找你的。我给你留的两只母羊,一只去年冬天叫狼吃了,这几年它下的羊羔最多。另一只还在。加上它俩的子孙,现在你有59只羊了。我来问你,这些羊怎么办?是卖掉吗,还是留着?"

李加才让惊得半天合不拢嘴巴。

最后商定,继续由牧民代养。以后繁殖了,母羊全留,羯羊出售,卖得的钱作为代牧费,归这位牧民。

又过了好几年,村委会决定把一直亏损的合作医疗室作价出售给个人经营,动员李加才让接受,他急需一大笔钱,就想起了他的羊。骑马到贵南草原找到那位牧民,说明了来意。牧民说:"你的羊嘛,前年春天刮沙尘暴的时候丢失了5只,再也没找到。去年春天狼吃掉了两只,现在有176只。"

这让李加才让又一次惊叹:"啊妈妈!"

这听起来像个童话,然而不是。

他让那位牧民找来羊贩子,把羊全部卖了。用这笔钱,顺利地买下了合作医疗室,干得红红火火。

我们问他,假如那位牧民不说实话,告诉你最初的两只羊都叫狼给吃了。或者瞒下大部分,留给你少部分,你会相信他吗?

他说:"那也得相信。我一开始就给他说过,羊死了捎个口信就成。我不可能为这事去贵南调查。那不是伤人家的心吗? 再说,怀疑别人的人品,我自己也丢人啊。这个事情全凭良心哩,良心没办法查。"

是啊,对于一颗诚实的心而言,任何"假如"都是多余的;而对于一个相信诚实的人而言,任何试图验证诚实的想法也都是多余的。

2014 年 3 月

第三辑 在季风中逆行

想起了两个人

写在送温暖的季节

造假的年代

旅游业还带来了什么

好故事　堪思量

抹黑：文化困境中的自虐游戏

后生可畏

真伪寸心知，爱恨由他去

谁在领导我们的语言

清明时节

讨厌宠物狗

我们为何抛弃遥远

春节的命运

每个人的青海

点亮你心中的那盏灯

想起了两个人

　　有时会忽然想起两个人：汪曾祺和朱仲禄。其实这两个人不能相提并论；我与这两个人也素无瓜葛。但还是会常常想起。

　　汪曾祺去世已经十几年。我经常想，中国文坛上一个惊叹号没有了。惊叹号的消失并没有引起太多惊叹，这值得惊叹。

　　在我心目中，他是运用小说语言的圣手（这不等于评价他的小说）。他或许不能代表当代中国最优秀的作家，但他代表着独一无二。莫言固然才华出众，尚有一批作家堪为伯仲；而汪曾祺则无可类比之人。若论综合文化素养，三五个"莫言级"的作家捆在一起，恐怕也难抵一个汪曾祺。自五四开创现代文学传统以来，所涌现的文学大家中，运用白话的能力，无人能出其右。黄永玉则不无偏颇地说"他是全中国写得最好的人"。老汪的文学语言，俗中见雅，浅中见才，随意中见匠心。炼字炼句到了极致，反而不着痕迹，平淡如清水，浓酽如老酒。这样的文笔，甚至有了脱离作品内容而独立存在的审美价值。当代好小说不是太多，能经得起一再阅读、反复品味的，恐怕只有汪曾祺了。基于深厚的国学底子写出的白话文,与只学白话文的人写的白话文,差别之明显,犹如在自然环境中经过缓慢的营养合成过程长出的作物与在温棚中用生长素催熟的作物。知道老汪小说的人毕竟有限,他写的京剧样板戏《沙家浜》则几乎家喻户晓,且看"智斗"一场中阿庆嫂的唱词,真乃行云流水,响箭鸣镝,风神逼人,可略知其全豹之一斑。

汪曾祺是传统文化整体走向衰落之前,丰厚的复合型营养在当代文人中孕育出的最后的果实、一身书卷气的绝版名士。小说之外,戏剧曲艺,诗词歌赋,书法绘画,说文解字,金石篆刻,花鸟虫鱼,南北民俗,方言俚语,乃至烹饪技艺,无所不通,乃至精通。(他甚至也懂得青海"花儿"的格律。)像他这样"横通"之人,当代作家中找不出第二个。他的离去,为文坛留下了无可填补的空白。但文坛并没有太在意这个空白。照样以每年两千多部长篇和几万件中短篇的生产规模(其中不乏粗制滥造者)表达着繁荣,这点空白很容易被遮蔽。

另一个人是朱仲禄。他的去世同样没有引起太多的社会关注,报纸只在不起眼的位置发了一条简讯,一般人不会注意。几年之后,有个单位举办过一次以他的名字冠名的音乐晚会;在他的家乡同仁,树立了一尊朱仲禄雕像。仅此而已。迄今为止,没有相关的研究成果出现,甚至也没一篇有关他的纪念文章、传记或报告文学见诸报刊。一连几届"花儿"演唱电视大奖赛,也不见朱仲禄的"元素"。网上去搜朱仲禄,有关他生平的介绍只有短短的二三百字。这与朱仲禄对青海的贡献殊不相称。毕竟是他第一个把青海"花儿"从田野带到舞台,使"花儿"由"野唱"走向"演唱",并进而把它推向了青海以外的广阔世界。上世纪50年代,他与舞蹈编剧章新民、作曲家吕冰共同创作的抒情歌舞《花儿与少年》,是偏陬不闻的青海最早、也最成功地呈献给世界的一朵艺术奇葩,至今欣赏,依然如牡丹初绽,清香袭人。毫无疑问,再过五百年,《花儿与少年》的优美旋律依旧会回荡在歌坛,如同王洛宾的歌曲一样。

"花儿"本是穷人的诗歌、苦难中开放的花朵。以忧伤为基调的旋律,是花儿的灵魂,也是撼人心魄的魅力所在(这与俄罗斯民歌基调中那淡淡的忧伤有异曲同工之妙)。深谙其奥秘的朱仲禄在保持了"花儿"基本特色的同时,在原生态唱法中融入了民族唱法的发声技巧,把"花儿"的演唱提升到新水平。他演唱的"花儿"尖峭中显圆润,忧伤中含希望,在苍凉凄婉的固有特色中注入了温暖和阳光。说他是"花儿王",的确不是虚誉。此后出现的"花儿皇后""花儿王子"等,如春兰秋菊,各呈一时之秀,但唱法趋于轻俏花哨,少了点泥土味,多了点浮华气。

因此可以说,朱仲禄的离去在青海歌坛留下的空白,迄今也无人可填补。

这个人走了也就走了,社会反映出奇的平淡,就好像看待一个人必然要老、必然要死的现象一样,连他的名字都快要随风而逝。

我不明白,这是不是商业社会的特征之一:艺术的标准分崩离析,欣赏的目光散漫自由,人们转而走向欣赏自我,不太在意集体财富的库存中丢失了什么。尤其是,自从网络赋予每个人无限广阔的话语平台以来,"点击过万""疯狂转载"差不多成为每个网民的话语梦想。人们习惯于享受短暂的惊诧或追捧,淡漠于深远的回顾。老汪和老朱业已成为历史,愿意认真回顾历史的人毕竟不多,他们的业绩湮没于瓦釜雷鸣之中,也是无可避免的吧?

2013 年 8 月

写在送温暖的季节

人活着都需要面子。只有活不下去的时候才有可能放弃它。乞丐把面子从脸上抹(读妈)下来垫在膝盖底下,跪着向一切有面子的人讨要,面子是换取施舍的唯一资本。一般贫困户绝不会这么做,他们需要用最微薄的面子来支持生活信心,除非信心彻底崩溃。但即就是这么一点面子,也时常遇到媒体的挑战。

元旦至春节这段时间,按照惯例是社会各界集中向贫困阶层"送温暖,献爱心"的时间。米、面、油等物品作为爱心的象征频频出现在媒体上,与此同时,面子与面子之间的关系却暗暗呈现出微妙的紧张。几年前,我写过一篇题为《走近一张照片》的短文,就曾分析过这种现象。说的是春节前国内某大企业驻青海的分支机构给一些城市贫民捐赠面粉,让媒体记者拍了捐赠现场的照片,发表在报纸上——捐赠者图的就是这个宣传效果,这是他们索取的最起码的回报。其实这样的照片、这样的镜头在每年春节前都要在报纸电视上重复一遭,早已司空见惯,那张照片也不过是其中之一。但我

　　当时因为稍稍多看了一会儿,越看越觉得不舒服。照片上接受捐赠的十几个贫民,像受阅士兵一样站了一排,每人脚下放着一袋面粉,两只手捏着面袋的两角——这显然是捐赠一方所要求的规定动作。这些人局促地看着镜头,个个神情萧索,没有一张脸是开心的。表情暴露了他们的内心:不情愿在接受捐赠的同时展览自己的困窘。人都乐于展示自己的光彩,谁愿意展示自己的寒酸呢?

　　这是不得已而接受的交换条件:你既然接受捐赠你就无权拒绝拍照。贫困户得到面粉的同时面子却被人家拿走了。捐赠者拿他们的面子擦拭荣誉,记者拿他们的面子擦拭镜头。

　　我在那篇文章里对这类剥夺穷人面子的行为作了抨击,观点之尖锐,我想已经到了党报所能允许的极限。但时间过去几年,事情并没有发生任何变化。每年"两节"期间,频频出现在媒体上的图片和镜头,依然重复着被特写的米面袋子,重复着施舍者向贫困户递给红包时被定格的瞬间;依然是一张张笑脸和一张张苦脸。

　　同样的节目上演了这么多年了,难道那些直接参与"送温暖献爱心"活动的人就从来没有想到其中的问题吗?肯定不会,如今的人多聪明啊,怎能想不到。说到底,还是这个"爱心"有问题,至少是爱得不够真实。这样说有点残酷。但试想,假如你的亲兄弟穷得没有鞋穿,你买了一双新鞋给他送去,给他说:"穿上站好,我要给你照张像。这张照片我留着,说不定以后要用呢。"你会这样做吗? 将心比心,一切了然。

　　送温暖、献爱心本来是无条件的善举,一旦掺进任何附加条件,这一善举马上变了味儿。

　　对某些献爱心的企业或个人来说,面子是优先于爱心的目标。所以这么多年,从来没听说施舍一方有意躲开媒体注意,悄悄把东西送给贫困户。

恰恰相反,他们需要最大程度地放大自己的面子。贫困户虽然也需要面子,只好做点牺牲了。至于媒体记者,如果拍不到符合宣传需要的照片或录像,给单位交不了差也是没面子的事,所以也需要贫困户牺牲点面子。

一个人,特别是一个并非懒惰致贫、不太习惯于被施舍的人,被人拨拉过来拨拉过去对着镜头摆布,那时的心情,除了像东北人说的"拔凉拔凉的难受",还会怎么样呢?

贫困户需要物质的援助,更需要人格的关怀和尊重。贵州的一位朋友曾给我讲述过他们那里的一件事:农历除夕,一位新上任的年轻县委书记去慰问一位孤寡老奶奶。放下了油和面,自我介绍后,老人很高兴。坐在炕上说话时,老人抖抖索索地从褥子底下摸出两角钱,递给书记说:"孩子,这是大娘给你的压岁钱。大娘穷,你别嫌少。"书记赶紧双手接过来说:"多谢大娘!我不嫌少。这个压岁钱我应该跪着接才对……"书记说不下去了。我听到这个故事后也觉得鼻酸。一件小事的发生过程,没有官员对草民施惠时的优越感,有的只是母子般的真情交流,是人性的本色毫光。

年节将至,又一次体悯弱者的活动周期正在拉开帷幕,人本关怀作为社会进步的一大内容,理应在这些活动中逐步体现。在予以衣物暖其身、予以米面果其腹的同时,稍稍关注一下那些因为贫困而更显脆弱的心,尽量少让它们"拔凉拔凉"地暴露在镜头下,不是更合乎人性的合理要求吗?

2007 年 4 月

造假的年代

几年前,记不起为了什么事查找答案,我去报社资料室翻腾 1958 年的《青海日报》。可巧,随意翻开一页,一版头题竟是那个在当年几乎家喻户晓的历史性谎言。尽管我在几十年前就听说过这个经典谎言,但当亲眼看到那一行用大号铅字隆重排出的通栏标题时,还是如初逢乍遇般愣住了:

赛什克农场又放"卫星"

春小麦亩产 8585 斤

8 585 斤粮食,长在一亩地里,是个什么状况? 后来有人曾将其转换为一个视觉概念:麦穗平均长度超过 1 尺,麦穗的密度呢? 是放一层鸡蛋都漏不下去。

这多像科幻片。然而它不是科幻片,它是刊登在省级党报的头版头题新闻!

发黄的纸页,粗糙的油墨,特大的字号,松弛的版面,以及空荡荡的留白,都在真实地显示着当年的印刷技术和编排水平。也在显示,那是一个信息奇缺的年代,是一个不得不拿大字号填充版面的年代。但这些并不重要。重要的是,那是一个全民都在说谎的年代;但这还不是最重要的,最重要的是,那是一个就连视真实为生命的新闻都背叛自己的生命公然说谎的年代。

"亩产8 585斤"!不难想象,这个用重磅铅字铸成的概念,曾以怎样的分量震动过社会视听啊。

当这个谎言如同春雷般滚过全省城乡时,我14岁,刚上中学。自小就对粮食有着刻骨铭心认识的农村少年,和同龄人一起,以天真的感动欢呼过时代的伟大奇迹,憧憬过温饱生活的到来。

这条消息从采写、编辑、初审、复审到发排,毫无疑问要经过许多严肃的有经验的目光的检验,但都一路绿灯地放行了,岂止是放行,简直就是披红戴花地上市了。

我无法想象,那些用英雄牌墨水和金星牌钢笔给这个百分之百的假货打上"验讫合格"戳记的老记们、老编们和老总们当时的内心真实(倘能袒露一二,在今天仍然是足资警世的心理档案。但遗憾的是,迄未见到有哪个报人写过这样的文字)。但我不相信,与编织这个谎言有关的那些老记们、老编们和老总们真的相信这个鬼话。

也就是说,他们必须编这个谎。在时代的至高无上的需要面前,他们基本上是一些必须看时代脸色行事的孩子。除非他们的良知倔强到不惜丢掉饭碗的程度。

孩子偶尔撒谎并不可怕。因为还有父母和师长的教育。可怕的是,父母和师长纵容乃至鼓励孩子撒谎!

更可悲的是,在那个年代里曾经被鼓励着撒过谎的"孩子",有的似乎直到终老,都没有对记者这个角色的实际性质获得真知,有人在著述中谈起记者的使命时还在深情地说:"记者手中握有一支千秋史笔。"

"史笔"！所谓职业良知、社会责任等,在面临时代的严峻考验时,是忠于历史还是忠于政治? 这难道还算是个问题吗?

1958 年"大跃进"的错误很快被随后而来的大饥馑所证明,也在不太长的年头里得到了纠正。但与这个历史性错误直接有关的、从上到下热衷于说假话的风气,还没有来得及彻底清算,就被一场更大的、山雨欲来风满楼的运动所掩盖了。在那场众所周知的劫难中,说假话之风获得超级精神营养,绽放出妖艳无比的恶之花。

梦魇般的岁月流走,假话的示范效果却沉淀下来,孕育为国人的一种文化心理。其表现之一就是,直至今天,全社会还没有真正形成一种以讲真话为荣、以讲假话为耻的风气。

我在视造假为家常便饭的氛围中走上工作岗位,吃起了新闻这碗饭。

1978 年 8 月,青藏铁路第一期工程铺轨至德令哈,海西州举办盛大庆典。一批蒙古族、藏族和哈萨克族群众代表(他们中的许多人没见过火车)将盛装乘坐第一趟客车,在规定的 20 公里路上,体验坐火车的感觉。

这是一个重大新闻,音响内容丰富,很适合搞录音报道。在德令哈广播站工作的我,和我的同事——毕业于北广新闻专业的张女士,早已摩拳擦掌,准备精心打造这个节目,在本地广播站播出的同时,报送青海人民广播电台,争取获奖。是日,我和同事披挂上阵,一个背着笨重的葵花牌录音机,一个手持加长的录音话筒,在人山人海中窜来窜去,在火车上爬上爬下,一会儿采访铁道兵指战员,一会儿采访白发婆婆红颜女,忙得满头大汗。

可是晚上审听我们的劳动成果时,出乎意料地发现,几乎所有的音响素材都很出色,唯独火车在铁道上运行的音响让人沮丧。很快明白了,这是一条新线,轨道还在校正,火车走得缓慢。这样的音响与我们所预期的、能够象征时代精神的、节奏铿锵有力的音响相去甚远。如果就这样剪辑上去,获奖的希望怕是得放弃。

我们当然不甘放弃。那时我在广播站工作已经好几年，搞录音通讯轻车熟路，自然而然地想到了移花接木的把戏。几经和州电影公司的资料员沟通，在存放拷贝的大仓库里，我们把有火车行进镜头的片子全部调出来，一部一部地看，看了个昏天黑地，寝食俱忘。但是，难就难在火车音响虽多，都与剧中人的对白和背景音乐合成整体，无术将其分离。我们锲而不舍地努力，终于在次日上午找到了理想的音响。那是故事片《铁道卫士》中，英勇机智的公安侦察员与国民党特务在火车车厢顶部搏斗的镜头，很长，无对白，无音乐，只有节奏急促的车轮声渲染着紧张的气氛，仿佛是电影编导为了体恤我们的难处而特意准备的。

这年年底，我们的录音通讯如愿获了奖。

回首往事，无论是我们在广播站玩的移花接木的小把戏，还是由此上溯 20 年，我的前辈们编造的"8 585 斤"的大屁谎，对于历史老人，都不过是笑谈而已。但对于新闻，却不能不说是沉重的话题，因为在那些笑谈后面，始终隐藏着一个与新闻的本质有关的大问题：新闻究竟有没有独立的精神品格？ 比如，它仅仅服从于真实，而不服从于别的什么？

之所以感到沉重，还因为直至今天，新闻在许多情况下常常由于事实以外的因素而失去自我。

2000 年 3 月

旅游业还带来了什么

正如上世纪中叶，早期的资源开发热潮中，处于亢奋状态的社会意识绝无可能想到"子孙后代怎么办"这些问题一样，如今，被旅游业的经济效益所鼓舞的社会心理，同样本能地排斥一切逆向思考。

或许还要经过许多年，"热"过之后，人们才会回过神来，发现做过的许多事情还有值得怀疑的一面。在目前，至少有几个问题已经凸显出来。

自然界的独立存在价值被剥夺

旅游业的发展所释放出的巨大经济能量，正在转换成对自然界前所未有的破坏性冲击。所有亘古以来尚未被人类涉足过的山峦、湖泊、森林、峡谷，无论多么荒僻邈远，在今天，都异乎寻常地被惦记、被盘算、被规划、被次第开发,鲜有遗脱。

旅游业像一只粗暴的手,毫无克制地伸向地球的隐私。大自然的独立存在价值被剥夺,经济链条的魔力随意将自然山水绑架,它们最终将无一例外地被人的意志强行修饰,告别原本的安静朴素。

在全民旅游的时代,随着日益庞大的旅游人群进入,自然与人的关系日益呈现出紧张感。无论有多少保护措施,自然的原始面貌仍然被改变,为了满足"零距离"观赏的需要,也为了尽可能地拖住客人,增加消费,道路、宾馆和娱乐场所不得不大煞风景地挤占农田和绿地。混凝土垫层轻而易举地阻断了土壤的呼吸;污染如同影子,牢牢跟定游人的脚步。蹲踞在原始森林的休闲木屋,趴伏在大山脊梁的缆车索道,铺设在河滨草地的停车场,矗立在宁静原野的星级宾馆,喧腾在天籁中的声响,无一不是对自然界的粗暴改造。"所谓自然,即是天然存在的,无需人工创设的,它们天然就是合理的。"(范增语)而附加在大自然身上的人造景观,无论制作多么精良,在自然面前总是难掩拙劣。

被预期的经济效益所激发的开发想象,几乎无法遏制,随时都在付诸实施。从开发单位或者设计公司的立场看问题,效益当然永远是第一位的,污染问题一旦被诘问,则会以"可以达标""可以逐步解决"等含糊的回答作搪塞。

民俗由生活异化为表演

从保护的角度看,旅游业与民间文化的关系呈两面性。旅游业的发展,使许多走向衰亡的古老民俗以表演项目的形式得以"复原",这是不争的事实。但从文化角度看,旅游也使民俗名存实亡。它抽掉了民俗的精神内核,使它变成徒有美丽外表的空壳。生活被戏剧化的同时,民俗的原真性已被篡改。举例来说,哈达、酒、歌这三件宝,出现在实际生活中,是承载主人情感的载体,其中所包含的接纳、款留、礼敬、赞美、欣赏等信息,透露着一个群体约定俗成的、对待人际关系的基本态度,所以才能称其为民俗。当这三件宝出现在旅游项目中时,它们的内涵已经改变,变得简单而直露,对此,主客双方都已心照不宣。

　　所有的人都曾经生活在民俗之中,所有的人都不会怀疑:民俗是为了群体精神的需要而存在,不是为了给别人表演而存在。换句话说,世界上原本没有脱离生活需要而独立存在的民俗,犹如血肉和皮毛不可能分开存活。如果一种民俗走向消亡,原因只有一个,产生这种民俗的土壤——生活内容及其所蕴含的价值观发生了变化。从这个意义上说,民俗要么延续,要么消亡,要它复原其实是不可能的。

　　旅游项目中的民俗表演,看上去像一只只滋润可口的鲜果,色香俱佳,但你无法知道它的滋味,它们不含果汁。它们是石蜡做的。

神话与历史的界线被混淆

　　旅游景点的知名度决定着旅游收入。近年来全国各地都煞费苦心地在知名度上打主意,热衷于用放大镜在历史烟云和神话传说中搜索,为提高当地旅游景点的身价而努力。涉及历史的,或一鳞半爪,或片言只语,均被视为至宝,为我所用。并以此为据,敷衍生发,加工完善。到处都在考证,到处都在"发现";涉及神话传说的,或天玄地黄,穿凿附会,乃至移花接木,杜撰演绎,只要沾上一点边,都被"开发利用"。为了现实利益,时不时地还有专家学者凑进来,引经据典,添枝加叶,提供学术支持。在这样的努力之下,神话与历史的界线被有意无意地混淆。

谁都知道,神话追求浪漫,历史追求真实。浪漫与真实就是一对矛盾。怎样才能把神话传说演绎为历史?唯一的办法是"发现"尽可能多的生活细节。于是就开始编造。但新编神话无论怎样生动,毕竟还没有在时间的恒久浸泡中定型,很难为大众所普遍接受。君不见一处处旅游景点上,讲解员滔滔不绝,说得煞有介事,众游客心不在焉,甚至连疑问都懒得提出。因为大家都清楚,此处所闻,半真半假,亦实亦虚,不听也罢。

低层次的旅游意识被培养

"某某某到此一游。"仍然是今天众多游客的基本心态。数码相机的时代,全民都是摄影师。在自然山水面前,游客更注重自身的存在价值。留影存照,成了旅游的主要目的,与自然界的精神沟通反而被忽略。以自我为中心的旅游意识,消减了现代人寄情山水的文化情怀,被快节奏的生活鞭子所驱赶的游客,如潮水般匆匆来,匆匆去,没有多少人对旅游景点的历史文化信息感兴趣。好像是在游览山水,但更像是游览自己。为了在人堆里见缝插针地拍张照片,"对不起对不起,我也来一张"是说得最多的一句话。吸引眼球的,是小小的取景框;摩肩接踵的,是摆姿势等着拍照的人。千万里奔着仰慕已久的自然而来,临了,两者关系陡转,大自然仅仅成为一种拍摄背景而已。即便偶有高人韵士选胜登临,几许遐思,早被一片快门揿动之声所扫荡,容不得你"把栏杆拍遍,无人会、登临意。"

这种心浮气躁的旅游,又使游客无暇留下一咏一叹(也有文化素养方面的原因)。且看九州之内,江山胜迹,题咏之繁,篇章之妙,皆是前人所为,今天的游客蜂攒蚁聚,飞来飞去,究竟留下了什么能让后人击节叹赏的东西呢?

朝发夕至的现代交通条件,淡化了地缘距离感,也淡化了人们对大自然的神秘感和敬畏感。沧海水,巫山云,不足为奇;天姥霞,瀛洲涛,亦复尔尔。走遍一方与走遍中国,感觉都差不多。而走遍一方的人和走遍中国的人,看上去也差不多。

文化还没有形成实力

上述现象都表明,在强大的经济力量推动着旅游业横冲直撞的今天,文化力量的作用还暂时缺位。表现在它既不能以自己的使命为坐标,对旅游开发中所涉及的发展观、价值观、审美观、生命观和生态观等予以有力的影响,甚至也不能坚持文化的独立立场,与一切急功近利的理念分庭抗礼。在经济目标的鼓动下,它只是被动地作着回应,乃至纡尊降贵地扮演着为经济搭建舞台的角色,忘记了自己的神圣使命是干预。我们常说文化是软实力,这应该理解为:人类社会的进步最终体现为人的进步,而不是技术的进步;但在具体的发展阶段中,在与经济力量的厮守或纠缠中,文化又是很软弱的实力。这就是为什么物质世界进步奇快而人的进步奇慢的原因。

2013 年 5 月

好故事　堪思量

　　媒体的报道，一般只适合于从新闻的角度去解读。如果换个角度，有时会看到完全不同的意义。

　　2005 年初，央视 12 频道曾两次播出过一个专访节目，说的是一个普通农民搭救城里人的故事。梗概如下：家住湖南张家界的农民赵明健只身进山砍柴，傍晚即将返家时被剧毒的五步蛇咬伤。出事地点离山外颇远，快走也得两三小时，显然赶不上蛇毒夺命的速度。为了保命，赵明健毅然用砍柴刀将毒蛇咬伤的右手食指斩断，越莽穿榛，沥血逃命。与此同时，进入血液的蛇毒已顺着静脉向心脏偷袭，他感到头晕恶心，两腿发软。在与死神赛跑的途中，隐约传来的呼救声让他停下了脚步。循声找去，原来是一对由上海来此旅游的年轻夫妇误入峡谷迷路，困在悬崖中部的一处石坎上，上下不得，进退维谷。其时二人已经喊得声嘶力竭，空谷无人，暮色渐浓，忧惧烧心。赵明健情知自己命悬一线，耽误不起，但又不忍离去。当他用血流不止虚弱无力的手将这夫妇二人救上悬崖后，后者这才得知救命恩人的危境。

赵明健借用对方的手机给村里人报了信,指给夫妇二人一条可安全走出山外的路,自己选了一条险而捷的陡峭小径继续逃生。当他终于逃出大山时已经头晕难支,精神恍惚。所幸村里人及时开车赶到,把他送到乡卫生所,随后又转到县医院……

事情的结局是,樵夫赵明健大难不死,15 天后出院回家。住院期间,那上海夫妇托人给赵明健送去了 800 元钱以示感谢。

这个以倒叙方式说事的短片中,有两处地方给人印象深刻:一处是记者问赵明健,你当时已有生命危险,为什么还要去救他们? 赵明健回答,那会儿感到身体虚得厉害,离山外还远,估计逃不出去了。心想,如果把他俩救上来,丢一条命,换两条命,值了。另一处是,那位获救的上海男士在家中抱着出生不久的婴儿,很幸福也很真诚地对尚不解人言的小宝宝说(当然也是给镜头后面的记者说),孩子,要不是那位赵大叔,爸爸妈妈就没有今天,当然也不会有你了。

故事梗概大致如此。看官也许要问:一方有大义,一方有真情。这有什么问题吗?

好像有点问题。问题就在那 800 元钱上。

这个 800 元,像个扎眼的刻度,显示了"情"和"义"两者之间严重的价值错位。这两位被救者不至于不闻"受人滴水之恩,当以涌泉相报"这句如雷贯耳的古语吧?真要是滴水之恩倒也罢了,但他们所受乃是涌泉之恩,然而竟以滴水相报!试想,这年月,打个喷嚏动辄就得花去数百元医药费,赵明健住院半个月,所费可想而知。他是个穷人,亟需银两,此其一;而那上海夫妇并不穷——从形象上看,那人仪态雍容,若非小资,定属白领。此其二;退一步说,假使他们不属小资白领,也不会不懂得生命无价这个道理,此其三。那为何会以如此寒碜的方式行事呢?让我们来猜想一下他们的逻辑。

——在那个绝处逢生的夜晚,回到宾馆后,惊魂未定的年轻夫妇,庆幸之余,又经历了怎样的思量和计算!——砍柴人救了自己的性命不假,笃定要感谢。但话又说回来,造成他住院的元凶是五步蛇,这与阿拉无关,两码子事不能扯在一起。所以也没必要把他的住院费全包下来,适当表示即可。但表示多少,一定又难坏了精明的上海夫妇。太少了小气,太多了犯傻。那就 500 元以外,千元以内吧。800 元蛮可以吧?晓得一个农民打一个月工才挣几个铜钿? 再说了,要不是阿拉的手机,那人是死是活还不好说的唻。

——猜想当然不能代替事实,但除了这样的逻辑,还有什么样的逻辑能解释这个 800 元?

休矣! 不要再揪住这两个人不放。吝于报答的人,何处没有,不足为怪。就说身边的,去年,发生在我省的一桩舍己救人的新闻事件,媒体做了那么多的连续报道,但被救者一方的态度寂寂无闻,就是一例。从根本上说,这种现象暗示了某种价值体系的变异趋势。那就是,传统的恩德报偿原则正在瓦解。中国人之所以一贯尊崇受恩必报的原则,是因为传统价值观看重的是人格和境界,在那个价值体系里,恩德二字是不可以用物质手段来计量的;在商业化社会的价值体系里,恩德报偿原则依然存在,但其中的人格和境界因素已经淡化,以小换大的实用态度开始凸现。在价值互换的计算过程中,经过利己的头脑七扣八折,涌泉之恩缩减为滴水之价也属必然了。

孤立地看,大千世界,多几个或少几个吝于报恩的人无妨大局。关键要看社会主流意识对此类行为的态度。主流媒体当然代表着主流意识,而媒体的价值尺度不可能完全不受记者个人价值观念的影响,尤其是在一些生活类新闻的报道中。央视对赵明健事件显然是当作一桩佳话美谈来定位,让当事者双方各领褒扬,而没有发现其中的问题。看得出来,由于记者的价值观更接近小资白领一族，所以他对滴水之价报涌泉之恩的悖谬没感觉，把缺憾也当成了完美。

可见，"导向"所产生的或明或暗的效应，有时真不像这两个字那么简单。

2006 年元月

抹黑:文化困境中的自虐游戏

在今天的城市或乡村,只要你不完全拒绝社会交往,你就无法拒绝婚宴。无法拒绝庸俗乃至丑陋的婚宴氛围。换个角度说,如果想感受一下当今社会礼仪的缺失、文化的困窘,婚宴就是最佳体验窗口之一。

常说中国是礼仪之邦,这并不确切。应该说曾经是礼仪之邦。古代社会尚礼,包括婚丧礼仪在内的各种礼仪,繁文缛节之多,几乎到了让一般人喘不过气来的地步。但事情要从两方面看,文化有时离开繁文缛节就不好传承。婚礼,就是通过较为繁琐的形式承载了古人关于天地、伦理、社会、审美等多方面的观念。

传统的礼仪,建立在儒家学说基础之上。学说不等于信仰,没有太大的约束力,所以再好的礼仪也会被打折扣、被随意改造。繁文缛节的时代过去之后,就进入了无礼可循的时代。随着近代社会人性的解放,婚礼中的“礼”很快瓦解。但婚礼毕竟是人生之大礼,没有一套固定程式,怎么操办呢? 西望大洋彼岸,看见了欧美人的婚礼,于是邯郸学步成了处于文化困境的人们自然的选择。

众所周知,欧美人多信基督教或天主教,婚礼仪式建立在信仰基础上,一般要在教堂里举行,婚礼由神甫或牧师主持。神甫或牧师是沟通凡人与上帝的中介,当他宣读两位新人"照主旨意"步入婚姻殿堂时,是代表上帝在宣布;他随后的质问也是在代表上帝质问——质问男女双方,"在婚约即将缔成时,若有任何阻碍你们结合的事实,请马上提出,或永远保持缄默。"

神甫会接着说:"我命令你们在主的面前,坦白任何阻碍你们结合的理由。"

神甫随后分别质问新郎新娘,是否愿意和这个人缔结婚约?无论疾病还是健康,或任何其他理由,都爱他,照顾他,尊重他,接纳他,永远对他忠贞不渝直至生命尽头?

此刻,神甫或牧师则是婚姻的现场公证人,上帝充当着婚姻责任的终生监督者,婚姻的宗教性和神圣性由此显现。

又由于西方人一贯重视契约精神,婚姻关系在他们心目中也是一种特殊的契约。它的特殊在于,建立契约的过程有信仰在监督。信仰一贯,仪式也一贯。所以西方人的婚礼仪式数百年来基本不变。

中国汉人普遍缺乏信仰,婚礼当然不可能到教堂里去举行,更不可能到佛寺或道观里去举行,于是只能选择餐馆。在肴馔纷呈的场合里模仿西方人在教堂里的仪式,就带了一点滑稽的色彩。

婚礼一般交给婚庆公司主持。婚庆公司的员工先用高分贝音响营造出震耳欲聋的喧闹,然后进入主题。主持人——当然是个嘴巴利索的小伙子,口若悬河滔滔不绝重复累赘地说出一大堆极尽夸张的赞美话语,之后,模仿神甫的套路,煞有介事地提出一连串问题。

"请问,你愿意嫁给他吗?"

"请问,你愿意为她的一生负责到底吗——无论她健康还是疾病、年轻还是衰老、富贵还是贫穷、直到生命的尽头?"

……

但他并不是神甫。那么,他是代表谁在发问呢?

是代表上帝在发问吗? 怎么会呢? 既无信仰,何来上帝。

是代表婚庆公司在发问吗? 不可能。婚庆公司只负责本场婚礼不出纰漏,如约收取报酬。它难道还要负责新人的婚后生活吗? 笑话。

是在代表主持人自己发问吗?更不可能。小伙子没有任何权威身份。他在婚宴上也就是个打工的人,说不定明天就跳槽了。

是在代表新人的父母在发问吗? 也不会。双方父母最为关心的一些问题,此前已经沟通过多少次了,不会等到这会儿才问;再说,中国人迷信,婚礼上净说吉祥话,忌讳生老病死、吉凶祸福之类话题,怎么会犯起傻来,问这些问题呢?

是在代表全场的宾客发问吗? 宾客并没有给他委托这个使命。处在这样一个嘈杂的环境里,宾客们其实也很烦躁,酒饭一毕,就做鸟兽散,谁还有义务去监督新人今后的生活呢? 那岂不是"吃饱了撑的"。

既然实际上没有任何一方能代表发问的主体,那么这种发问就等于游戏。婚礼的神圣性被游戏化了,婚姻的严肃性被游戏亵渎了。

难怪谁都不把这种看似庄重的发问当一回事。一次,笔者去赴婚宴,主持人——一位英俊后生,全然不顾宾客们的听觉处在饱和状态,只顾表演他的脱口秀。插科打诨够了,气氛营造够了,这才正色敛容,逐一提出原本属于神甫专利的那些问题。终于轮到证婚人说话了, 早已等得不耐烦的证婚人——一位退休干部模样的汉子,跳上台去,把捏在手里的两个小红本给台下的人一亮,朗声说道:"在我颁发这个证件之前,他说的一切统统没用!"

于是全场粲然。笑声仿佛是对轻薄无文的婚礼仪式的宽容。

如果说上述种种,反映了国人在文化困境中的迷茫,那么,婚宴上的另一道大餐,则是迷茫中的自虐游戏。

那就是抹黑。抹黑使本来贫于文化内涵的婚礼等而下之,庸俗不堪。

抹黑一般紧接着正式程序进行。新郎的父母(有时也会殃及叔伯、弟兄和舅妗),事先已被强力控制,黑鞋油涂抹了脸面,破纸盒装饰了头颅,被推出来游行示众,以期博得一笑。

观赏这种丑剧而能开怀大笑的,多属呆傻愚痴之人,所以婚宴上的宾客们都在讪讪地笑,并没有人真正开怀。

据考,抹黑的恶俗源于西北民间的一则乱伦丑闻。起先在不开化的偏远乡野流行,粗鄙无文的乡民们以此来满足不健康的心理需求。但在很长的历史时期,这一恶俗被压制在生活的角落,没有一个大雅之堂愿为它开启门扉。

恶俗终于迎来了泛滥的机会,在无礼可循的今天,它便堂而皇之地由乡野进入城市,在衣冠楚楚的文明人群中上演。城市不仅没有拒绝,反而敞开胸怀拥抱它,犹如干渴的土壤不会拒绝肮脏的水一样。

没有了礼的约束,人性中猥亵的倾向便随意发挥。抹了黑还不够过瘾,又发明了一法:在公婆脖子上挂一纸牌(颇像文革中批斗"走资派"的情景),上写极其露骨的亵语,以期获得更多浪声笑语。

这种丑剧在旧时代出演,尚且保留一条底线:必等女方亲眷宴终离席。偶有不知利害的愣头青,等不及娘家人辞别就莽撞行事,则犯了大忌,有可能招来被人掀翻筵席、詈骂万端的后果。闹得严重的,婚事都有可能告吹。这类冲突反映了人性中恶的扩张本能和礼对人性恶的约检作用。在今天,礼丧失了,约检作用也丧失了,人们只好把羞耻心送上祭坛。抹黑,现在公然地当着娘家人的面进行。没有人拍案抗议，也没有人大吼一声掀翻筵席。大家都忍受着。假如油炸苍蝇是一盘不可少的特色菜，那就得容忍着，哪怕一口不吃。

羞耻心的失去，是文明堕落的一个主要标志。

人活着，可以没有宗教，但不能没有行为准则；可以没有信仰，但不能没有境界。行为准则的背后，是价值观；境界的背后，是核心价值观。如此看来，现代人的婚宴还将庸俗下去。未来的公公婆婆们，还得准备着牺牲自己尊贵的脸面和羞耻心。原因很简单：为全社会共同恪守的核心价值观还远没有形成。

将来的某个时候，当一种高雅而庄重、简约而优美的婚礼蔚然成风之时，马路上摔倒的老人也必将会被人毫不犹豫地扶起；人们为孩子选购奶粉时不再会心存疑虑；出国旅游的同胞，会因为不慎把果皮丢弃在路边而脸红。这些事看起来互不关联，其实都有着文化意义上的共时性和同质性。一条河流，整体上清澈了，沉渣才不会泛起。

这个愿景，应当属于中国梦的一部分，虽然看起来不那么有分量。

2013 年 2 月

后生可畏

　　8月里一个晴热的上午,我跟着几个朋友到驻军某部去打靶。我的这一爱好来自早年在部队锻炼时的熏陶。虽然枪法不精,但醉心于扣动扳机时半自动步枪的脆响、右肩窝受到的后坐力以及枪口逸出的一缕蓝烟。所以只要有机会,薄技又痒。

　　我们到达靶场时,发现已有另一拨人先期到达,正坐在遮阳伞下,一边喝水一边等待几位军人在前方布置枪械弹药和卧垫等物。于是我们一行人被暂时安置在草坪东侧的柳荫下等候。

　　不久响起了枪声。那一拨人都在射击位置上松散地站着。一位身穿迷彩服的军官在指挥,两位战士用步话机报靶,跑出跑进于靶壕。

　　很快发现,这一拨人里只有一个人打靶,其余都是陪客。又渐渐发现,这是一个家庭。主角是个身穿粉红色T恤的男孩,身架刚刚长成,很单薄。他身边那个长相富态的中年男人大概是父亲,并且非权即贵——因为他身边有个司机模样的小伙子在伺候;那个举止娴静的中年妇女无疑就是母亲了,看气度也是白领一族。

枪声单调地响着。先是不同型号的手枪,然后是半自动步枪。男孩显然是个生手,那个负责指挥的军官长时间地比画着给他讲解射击要领,然后小心地给他装弹。

男孩模仿着外国影视片中警察的姿势,双手握枪,叉开细脚伶仃的双腿,瞄准,击发。听不清报靶员的声音,不知上靶了没有。

他的父母显然对于打靶毫无兴趣,他们甚至连碰都不碰一下那些枪支。他们仅仅是在陪儿子。每次枪响之前,母亲要用双手捂住耳朵。

2006 年夏天是个持续高温的季节。临近中午,太阳渐发威力,我看见那个站累了的母亲终于蹲了下来。那个胖身材的父亲也频频擦汗。但他们依旧极有耐心地陪着,没有一点催促的表示。

男孩终于过足了枪瘾,一行人离开那里,沿着柳荫走向车子。经过我们面前时,我看清了,男孩长得颇为清秀,稚气未脱的脸庞稳稳地板着,不言不语地走在前头,其他人紧随其后。虽然总共只有 4 个人,但他们走路的格局却有一种前呼后拥的气势。

我猜想,这可能是一个刚刚考中了一所理想的大学因而踌躇满志的公子。他有了足够的资格在开学前的这段日子里变着法儿消遣,而做父母的,在这大热天里陪儿子玩枪也出于心甘情愿。

这看起来纯属一个家庭的私事,与旁人无干,哪怕他的双亲策划着用云梯去为他摘月亮。

但问题在于这个孩子不仅属于他的家庭,更属于未来的社会。还因为他学业优秀,按照学而优则仕的传统和现实规则,他将来显赫于仕途的可能性要比学业平平的孩子大一些。在未来的人生道路中,如果他的优秀禀赋发挥得足够好,休说位居一方枢要,掌控社稷鼎器也不是不可能。只不过这种可能性还会受诸多客观因素的影响。

　　只有一个因素不会有大的变化,那就是他的人格基准。这个基准已经形成,在今天的打靶活动中凸显得很清楚:他基本上属于只在乎自己痛快与否而不在乎别人痛快与否的人。试问,若干年后,假如当他成为权柄在握、一呼百诺的人物时,假如他的部下汇报说,"传达室门口有个上访的乡下老头,在大太阳底下等了三天了,说是非要见您不可。"他会恻然动容吗?当他出行考察时,看见通道两侧的路口都被交警封锁,他会想到那些等待的车辆中可能有临产的孕妇和心脏病突发的老人,从而怒斥那些惯于迎奉的人吗? 那是不言而喻的。

　　不仅如此,按照上行下效的自然规律,他的行为将在更大层面上产生辐射效应,成为那些羡慕者和追随者们的价值坐标。

　　也许他的人格基准在进入大学和走向社会之后会被校正? 谁能相信。自古教育的本质是教书育人,可如今的大学除了教书是否还在育人,这已经是众所周知的事情了。至于社会这所大学校,看时下的"校风",能给那些学而优则仕的佼佼者们什么样的影响,可想而知。

　　严重的是这个孩子的人格基准有着广泛的代表性。只要看看每年高考结束后媒体所报道的那些事例就知道了。

　　若干年后,在这个靶场或别的靶场,很可能再次出现这个孩子的身影(如果他有枪瘾的话)。不过他早已不是大男孩了,已进入人生的华彩阶段。由于遗传基因的作用,他会长得跟他父亲一样富态,气宇更加轩昂。鞍前马后地跟随着的,也早已不是今天这寥寥数人了。

　　——当然这只是一种可能, 它与事实之间还存在着许多不确定因素。只有一点很清楚:后生真的可畏。

2006 年 10 月

真伪寸心知，爱恨由他去

人的一生，有许多错误是完全可以避免的，但对误会，完全无此可能。因为误会发生的原因根本与你无关，甚至也与对方无关，但后果要由你承担。

30多年前，我在海西德令哈一个核桃大的单位工作。那是物质供应极为匮乏的年代，虽说每户人家都有一个购物证，但总是处在持证待购的状态，渐渐习惯了数月不知肉味的日子。

夏天的一个傍晚，家里来了不速之客，是老侯。他在乌兰县政府办公室工作，是几年不见的老朋友了。老侯把一个不大的编织袋扔到地上，告诉我，他从可鲁克湖回来，路过德令哈，在招待所住一夜，明天回乌兰县去，这件东西先存放到我家。

是鱼。老侯说，多年前乌兰县从内地引进鱼苗，投放在自古无鱼的可鲁克湖，做高原淡水养鱼试验，获得成功。今天去那里捕捞了几条，带回去给县上的领导们尝尝鲜。招待所房子太热，不好保存。想在我家找个阴凉的角落放上一夜。说着，蹲下来打开袋子。

　　端的好鱼！个个光鲜肥实，都有胳臂粗细。老侯指着用铁丝串起来的这些家伙，慷慨地说："最大的这一条给你。这一条是杨书记的。这条给诺书记。这条给塔县长。这条给王部长。这条给……"总之，条条都是物有其主。

　　我们两口子差不多有一年没闻过鱼味儿了，为意外到来的口福兴奋不已。忙问老侯这鱼怎么个做法。老侯很在行地说，这是三门峡鲤鱼在青海高原的"移民"，受水土和紫外线影响，土腥味重点，要红烧，不要清炖。

　　"红烧要清油啊，家里没有。"我说。

　　"不用清油。这鱼肥得厉害。你明天把它剖开就知道，它肚子里有两块板油，用它来煎它自己的身体，绰绰有余！葱姜放大，酱油放重，味道绝了。"

　　我仿佛已经闻到红烧鲤鱼的香味，齿颊之间顿觉口水充盈，我听见自己的喉咙很没出息地咕噜了一声。

　　老侯帮我在伙房犄角的土墙上钉了两根大钉子，把那串鱼挂了上去。伙房紧靠着一个小山包，地气阴凉，如同天然冰箱。

　　那时家里穷得连一把招待人的瓜子都拿不出。妻子熬了一壶加了花椒和荆芥的老茯茶，我们天南海北，聊得开心，直到很晚老侯才走。

　　后半夜，伙房里一声沉闷的响动把我们从梦中惊醒。是小偷？这样地广人稀的地方竟然有小偷！我立即起身去伙房察看。墙上的那一串宝贝安然无恙，伙房的窗户可是半开着！是小偷弄开的还是本来就开着？我想了半晌不得头绪，把窗户关好插牢，复又睡了。

　　次日一早，老侯坐一辆北京吉普来我家取鱼。我把鱼交给他时，感觉到他的目光在那串鱼身上滞留了几秒，随后又不经意似的朝我一瞥，似乎有点异样。我还没有来得及确认这是不是一种错觉，老侯就很热情地跟我握手告别了，说再过一个月还要来。于是我没再多想。

　　上午在办公室写稿子，思路老是被鱼的烹调步骤干扰。离下班还有半个小时，就兴冲冲地回家了。当我去拿挂在墙上的那条鱼时，无意中发现，墙角的一只空铁桶里，酣睡着另一条大鱼！夜半惊梦的声响现在有了确凿的答案：这条鱼从铁丝上脱落下来，掉进了空铁桶。

老侯那一瞥目光里隐藏的含义，现在也明晰如法官的判词：没想到你老王的眼睛这么小！过去可没看出来。你多拿一条鱼，我回去怎么分啊。

不过老侯毕竟是厚道人，为了顾全我的面子，尽量没让我看到他目光里的疑问，他把难题留给了自己。

这事情放在今天好办，一个电话打过去解释一下就行了。可那时候哪有这条件。我想写封信给他，又一想，写信显得太煞有介事了，等下次见到他再解释，这还是个不错的谈笑话题呢。但我知道，在见到他之前，我在他心目中的形象矮了一大截。虽说凭我和他多少年的交往，一条鱼不至于让他耿耿在怀，但他肯定无法平息自己的惊讶，因为以我的行事做人，这太不可思议了。

谁知老侯这一去竟然杳如黄鹤，再也没来。后来得到消息，他回到乌兰县不久，获得一个机会，调到省农行去了。

岁月匆匆，渐渐地我把这事彻底忘了。

我跟老侯又一次见面是在 8 年以后。那时我也调到了省城。一次朋友们聚餐时，吃着刚上桌的红烧鱼，我突然想起那一段往事，就把它讲给老侯和在座的人。老侯一直惊讶地听着，然后给在座的朋友们说："这事老王一说，我相信。要是别人，我还不一定信哪。"

我和朋友们大笑。笑过之后我意识到，我这个人的秉性为澄清这个误会算是垫了点底，否则，黑锅可能继续背下去，想想真有点后怕。

但不是所有的误会都能有幸澄清。一位姓姜的老板带着新婚的妻子在水井巷转悠。姜老板忽然说："你看，那边坐在板凳上吃麻辣烫的那个人，是报社的王老师,我们认识。咱们过去打个招呼。"妻子说:"你看你! 人家正吃得满头大汗,你一招呼,人家多不方便啊,别去打扰啦。"

这是事后有一次闲聊时姜老板给我说的。于是我说:

"你看错人了,那不是我。"

"哪能看错,高个子,花白头发,我还能看错。"

我解释说,我对麻辣烫之类的玩意儿从不沾口,更何况在水井巷这种环境。请我白吃我都不去。

可是姜老板还是笑着坚持:"别不好意思了。吃了就吃了。我的眼睛从来没看错过人。"

我跟他辩解了半天,姜老板仍然坚信自己的眼睛。我意识到,为这点破事再争辩下去毫无意义,只好将错就错,缴枪投降,笑笑说:"不瞒你说,是吃了。"

姜老板大笑:"你看你看,文化人就是爱面子。吃了就吃了嘛,也不是什么丢人的事情嘛。"

又一个误会就这样形成了。

我对上述两个误会并不介意。因为它们对我的"伤害"轻如灰尘,可以忽略不计。但我从中看到了一个可怕的可能:既然误会的发生具有不可预防性,我怎能知道自己没有处在更多严重的误会之中? 我怎能知道在涉及别人利益或声誉的事情上,我虽然毫无害人之心,但由于时间、地点的阴差阳错,或者由于第三者善意或恶意的错误传播,以至于使别人觉得我原来如此不仁不义,甚至明是一团火,暗里一把刀?

在一个快速旋转的生活万花筒里,任何一个人,他与熟人、朋友、同事、部下或上级之间的利益关系随时在碰撞,造成误会的概率大大增加。如果是公开了的矛盾,还好,总能找到解决的办法;但是,对于误会,你有什么办法?人家误认为你做了对不起他或她的事情,又不想把话挑明。而你自己浑然不知,所看到的是对你一如既往的客气,甚至比原先还要客气。你处在被客气夹裹着的伽马射线的照射之中,永远没有平反的机会,你就惨了。这么一想,真叫人不寒而栗。

一条实实在在的鲤鱼,一碗子虚乌有的麻辣烫,是一个微小而又微妙的启示,让人深感人活着多么不易。

误会还会发生。对于一切可能存在、并且永远无缘澄清的误会,我最终的态度是:真伪寸心知,爱恨由他去。

2006 年 7 月

谁在领导我们的语言

"……然后我觉得这个角色对我难度还挺大。因为我没太接触过城市以外的生活。然后虽说看过陕北题材的片子，但不能代替亲身体验。然后我的气质和农村姑娘差距较大，然后……"

这是央视访谈节目中一位影视演员回答主持人的话，它代表着时下城市人惯常的叙述方式。这样的叙述方式经过电视媒体的默认和纵容，迅速普及开来，成为大众话语。其传染力之强，连我这样深恶痛绝这种说话方式的人，竟也被潜移默化，与人交谈时冷不防会冒出几个莫须有的"然后"来。

这个时髦之极的"然后"不知从何时起悄悄反叛了作为时间副词的角色定位，不安分地搅和在正常的叙述结构中，像一滴油，让本来干净的句子变得滑腻。

再看另一种现象：

例一："在美国访问时我用勉强过得去的英语向查尔斯先生谈了我的学术观点。没想到对方用流利的中文回答了我。"

例二：节目主持人："我知道你的芭蕾教练是俄罗斯人，但他会说中文吗？"

"中文"这个词的谬用，也由于电视媒体的默认和纵容，流毒之广，丝毫不亚于"然后"。就连对文字表达的准确性最为讲究的人群（比如作家、律师和理论工作者）常常也把"汉语"说成"中文"。

小学的孩子都知道，同一个东西，说在嘴上叫"语言"，写在纸上叫"文字"。

对上述人群而言，把汉语说成中文，不大可能是口误。那到底是为什么？

是在忌讳"汉语"这个词吗？比如说，这些人政治觉悟很高，不想在祖国语言的属性问题上突出大汉族色彩，以免影响民族团结？但这跟大汉族主义扯得上吗？八竿子都打不着。假如真的心存顾忌，为何不用"华语"代替"汉语"？

原因何在，这不是本文题中之意，我要说的是我们从中看到了一个重要事实：领导我们语言的核心力量是媒体。

现代社会是信息交流高度频繁的时代，交流的主渠道是媒体，尤其是电视。它的超强传播能力使它天然地具备了对大众话语的非凡影响力。

我国媒体有严格的管理制度，这似乎有利于汉语言的健康发展，但是错了。媒体普遍使用的是粗糙语言。"新闻语言天生就是呆笨的语言。"（梁衡语）新闻追求的是传播速度。这使得媒体来不及打造精确语言，无力担负起促进语言进步的重任。

汉语是早熟的语种，功能完备。又经过诸如屈原、司马迁、建安七子、魏晋文人、唐宋八大家、蒲松龄、曹雪芹等大师们创造性的锤炼，发展为高度成熟的语言，已进入无意不达、无妙不臻的境界。"相比于汉语，英语这东西

太简单了。"（辜鸿铭语）

多亏了媒体时代出现得很晚，才避免了汉语过早的粗糙化。

从原则上讲，"中国的语言文字是全体人民创造的。"但这仅仅说对了一半。窃以为，语言的精华部分是两种人创造的：最有文化的人和最没有文化的人。

最有文化的人——用时髦语言来说就是文化精英——对原生态语言进行筛选、提纯和创新，促使汉语走向高雅、精致和凝练。比如，"宁为玉碎，不为瓦全"一看而知是文化精英的创造，不会是贩夫走卒的俚语。

最没有文化的人，也就是文盲，曾在中国历史上占人口比重最大的群体。他们的语言离生活实相近而离抽象思维远，为了表情达意的需要，他们本能地和无所不用其极地用比喻和联想追求深入浅出的效果。文盲中具有语言天赋的人是巧用比喻的高手，他们创造性的劳动，赋予汉语生动、形象、俏皮的特点。"天要下雨，娘要嫁人，谁能拦得住。"显然出自这些人的创造。这句简单明白的话使得"世界上有许多事情是不以人的主观意志为转移的"这一抽象道理的表达变得轻而易举，取得了以浅胜深、以少胜多的效果。

市井语言中曾大量流行的歇后语（歇后语在现代社会交流中的使用率正在迅速下降）也是文盲当中的语言天才们创造的。歇后语以迂回方式抵达事物本质，与典雅语言的言简意赅是遥相对应的两极。

简言之，文化精英创造着高雅，文盲创造着生动。两者相得益彰，并行不悖，造就汉语的独特魅力。

汉语精华中还有一些内容，是由文盲提供新鲜素材，被文化精英加工提高的结果。比如，一个文盲在劝诫朋友时突然来了灵感："嗨，指望他给你这件东西？做梦去吧你。你去求求老虎，看它肯把皮子给你不！"这句话被文化精英闻知后大喜,于是就有了"与虎谋皮"这句成语。

"与虎谋皮"这类成语曾倾倒多少西方汉学研究者。他们为寥寥四个字如此奇妙地表达出用数倍于它的语言长度都无法比拟的效果而惊叹不已。

没有媒体的时代,上述两类人对汉语的发展进步起着绝对的主导作用。前一类人以书写为传播方式。从竹简、丝帛直至纸张的出现,书写材料的难得和传播效率的缓慢,使汉语获得了从容锤炼的机会。不难想象,在那遥远的、节奏缓慢的历史时代,没有哪一段文字不是经过深思熟虑产生的。这是落后的传播方式造成的积极成果。又由于"文以载道"的传统影响,汉语在向高雅、精致、凝练的特色发展的同时,也势必产生某些僵硬、玄奥和形式主义的窠臼。

后一类人,即有语言天赋的文盲们,利用他们的智慧,化深为浅,化难为易,来解决表达抽象思维的困难。但文盲们的天赋发挥是本能的、随意的和毫无目标的,在足够悠久的时间里,汉语中的市井语言发育得高度成熟乃至烂熟。以至与俏皮、准确和幽默相伴而生的,还有油滑和庸俗。但无论如何,这两类人是汉语发展提高的主要推进者。俚俗语言向高雅语言转化的过程中,垃圾成分必然要被文化精英们剔除或校正。这种机制形成了语言生态环境的自然清除能力。汉语的活力与品质就这样被保持下来。

媒体时代的到来结束了这种局面。媒体作为大众与社会之间的信息交流平台,话语领导权的轻易获得和引导职能的缺失,使它成为泥沙俱下的语言河流。前面所提的两类人对汉语的养分补充作用和净化提高作用迅速弱化。文化精英们的创新发展主要在媒体以外的圈子里体现(譬如优秀文学作品的传播),至于民间俚俗语言(如歇后语),随着全民文化素质的提高和对媒体语言的热情模仿,其发展几乎已经终止。

但凡上了点年岁,并且对语言的时代特色尚有记忆的人不妨回忆一下，在自己所经历过的一些时代里，大众语言除了在词汇方面有不断新生和死亡者外，其表达技巧还有什么提高。

　　不用说，大众文化素质的提高对经济和社会发展绝对是好事情，但对语言本身来说有得有失：语言的条理性、逻辑性和阐释能力增强了，生动性、形象性却降低了。比如，假如记者采访农村一户模范家庭，问当家人，你是怎么处理好子女与儿媳之间关系的？在过去，农民也许会说"当老人的，公当要紧。手心手背都是肉！"现在，农民也许会说"关键是对姑娘媳妇都要一视同仁"。当然，"一视同仁"之类成为农民的常用语也没什么，虽然有点呆板，但毕竟规范，可以将就着用。问题在于，一切不规范的和病弱的语言来不及被清除就已经被媒体生吞活剥并迅速普及。汉语的健康被"然后"之类的垃圾肆意侵蚀。媒体消解了汉语的自洁机制。汉语整体使用水平的退化，不能说与此没有关系。

2008 年 1 月

清明时节

　　一年一度,这是生者和亡者距离最近的时候。土培了,香燃起,纸烧过,头磕毕,土冢前头,总要盘桓一个时辰。跪在坚硬的黄土之上,膝盖底下,七尺深处,是亲人的骨骸。"纸灰飞做白蝴蝶,泪血染成红杜鹃。"生者的念想,骨骸是否知道? 浇奠的酒食,亡灵能否享用? 霎时,会有一些疑惑泛起在心头。但这个问题,不好细究。若说是地下有知,却为何"悠悠生死别经年,魂魄不曾来入梦"? 若说是地下无知,却为何要如此虔诚地借助香蜡纸烛传递心语?

　　清明的坟头前,集中了关于人生归宿的困惑。人们习惯于用"风俗"二字来解释这一天的行为。可是从祭奠规模的不断升级,祭奠花样的不断翻新又可以看出,"风俗"之中有了越来越多的"确信"。比如,对泉下人的日常生活用度,考虑得日益周到。点香,按照旧俗,三炷即可达意,如今是大把大把地插;纸,过去只烧一沓,如今是成捆成堆地烧;祭品,青海传统的做法是四色凉盘、一副馒头而已,如今是海陆兼备,品类繁多。每当浇奠过后,坟头上汤汤水水,一片狼藉。还有数额巨大的冥币(暂时还没有人想到烧银行卡)。如果是新亡之人,下葬时除了烧化冥币,还有纸制的别墅、汽车、家用电器、保险柜、麻将桌、保姆,乃至宠物等等。但凡能够想到和能够办到的,都办了。

人们如此一丝不苟地对待亡灵的日常生活需要,好像确信灵魂不死。既如此,必将衍生出一系列问题:既然灵魂不死,最终魂归何处? 是早已转生他方还是长守土冢之中?再者,亡灵幸福不幸福,是否取决于后人在坟前烧化的东西? 天堂之路如能用冥币铺就,该下地狱的人又有什么好怕的呢,冥币那样廉价。如果不相信冥币的效用,那到底是什么因素决定死后的苦乐?是生前的行为吗?如果是,那么至少不去作恶,不去损人利己,这才合乎逻辑。反观活着的人,在这个土冢之前盘桓半响之后,很快忘记曾经涌动在心头的一点疑惑,一回到滚滚红尘,依然我行我素,天不怕地不怕。

生死问题上的迷惑颠倒导致丧葬陋俗的难以改变。许多自称唯物主义者的人却十分向往土葬。他们总以为遗体躺在棺材里,比起进火化炉舒服得多。如果棺木一直不朽烂,遗体也一直会舒服下去。只此一个愿望,就把坚持了一生的信念打得粉碎。

柏木资源日见紧缺,森林管理日益加强,求购一副柏木棺材的难度也越来越大,但很多人对死后肉身安逸的向往并不稍减。

热衷于为祖宗修墓,也是今天富裕起来的人们竞相效仿的一件事,从另一方面表达着某种明确的向往。

相比于今人的迷信,古人倒是清醒得多。孔夫子曾多次对人说:"吾闻之:古也墓而不坟。""吾闻之:古不修墓。"(见《礼记·檀弓》)孔子父母的遗骨合葬那天,下起了雨。孔子磕完头先回了家。等他走后,他的门人们把封土堆高了一点。孔子知道后,气得流泪了。

为这么个事,气得流泪,至于吗?至于。因为门人的做法违背了他老人家的生死观。他从来不相信修墓会给祖宗带来福气。

而在今天,许多以无神论自诩的人,面对身后的事,都露了怯。他们不敢直面那个困扰人的问题,于是采取回避。而在行动上,则表现出宁可信其有不可信其无的谨慎,深恐后人处置不当,让自己的灵魂受了委屈。

作为个体的生命是如此,作为普遍的社会观念又何尝不是如此。常见这样的场景:为悼念遇难者,人们习惯于在广场上点灯祈福。那么到底是向谁祈福,又是谁能赐给亡灵幸福呢?这是心照不宣的事,不去说破也罢,反正不是人类。在这种时候,人们早就超越了唯物论。但这类事发心善良,无可厚非。如果有人指责这是在搞迷信,必会冒天下之大不韪。一位英雄走了,十里街头,万人送葬,打出的横幅上写着:某某某,一路走好!那分明是承认,除了人世,还有仙界。他或她的英灵刚刚告别阳世,正在由此岸走向彼岸。谁又能说这不过是说说而已,当不得真?如果是那样,岂不是在亵渎英雄。

在这些事情上,人们其实都很迷茫,只不过谁也不想说出来。

再回到清明的坟前。一年 365 天里,只有这一天,只有这一天里的这一瞬间,人们才愿意凝神看一眼内心深处的矛盾。虽说只有那么一瞬间,但就是这个瞬间,困扰着一生一世。

2014 年 3 月

讨厌宠物狗

草木之性，自在随意。为了观赏的需要，可以摧折其自在的天性，将其囚禁于咫尺空间，根系被挤压，盘为一团；枝条被扭曲，拳屈不直；于是出现各种奇巧造型。

但只要它活下来，人的目的就达到了。畸形是盆景存在的唯一理由。畸形程度越高，存在的价值也越高。

比起草木来，狗的运气实在好得多。人类的科技水平和残忍程度尚未进化到将一只活生生的小狗任意扭曲而不使其夭亡的程度。但人类有办法破坏其原本由造物主赋予的匀称和谐。

用远血杂交、多代选择、横向固定的办法培育相貌怪异的宠物狗以供赏玩，这是人类早已掌握的伎俩，算不上高科技。由于这种嗜好的经久不衰和愈演愈烈，"低科技"结出的果实，品类之繁盛，却是任何一种高科技无法比拟的。

作为六畜之一，有谁见过比宠物狗的品种更为驳杂多样、乖僻丑怪的家畜？

且去看看那些被人牵着或抱着的宠物狗们，有几只算得上形貌端正的？所遇之徒，大多一个丑似一个。有的长毛遮面，不见五官，不由人不替那双被蒙蔽的狗眼着急；有的毛稀可数，几近裸体，偏偏在肚皮上突兀出两排不男不女的乳头，看一眼都叫人恶心；有的肥腰硕腹，四肢奇短，拖一条精致的链子蠕蠕伏行，似龟非龟；有的长耳垂颊，秃头鹫顶，额纹深刻，状如妖叟；有的獐头鼠目，细脚伶仃，喙咻咻然，目灼灼然，既贼又怯。

比起这些四体严重失谐的家伙来，其他种类的家畜们都算得上体面端正，落落大方了，哪怕是一头猪。猪虽蠢笨，但不卑不亢，看着顺眼。

狗祖先们刚猛强悍的基因被人类剔除尽净，只剩下猥琐。当这些宠物们被主人心肝宝贝似的牵着抱着招摇过市时，它们真应该为自己失尽祖先的风采而羞愧，它们更应该为人类的这一嗜好而悲哀。

从审美的角度看，倘不是涉及行人安全，我倒主张这些主人们手里牵着的是一只藏獒或金钱豹。它们起码可以为现代人萎靡不堪的精神世界增添点阳刚之气。

这些宠物狗们被人供养着，溺爱着，无一例外地养成了娇媚、怯懦和承欢邀宠的品格。它们既无看家护院的本领，更无牧羊拦牛的能耐，休要说敢与豺狼对阵，听到雄鸡一声啼叫都能吓出尿来。它们的存在，仿佛就是代替人类张扬着人性中那些不好的东西。换句话说，人类就是通过对狗性的改造，含蓄而顽固地表达着人性的某些特点。

我对于宠物狗的态度，与七十多年前鲁迅先生对癞皮狗的态度高度一致："假使我的血肉该喂动物，我情愿喂狮虎鹰隼，却一点不给癞皮狗吃。养肥了狮虎鹰隼，它们在天空、岩角、大漠、丛莽是伟美的壮观，捕来放在动物园里，打死制成标本，也令人看了神旺，消去鄙吝的心。但养一群癞皮狗，只会乱钻、乱叫，可多么讨厌！"

2007 年 5 月

我们为何抛弃遥远

客观地说,在以地域特色吸引外部世界眼光这一点上,青海从来不能与邻居新疆和西藏争锋。但王洛宾无意之间留下的一首歌,却成为后来代表青海特色的唯一强有力的意象符号,少许改变了与新疆西藏之间的差距。

近年来的青海旅游热表明,相当多的内地人就是冲着《在那遥远的地方》这首歌来青海旅游的,是来青海了结审美朝圣心愿的。这是传媒的功效。现代传媒以文字、声像和色彩强化了遥远的魅力。朦胧、宁静和风情万种的远方,就是发达地区身心疲惫的人们所向往的精神栖息地,哪怕只是临时歇脚的地方。

但与此同时,青海的舆论偏偏进入一个误区。"青海不再遥远"的口号不断被放大,唯恐外部世界对青海的注意力因为遥远而削减。一本由政府出资编辑出版、价格不菲的大型画册就以"青海不再遥远"命名,还有一部正在拍摄的文化专题片也以此命名。

其实,遥远从来不曾遏制过人们探寻的脚步,反而时时激发起亲临其地一睹为快的冲动。拉萨那么遥远,虔诚的朝圣者还要以一步一叩首为乘方,最大倍数地延展那个遥远。在这里,遥远的程度与朝圣行动的含金量是成正比的;颐和园离北京人那么贴近,但北京有些人居然活到耄耋之年还没去过那里,据说就是因为离得太近,"我急什么,有空再去"的想法一再地延宕了出行。

《在那遥远的地方》之所以对内地人产生强大的磁吸作用,除了旋律优美,还得益于歌词造成的审美意象。这个意象是由两个元素构成的:遥远和陌生。在这个意象中,遥远不完全是地理意义上的距离,更是审美心理上的距离。它需要人们以想象来促成实体的完美,正如梦中情人的魅力总是胜过耳鬓厮磨的实体一样。即使对青海人而言,"遥远的地方"也不是确指身边哪一个具体的实景。金银滩的碧草、祁连山下的油菜花、巴塘草原的长云等等,是,又不是。难以言说的美感就亭亭袅袅地存在于无限的想象中。

"陌生"是冲击内地人感官的另一个元素。明眸皓齿的藏族姑娘、羊羔、牧帐,与他们司空见惯的时装女郎、高档坤包、宠物狗等,怎能在新奇值的尺度上同日而语。即使对青海人来说,那位"好姑娘"也并不等于人们在环湖草原司空见惯的那些被紫外线灼黑了的牧羊姑娘,她仍然是一个有待于以想象去完美的精神形象。

我们从电视报道中时常可以看到,即使在离青海最遥远的海滨城市,王洛宾的这首歌曲也是文艺晚会上最受欢迎的节目之一。这说明,正是遥远和陌生这两个元素,造就了他们的兴奋点,也造就了他们心中美的梦境。

这个梦境是青海人的一块无价之宝。

也许有人会问,遥远和陌生真有那么大诱惑力吗?

如若不信,我们可以做个试验——把《在那遥远的地方》歌词中的那两个核心元素抽掉,换上"贴近"和"熟悉",改成《在那不远的地方》:

在那不远的地方 / 有一片好厂房 / 人们走过了它的身旁都要回头留恋地张望 / 它那高高的烟囱 / 指向红太阳 / 它那物美价廉的产品 / 远销欧美繁华的商场 / 我愿做一只小鸟 / 飞进那厂房 / 我愿伴随着机器的欢唱 / 翩翩展翅舞一段新锅庄……"

估计会有什么样的人听了这首歌后会急忙向邻居打听它的确切位置，以便兴冲冲地买一根雪糕坐上公交车去旅游？难以想象。

2005 年 10 月

春节的命运

辞旧迎新的忙碌还在重复,烟花爆竹的美丽还在重复;舞龙耍狮的热闹还在重复;但人们对春节的热情在悄悄减退。"乏味"一词越来越多地出现在成人乃至孩子们的口头上。在最应该得到快乐的这个节日里,人们正在陷入年甚一年的快乐危机。

是这个延续了几千年的节日出了问题,还是人们的情绪出了问题?

春节档案

春节与端午、中秋等节日一样是农耕文明的产物。在农业社会,春节的文化内涵中所强调的乃是天、地、人之间的和谐共处。春节期间所有必须照章办事的活动,是在强调人对自然界的依赖关系。

　　春节是时序更迭中一个大写的符号。假如没有春节,一年的农事活动没有了开端,季节没有了节奏,岁月的年轮变得模糊。在农业社会中,春节才是年度的正式开端,而不是元旦。

　　春节是中国人的感恩节。中国人以祭祀来感恩。春节的祭祀活动规模大、时间长。祭祀包括祭神和祭祖两个方面。一进腊月,直到元宵节,所有的祭神活动(包括闹社火——其原始意义也是娱神),都是为了感谢上苍赐给自己赖以生存的物质基础,祈求风调雨顺,天下太平;祭祖是为了感谢祖宗给予自己血肉之躯。

　　"人是一切社会关系的总和。"春节期间的人际交往即是对"一切社会关系"的再确认。

　　首先是血缘关系,其次是社会关系。

　　祭祖和走亲戚是对血缘关系的再确认。

　　在祭祀祖先和走亲戚的活动中,祖先们的背影,再次从记忆中显现。在电视出现之前的漫长岁月里,每当除夕之夜,阖家团圆,感慨光阴似箭、人事倥偬的时候,远眺家族的源头,凝望先祖的背影,就是自然而然的话题。在这样的回溯中,强化着个人对祖先、对后人的责任。

　　邻里拜年,是农村人一年一度最大规模的睦邻活动。拜年延伸到平时所忽略的每一个角落,收紧变得松弛了的关系链条。某些平时疏于走动而殆于断线的人事关系被刷新。拜年也是消弥感情裂缝的最佳时机,邻里之间有了点芥蒂,其中一方也许早想表达愧意,可又抹不开面子,借拜年的机会,杯酒释前嫌,一笑泯恩仇。

　　所有的规则和程序,都没有条文,却又深深镌刻在人们心中,成为春节行动指南。这些繁琐而确定的形式是对惰性和随意性的有效对抗。

迷失春节

感到春节乏味的现代人常常在问自己:这是为什么？一个颇为普遍和现成的答案是由于人们物质生活水平的提高,冲淡了对春节的兴趣。与物资紧缺的年月相比,现在的人等于天天过年了。

原因好像就这样简单。可事实是,人对物质享受不可能有餍足的时候,只要看看人们在一切享乐场所里经久不衰的消费热情,可知人的本性决不排斥天天过年。

对春节兴趣的消退是历史性的,跟物质生活水平无关。今天也远非所有的社会群体都已具备天天过年的能力。可即使是贫困阶层,对于春节的情绪也没有上述逻辑所推导的那样热烈,相反,他们的态度和富人差不多,对这个节日也有点马马虎虎。

显然,物质因素不是问题的症结所在。

那么，是不是可以认为，是时代的发展使春节的精神内涵发生了变化——原先的灵魂已经丧失,又没有新的人文精神注入。于是春节只剩下一个美丽的躯壳。

首先是对自然万物依赖情结的解构。如前所述,在一个古老的农业社会里,人们借这个节日,郑重表达对天地的依赖和敬畏。当社会发展使人们感到自己足够强大时,必然会从那种心态中走出,只剩下休闲和娱乐。春节更像是一次休假。

何况这是人的贪欲和自大意识高度膨胀的时代，又何来对天地的敬畏。又由于科学的发展,原先以娱神为主要目的的一切活动,早已变成纯粹的自娱活动(这当然是历史的进步)。既然是自娱,就有很大的随意性,可以大娱,可以小娱,也可不娱。不再存在什么必须遵循的程式。

其次是人我关系重心的变化。对血缘关系的重视来源于生产力低下的农耕社会中人的自危意识。进入商品社会,血缘关系逐渐被熟人关系和契约关系所取代。在契约精神还没有足够成熟的这个时代,熟人关系几乎是人们办任何事情首先考虑的途径。春节期间以功利为目的的非亲缘交往活动开始上升。比如,对一切有求于人、但又不便于在公开场合实施的勾当(比如攀高结贵、跑官要官、批条子要项目、套近乎留后路等等)来说,春节拜年成为最为合乎时宜、最少心理障碍、最能堂而皇之实施的借口。

又其次是寻根意识的淡漠。家族的繁衍史如果不能给今天的自我带来实际利益,那么祭祖也势必成为懒得去做的事情。"我就是我。我不想知道两代人以前的事情。"这句话代表了"新新人类"对祖宗的态度。且不要说"吴光宗""李耀祖"这类名字早已无人青睐,就是把自己家族的根脉有意忽略,起名"查理""斯蒂文",也属个人自由(已经有人这样做了)。

再其次是人我之间精神公约的解除。这指的是节日期间个人行为与风俗要求之间的种种默契。比如,春节期间的所有活动,其实质是以礼遇他人为前提的自我约束。诸如洒扫涤拭、煎炸烹煮,首先是为了礼遇客人,其次是为了犒劳自己。所以这种劳累是省略不得的。何况所有的劳累也都在饷客的欢愉中得到了补偿,不失为另一种快乐。在传统观念中,没有劳累的节日是乏味的,没有客人的门庭是悲哀的。一个人由于家贫拿不出美味饷客,可以被人理解和同情;但假如为了避免待客的麻烦,在大年初一扃户外出,让前来拜年的人吃闭门羹,则会被视为不近人情之尤,受到普遍的耻笑。事实上极少有人干这种傻事。大家都懂得,如果游离于精神公约之外,他虽然获得暂时自由,但因此而陷入被集体嘲笑的目光中,则是更大的不自由。

在今天,精神公约逐渐松弛,种种限制化为乌有。即使在农村,越来越多的人选择在餐馆以团拜形式与亲戚见面,然后各自回家继续守候清静。

而在大年初一,即使在门上高挂"请勿打扰"的牌子,也不必过于于心不安,既然个人自由为最高生活目标,谁又能谴责你。

限制解除了,自由充分了,茫然无措的感觉也随之而来,空洞的七天长假逐渐成为精神压迫。不错,可以把这七天交给导游,交给电视和麻将。但那不过是对旅游的一次易时安排和对麻将的一次超时纠缠,和春节本身并无瓜葛。人们逐渐感到,没有星空可以仰望、没有责任义务可履行、没有精神公约可默契、也没有古旧情怀可重温的节日就是最苍白的节日。

质疑"保卫春节"

前年,曾有媒体针对近年来国人对各种洋节的狂热趋同和对传统节日的日渐淡漠,提出"保卫春节"的口号。

"保卫春节",忧心可鉴。一种担忧民族文化被洋文化取代的痛切之情跃然纸上。可是我更怀疑:一个看不见对手、算不上阵地、自身的活力却在悄悄衰弱的文化载体,能否保卫得了,用什么手段去保卫? 既不能作报告动员人们重视春节,更不能发文件抵制洋节。如果一种文化从根基上开始动摇,企图抓住它的一枝一叶来挽救几乎是徒劳的。春节就是传统文化土壤上长出的一个枝叶。

假如有一种文化(包括外来文化)有助于增强这个民族的凝聚力,有助于塑造出具有现代文明特征的"社会模式",春节就会被自然取代,无论你是否想保卫它。但目前尚无这样的端倪。以圣诞节为例,稍作调查就会发现,与西方人相比,热衷于过圣诞节的中国人毫无宗教感。对他们而言,圣诞节只不过是一个寻找"乐子"的由头,是一杯味道特别的咖啡。他们才不在乎这到底是麦考尔的诞辰还是汤姆森的生日，更不意味着拥抱这个节日的人都会成为基督徒。这是一个实用主义大行其道的时候。

任何一个节日的形成、盛行和衰落，都是某一种文化演进和代谢的结果，属于"天行有常"，不足为忧。用积极的眼光看，春节也许正处在一个深刻的文化代谢之中，在它获得新生的时候，又将是一个华光四射、秋波撩人的绰约仙子，重新激荡亿万中国人的魂魄。但那需要多么漫长的文化积淀过程啊。

2008 年 8 月

每个人的青海

今天的青海明确地呈现为两个层面的存在：观念形态的青海和物质形态的青海。前者以前所未有的包容力承载着人们对它的种种解读和设计。后者以固有的复杂性承载着人们的期望和失望、兴奋和焦虑。

有一类人专门负责解释青海。这种解释不需要太多的理论，只需要种种比较前卫的观念、激情和艺术想象，许多的口号由此产生，许多的精神产品也由此产生。创作冲动与外部经济力量共同组成一张筛子，把青海无比复杂的内涵简单过滤，最后只剩下诸如壮美、圣洁、雄浑、神秘等等概念。在他们眼里，除了这些仅具符号意义的东西，似乎再没有别的。青海是让他们收获精神红利的原始股。

在他们的努力之下，青海在一般人心目中越来越概念化。概念中的青海是一种观念性质的存在，又借助媒体播扬，已然变得强大，足以影响人们的眼光。

有一类人专门负责设计青海。青海对于他们只是一张可以反复描画的蓝图,目的很单纯:推动经济发展。这张图纸只认经济数据,不认其他,比如历史、文化、观念、情感等等。凡是有碍于发展的东西皆可抹杀。一条红线只消挪动一厘米,就可以让一片村庄、农田或林地消失。在这张图纸上,人和物皆是可随意挪动的棋子,看不见的东西皆不存在。

但有更多的人与这两类人不同,他们无法脱离庸常的人间烟火考虑问题,无法离开当下的生活处境去认识青海。

对于受雇于老板,在果洛山区挖采虫草的农民工郭洪军来说,壮美不壮美和他毫不相干。壮美与冷酷差不多就是一回事。高山缺氧是造成他彻夜头痛难眠的直接原因。他焦虑着今年气候偏凉虫草生长不好,可能挣不上几个钱。当他卷铺盖离开这座美丽的大山时绝不可能深情地回眸一望再献上一首赞美的歌。

对于农民胥勇圭来说,承包地里试种的新品种春小麦就是他眼里最美丽的东西,他在心里由衷地感谢不知名的小麦育种专家。心里常想,今后如果遇上这位专家,一定要把他请到家里吃一顿新品种小麦面做的拉面。

对于下岗多年的泥瓦工靳含阳来说,青海是一个既无法拥抱又无法抛弃的梦。这些年,他一直在北京打工。他干活不耍滑,技术又好,老板喜欢他这样的人。他用挣来的钱把农村老家的破房子翻修一新,让父母和妻儿住得舒适一点。但是他不可能打一辈子工。他已经四十好几了,归宿在哪里,很迷茫。靠手中的瓦刀和托泥板,在北京买一套房子,把家眷接来居住吗?那纯粹是个白日梦。农村是回不去了,那个曾经笑语喧阗孩子奔跑的村庄,如今变得死气沉沉。由于集中办学,学龄儿童被一网打尽,年轻人差不多都出去打工,只剩了些老人看守门户。他回去干什么呢?

对于家住乐都县城的土著居民蔺冲俞老人来说,撤县建区就像是一场噩梦。居住了三代人的百年老宅,即将消失在推土机的钢铲之下,连同那副曾让民俗专家叹赏不止的砖雕大门。最让他痛心的是，那些八卦锦图案的支摘窗、碧纱橱，还有做工精良的八仙桌等，只能当做废品处理。楼房里没有它们的容身之地。还有，由于拆迁在即，渠道无人治理，整年干涸，他家房前屋后的沙果树和杏树，从去年就开始干枯，而那棵树龄有八十多年的白樱桃树，今春没开花，已经干死了。

他实在想不通这个世界为什么变得这么快，为什么没有人踩踩刹车呢？

省城的市民因为这两年夏天的气候变得湿润而高兴，希望这样的气候常驻青海。而在远离城市的格拉丹东脚下，老牧民平措旺杰天天坐在帐房门口，遥望着日益退缩的雪线而发愁。

对于以山地摄影为职业的洪承绶来说，青海的蛮荒、邈远就是他发迹的福地。他不希望他钟爱的画面里出现太多的现代生活气息。春雪过后，千山万壑，玉妆粉砌，他为撞上了难得天气而兴奋不已，憧憬着又一幅获大奖的作品问世。可是此时牧民索南嘉正站在帐房门前叹气，他的羊群被大雪围困已经三天，靠他储备的一点青干草活命。他不知道他的畜群能不能度过这场灾难。

每个人对青海的感受，都为生存状态所决定，他面对的青海对他来说就是最真实的青海。这与写在书本里的、刻在石头上的和演绎在舞台上的一切毫无关系。

每个人都生活在各自的世界里。在这一点上，他们彼此很相似。所不同的是，掌握着话语权的人们，常常把自己的世界说成是大家的世界。

2013 年 10 月

点亮你心中的那盏灯

一

听朋友讲,如今我们家乡农村的孩子,长到十几岁都没见过毛驴。

农村的孩子没见过毛驴,乍一听有些新鲜,细想并不意外。毛驴作为农村常用的生产工具,已经退出生产领域好多年了,只不过今天的人都活得匆忙,没太注意到这个变化罢了。

农村不见了毛驴,我为毛驴们松了口气。在我的记忆中,毛驴从来就是承载苦难的活物,又由于天性温顺,成为人人皆可欺之虐之的对象。友人沈世杰《咏驴》诗中对毛驴寄予了深刻的同情:"驯良妇孺皆跨骑,耐苦腰肩屡溃穿。"前一句很明白,后一句城里人可能不太懂。毛驴长期负重,背部血液循环受阻,鞍鞯、背篼等物的摩擦很容易造成软组织挫伤。伤口愈合后,疮面上长出稀疏的白毛。农村人把这叫做"驴疮花"。在农村,凡是成年驴,背上几乎都有驴疮花。一头毛驴从能够负重行走直至老死,就是驴疮花反复挫伤和愈合的过程。

牲口是农民的生产伙伴,一般人都以为农民会很爱惜它们。其实不然。人对牲畜的爱惜是有明确边界的。这个边界由施爱者所处的时间、地点和心情所决定。比如春节这天,有些农民会大方地用馒头等物犒劳牛马驴骡等家畜,以答谢这些"哑巴朋友"一年来给自己的帮助。但这种情况极少,在更多的情况下,在需要这些哑巴朋友出死力的时候,爱心顿灭,主人毫不克制手里的鞭子。

多少个世纪以来,秋翻和春耕是在皮鞭的伴奏中完成的。把坚硬的田野一寸一寸地翻耕一遍,耕牛会累得骨骼毕现。碾场打麦则多是毛驴的事情。拖着石磙子转上一天,毛驴们体力明显不支,汗光闪闪的身躯摇摇摆摆,步履也慢了下来。主人一鞭子抽上去,随着毛驴皮肤痛苦的痉挛,它们会立即快走几步,但很快又会慢下来,随即又是一鞭子……

麦子终于碾好了,卸下了绳套的毛驴们虚弱得头都抬不起来。它们嗅闻着麦场边上的虚土,哆嗦着柔软的嘴唇,开始小口吞食。很多年后我才知道,牲口吃土,是因为流汗太多,带走大量盐分,肌体发软,吃土是为了补充点盐分,出于本能。然而有着几千年家畜饲养经验的农民,竟然没发现其中的道理,竟不知道只消往饲料里撒一点点咸盐就可以解决问题;或者早已发现却满不在乎,就因为它们仅仅是工具,没有被当做生命。

我为毛驴退出生产领域欢呼,它们的罪该受到头了。但作为一个物种,我不希望它们灭绝,我希望它们从此只出现在公园里,轻松地拉着装饰漂亮的小马车,供小朋友消遣。

去年有一天,我带着四岁的外孙女去西宁市野生动物园。远远地看到动物园门口停着一辆双排座汽车,车厢里载着两头小毛驴。旁边围着一堆人。凭我的经验,一眼看出这是两头刚刚成年的毛驴,头颅的轮廓还带点童稚气,毛色灰褐,眼圈和嘴巴却是白色,样子很可爱。看来野生动物园想适当增加一点家畜,以丰富花色品种,也好也好。

待我凑近人堆扫视一眼,愣住了,有人在此屠驴卖肉。在那两头毛驴脚下,一张新鲜湿润的、血丝密布的驴皮上,堆放着大块驴肉,顾客们指指点点挑肥拣瘦,卖肉者的刀子比来划去。

我的第一个反应就是用手掌遮住孩子的眼睛,带着她迅速离开。但已经晚了,在公园入口处,孩子推开我的手掌,哭着说:"爷爷,那些叔叔为什么那么坏?"

这个问题既简单,又尖锐,叫人难以回答。"坏"与"好"的标准是人类单方面确定的,不是人类与其他动物协商确定的。但是,刀锋割开喉管造成的疼痛,人与动物的感觉肯定一样,这一点人类很清楚,但从来不去面对这个问题,所以心肠变得日益冷硬。

我想起小时候在农村,人们宰杀大家畜时,也从来不在乎孩子们的围观。幼小的心灵被血腥的场面一次次冲击,逐渐结出茧子。难怪西方人不理解中国儿童为何喜欢虐待小动物,孩子们的行为中其实包含着祖先们的心理基因。

但人毕竟是人,在冷硬的外壳底下,仍然存在着温软的东西,否则人间早就没有美好了。冷硬和温软同时存在,但也有随时转换的可能。

比如,宰驴卖肉的人如果念及自己的行为会给儿童心理造成伤害,自觉避开公园门口,这很容易做到;或者想起自己的祖先们就是靠毛驴的帮助才存活下来,一念之间决意放过毛驴,另找赚钱的门路,这样他就点燃了心中的一盏灯。从此,说到"感恩"这个词汇,他会有更深一层的理解。还有那些等着买驴肉尝鲜的顾客们,如果想到自己的祖先们没吃驴肉也照样生儿育女,自己不去领略"天上的龙肉地上的驴肉",照样可以活得很健康;即使吃到了天上的龙肉,味道也不一定怎么样,反而会使自己陷于无法餍足的追求之中。

如果想到这一点,他们也点燃了心中的一盏灯。这盏灯进而会点亮孩子们心中的灯。

二

离开了家畜的帮忙,农耕文明无从谈起。家畜饲养史伴随着人类虐待动物的种种发明。

为了迫使它们听从使役,人类办法多多。毛驴生来懦弱,只消一副笼头即可控制。马匹强悍,人发明了马镳——也叫马嚼铁、马勒口、马叉子。只要哄诱着把它套进马匹的嘴里,再强悍的马也得就范,我多次看见骑在马背上的人猛力拖扯马嚼铁,疼得马匹直哆嗦;骡子比马倔犟,除了嚼铁,还发明了"小缰"。"小缰"由细铁丝拧成,把它扣在骡子的上嘴唇和牙龈之间,用力一拽,让你痛彻心肺。牛和骆驼这两种家畜力大难控,但也难不倒聪明的人类。人们发现了它们最敏感的疼痛点——鼻子。对于骆驼,只要把它绑住放翻,用一根削尖了的小木棍戳穿它的鼻中隔,拴上一根细绳子,它就得乖乖地听人调遣。对牛也是一样,用木质的或金属的"鼻圈"(正确的写法应该是"鼻桊",姑从俗)穿过鼻中隔,拴上缰绳,不由你不听话。所谓"荆圈麻索穿鼻透,杞柳陵坡喘月圆。"(沈世杰诗《咏牛》)在主人发怒用力时,有把牛鼻子拉豁的。给骡马钉掌时,先用绞棒把它们的嘴唇拧住,再把尾巴和绞棒连在一起,这样,一旦它因蹄子疼痛而想动弹,立即会扯痛自己的嘴唇。

过去在农村,阉割牛马驴等家畜时,乡间兽医从来不用麻药,任你疼得死去活来。

　　我还知道许多虐杀家畜的方法,手段之残酷,使人不忍复述。采用那样的手段,只是为了尝到味道更加鲜美的禽肉,或者只是为了剥下的皮子做成皮衣后不掉毛。

　　与人相比,食肉动物高贵许多。它们捕杀猎物,仅仅是为了果腹,不是为了虐待。

　　虐杀动物的行为不受道德约束,不受法律惩罚,所以延续了几千年。人们看到的仅仅是无数动物被凌迟而死,很少看到这样的行为给人类自己带来的伤害。在利益冲突发展到同类相残的时候,用在同类身上的手段,难道不是用在异类身上的手段的延伸吗?

　　被宰杀固然痛苦。要人类放弃吃肉也不现实。但不去虐待动物总可以做到,减轻动物被宰杀时的痛苦也能做到,然而没去做,没去想。

　　这样的文明到底能给人类带来多大的安全感,很难说。无视异类或同类生命尊严的心理传统,使文明人转瞬之间可以再现野兽品质,甚至比野兽凶残十倍。历史不是已经反复证明了这一点吗?

　　善待同类与善待异类,虽然形式不同,但前提都是不忍之心。不忍之心是深藏心底的一盏灯,点亮它并不难。不可思议的是,在文明人类试图完善人性的努力过程中,竟然常常把这盏灯给忽视了。

三

　　20 世纪末到 21 世纪,人类在审视自己与异类的关系中发现了问题,有识之士开始呼吁善待动物,并且呼吁把伦理道德的外延扩大到动物界,制定法规,禁止虐待动物。虽说还只是在萌芽阶段,但在文明史上的意义已经前无古人。

人是很聪明的动物,是善于总结经验的动物,早已感觉到虐待动物的行为对人类社会的心理健康造成的危害。

但人又是极端自私的动物,一般来说,笼统地谈论善待动物,人人可以接受;为了善待动物而做出一点牺牲可没那么容易。西班牙斗牛就是一例。斗牛,无论有多少高论支持它的合理性,仍然改变不了残害动物这个事实。尤其不公的是,斗牛其实不是在平等条件下的对决,而是诱杀。可是,人们承认斗牛的残酷性是一回事,让人们放弃这种残酷的游戏又是一回事。

在反对虐待动物的声浪中,西班牙政府颁布了 2012 年开始实施禁止斗牛的法令。这是一个涵盖面极小的试验性法令,禁止斗牛只限于加泰罗尼亚地区,还不包括节庆期间。就这,已经在全国人民中激起轩然大波。有资料显示,对此项法令的反对者人数超过了拥护者。在电视台记者的街头采访中,一位头发花白,皱纹深重的女性市民入镜。这样的年龄和形象,往往是和"仁慈"联系在一起的。孰料老太太的皱纹和白发与仁慈并不相干。她愤愤不平地说:"政府作出禁止斗牛的决定实在太野蛮了,他们怎能这样不尊重一个民族的历史传统?"

日子确实过颠倒了,荒谬扮演着真理。全球每年有上万头公牛惨死在文明人的娱乐需求之下,不认为野蛮,改变这样的野蛮反倒成了野蛮。

这个老太太具有很强的民意代表性。反对禁止斗牛的人所坚持的主要理由就是历史传统。然而,支持"禁斗令"的人理由更为强大:传统不能成为虐待动物的理由。不好的传统应该抛弃。比如奴隶制,殖民主义,难道不是传统吗,难道还要保留吗?

是啊,古代罗马帝国把奴隶训练成角斗士,以两命相搏的游戏供贵族们观赏，这曾经也是传统。

这实在是一个简单得孩童都能判断的问题。中国历史上的太监，还有女子缠足，也都是传统，也都因为有悖于人类文明而终于被废弃。

人类自诩为这个星球上最美丽的动物。但美丽的表皮之下还包裹着一片幽暗的意识空间。人们逐渐意识到它的危害，试图照亮它。照亮它说易也易说难也难。从英国颁布全球第一部《反虐待动物法》到今天，善待动物的意愿逐渐在全球人心中萌生，人的内心挣扎了一百多年。人在文明的路上迈出一小步竟有如此艰难！

已经有一百多个国家相继建立了《反虐待动物法》，据悉，中国的相关法令也正在酝酿讨论之中。

一百多盏灯点燃了，更多的灯还在点燃。它们的光辉所照亮的，不仅是动物朋友可怜无助的眼神，也是可怜的人类跌跌撞撞前行的路程。

维护斗牛传统的声浪仍然很嚣张，要实现全面禁止斗牛，还有布满荆棘的道路要走。但文明的脚步终究不可阻挡。巴尔干半岛上古老的民谚说得好："青蛙的叫嚣岂能阻止牛到河边吃水！"

动物伦理这个新观念正在点亮人类心中最幽暗的那个区域。如果这个观念为这个星球的人所普遍接受，并由此产生一系列的法律法规，那将是精神文明史上最伟大的火炬。

2013 年 6 月

在季风中逆行

第四辑 灯火阑珊处

荫西当年方十三

支差旧闻

七十不留宿

试了一把文言体

楹联夜话

荒年记事

记得那年花如雪

饥饿并没有使我们变得贪婪

从汉河到校园

梦在河之洲

荫西当年方十三

　　予与张荫西先生同籍,而齿属两代,识荆也晚。盖先生素以仁术闻名乡里,人皆莫识全豹。予至中年,偶于友人处睹先生诗抄,叹赏之余,访其居里,叩扉拜谒,先生已届望八之年。1983年秋,予于贵德玉皇阁东侧一宅院中采访先生。先生时患微恙,然欣然接谈,所问悉为解答,不觉亭午。馔后,先生命家人移座院中老梨树下,复为款曲。采访已,红日将坠,而先生意兴犹浓,予亦流连不去,逸兴遄飞,谈讌益洽,不复有纲目矣。言次,先生忆及儿时邂逅青海军政界巨擘马麒事,颇近传奇。既而曰:"此等事,曩年倘泄之,文革中即为罹祸之源。今世道清明,乃敢与君言,无他,值此芳朝朗日,聊助清兴耳。"

　　先生仙逝已数十年。所言逸事犹未能忘,因追记之,以飨同仁及吾乡人焉。

　　荫西先生世居贵德河阴,家贫。父母爱其慧,不欲废读。邑有晚清秀才宁赞臣,狷介寒士也,设塾授童蒙。遂送荫西就读于其帐下。荫西颖悟异常,过目辄不忘,颇得秀才青睐。甫七八岁,已耽于吟哦。会辛亥鼎革,科举已废。荫西年十三,塾业已竟,莫知所之,遂从父母理生计焉。家无田产,唯仰父母十指而食。南城门下有矮屋三椽,日制炊饼、甜醅等物,鬻以度日。

一日,荫西执卷,踞门阈,负曝而读。俯首移时,不暇他顾。有官人乘马过,见状,揽辔谛视,竟不知。官人以策捆镫,乃觉,遽起。

官人问:"童子所读何书?"曰:"左传。""是书所言何事?"曰:"大抵春秋间各国纷争事。"又问:"汝悉解之否?"曰:"解之。"

官人下马,款语荫西:"试为我释说一二。"

荫西遂为解说《烛之武退秦师》一章。官人奇之,曰:"嘻! 不意黄口孺子,知书如此! 堪为吾师也。异日邀至军中,授我翰墨可乎?"

荫西窘甚,局促不知所对,官人大笑跨马而去。

询之邻人,乃知官人为马良臣,贵德城中驻军之管带。归告父母,父母亦讶之,卒以为官人戏谑之言,未予置意。

翌日,荫西方展卷于门口,二军卒牵一健骡至,揖之曰:"奉马管带之命,迎先生赴营中。"

荫西大愕,呼父。父出,力陈痴子无知,何敢辱膺宠命,致负雅望? 乞免之。军卒云:"管带之命,未可却之。"径扶荫西扳鞍认镫,捉鞚而去。荫西家距军营不过数武之遥,移步可至,而固以骑迎之者,以示师道之尊也。

盖马良臣乃行伍出身,素不解读,而雅好之。由是荫西每日一至军中,为管带教之句读。又折纸为范,使搦管临帖,既而以朱笔花判,月旦之。管带喜,营中上下,咸以"尕先生"称之。

未几,忽官府牒下,乃祭海事。命马良臣为先驱,赴青海湖绸缪营务,兼以联络蒙蕃头人,以俟大典。祭海之事,始于唐,祈国祚、绥边庭之举也。至清雍正年间,朝廷益重之,制为常例。逢七月望日,地方长官必躬操祭仪,莫敢懈怠。又传谕环湖各地王公、千户、贝勒、扎萨克同襄盛典,有至期不到者,奏报朝廷,理藩院必予严究。时马麒为甘边宁海镇守使,祭海是其职分也。

马良臣领命,即选军卒数十人,俾荫西别家人,同赴青海湖。至则每日濡墨弄毫,营理簿籍,飞柬传牒;荫西誊抄分明,笔墨娟秀,良臣益喜。

迨祭海期近,乃率荫西等前往湟源峡奉迎。未几,见尘埃起处,旗幡猎猎,伞幄垂垂,仪仗炫目。官府大员皆高车驷马,扈从甚众。又佩短枪者数十骑,前导清道;又乐工十数人,掮大铜号,时鼓腮吹之,如牛鸣,山谷回应。沿途士民皆叠肩争睹,叹为大观。

祭海事竣,马麒于巨帐中大宴王公千户、蒙蕃头人,兼行赉赏。其帐广约半亩,叠檐垂苏,纹饰华丽。内设七八席,马麒等居上席,次以职分低昂列坐,马良臣居下席,荫西亦叨陪末座。一时肥羜鲜炙,蒸腾并进;汉腔蕃语,错杂喁嗾。马麒忽睹荫西,问良臣曰:"汝座中童子是何亲眷?"良臣起告曰:"此非我教门中人,乃佛教家娃娃。渠虽年稚,而颇擅翰墨,故邀来此,佐我文案也。"又极赞荫西之才。

——予问先生:"何为佛教家娃娃?"先生云:"彼时汉人多信佛,故穆民辄称汉人为佛教家人。"

马麒闻之,未深信,以手招之曰:"来,来,来。令我等一识之。"

荫西即趋席侧伺立。马麒询姓字、年齿及乡贯已,谓座中幕僚曰:"汝等可出题一试。"

座中一短髭吏,操楚音,道:"席间不暇著文,属对可也。"略一思,出上联曰:"卧龙岗。"

荫西即对曰:"窜鸡山。"

一座皆奇之。

——予问先生："果有此山否？其在何地？"先生哂之曰："彼时情急，脱口乃出，实不知有无此山。且属对之事，唯论对仗平仄之工与否，不论事之真伪也。"

俄，又一题出："日短堪较一局棋。"

荫西对曰："夜深能读万卷书。"

众复称叹。短髭吏曰："嗟乎！吾不奇汝之工，独奇汝之捷也。"马麒捻须微哂，曰："良臣所言不谬，是好材料！"复顾座下两少年，斥之曰："咄！今日识得读书郎否？汝等与渠年齿仿佛，全不知上进！整日唯事攀树攫鸟雏，逾墙入菜圃拔萝卜。目闪闪如犊，斗大字识得几升耶？"

嗣后方知，彼两少年乃马步芳、马步瀛兄弟是也。

至旋舆日，马麒谓马良臣云："我欲携此童去，为我伺笔札，汝勿得悭惜也。"良臣但唯唯，而意良不愿。

于是荫西随马麒至西宁官邸，侍奉书房，为之誉抄牒函，代拟柬札。不唯书体端好，且文辞畅达，马麒甚爱之。

——予问曰："先生在马麒府中，可曾见得马步芳否？"

先生曰："然。偶过后花园，闻垡息跌宕之声，觇之，见花檎树下，细铁链絷一青毛羖，老角如弓，长须垂颔，状颇雄健。彼强以马镳御其首，欲跨乘之，羖则腾挪踉蹡，拒不就范。马数数颠踬，扑地复起，与之撑持不已。其幼年即如此桀骜，则日后终成枭獍可知。"

逾数月，思乡之情綦切，而未敢言。暇时辄徘徊，如鸟之在笼焉。一日，马麒云："汝年齿尚稚，不堪委任。且好自历练，俟成年，吾将遣汝赴天水任职。统兵摄政，丈夫之所当求也，岂令汝以笔砚终老耶？"其时青海尚未建省，马麒以镇守使之职，统掌甘边宁海军政事，势炽甚。于辖区内擢黜一二官吏，乃股掌间事耳。荫西知其非戏言，但漫应之，心中悚然不自安。因修家书,传鸿贵德。父母见书,大忧之。自度数代皆诚笃处世,未尝夤缘权贵。况值乱世,枭雄竟起,若谬为攀附,日后祸福难测,莫如及早抽身。然百思未得脱壳之策。忽忆西宁城有葭莩亲张允宽者,财雄一方,辄以蒙古和硕特亲王代表之名,出入官府。尝言素与马麒稔。乃修书浼其代为关说。张接书,即谒马府,代陈李密之情,具言荫西父母止此子(实则荫西尚有幼弟鼎西也),未尝一日离膝下,今音容远隔,母已忧思成疾,缠绵病榻久矣。伏唯大人垂悯,暂允还家,俾全天伦,少慰孝思。况乃侍奉双亲之日短,报效国家之日长云云。

马麒终许之,乃归。

——予谓先生曰:"幸而令尊大人洞明世事,能于青云中见火坑。若惑于富贵,呵责先生勿以家为念,紧揣马麒骥尾,以待龙门之跃,则江山易帜之时,先生殆矣。予又何缘于此老梨树下与先生扳谈竟日也?"

先生曰:"遑论此! 果尔,吾项上人头今在否,未可知也。"

于是相与大笑。

2013 年 12 月

支差旧闻

民国时,不唯赋税苛重,徭役亦繁。凡兴建、负运、修筑类事,官府皆责乡里征民夫以营务,不畀其酬,谓之"官差"。民赴差,谓之"支差"。居上者辄藉官差之名,行营私之实,民也不堪其苦。

先父尝言,年甫十九,适值支差。乃贵德县长所蓄绿彩石一方,重逾千斤,拟输西宁家中。衙役登门,传谕祖父:着汝家供一人一畜,河西刘某家供一人一车,当刻期启程。

时家中赖祖父劬劳经营,差称小有。然虑石重途遥,非健畜不能任。厩中蹄躈数辈,率多庸常,唯一大青骡,体修伟,且驯。耕耘挽负,多赖此畜,常嬖爱之。无已,即以此骡承差。祖嘱父曰:途中当善视之,慎施鞭笞,勿吝刍豆也。

至期,父与刘载石就道。时值隆冬,山风扑面如割,行步綦艰。出阿什贡峡,会冬灌者失守,渠溃水泄,山道皆为冰覆。车行其上,扎扎作坼裂声,骡屡屡惊悚,滑蹶扑地,车几度倾侧欲覆。父与刘一控辕,一推轮,趑趄以进,气咻咻不属,汗湿重衣。无何,车陷冰坎中,骡蜷伏不能起,鞭之叱之,则伸颈扑摆,终不可出。四顾山野阒寂,无一援手之人,而暮色渐合,寒逼肌骨,心焦胆摧,计无所出。刘乃指骡而言:"骡也且听:汝不欲今夜冻毙于此,勿恨吾之忍也!"夺父鞭,力楚之。骡痛极战栗,目努几脱,忽焉喷嘶,踊身而起,父与刘急以肩承轮,力推之,乃得出,复就道。而履袜冰湿,足僵如石,跛踽以行,约一食顷,遥望灯火明灭,意必村舍,乃投止焉。

三日后抵西宁,至县长家交付讫,家人具食以馔。已而引至南城门外逆旅就宿。嘱曰,明日返程,有家具若干,就便载回。器颇重赘,今夜秣畜,当令饱足也。父闻之,如被冰霜。入厩中饲骡,见其周身鞭痕宛然,倍益酸楚。

既而登榻就寝。连日跋涉,俱各疲困已极,甫就枕,刘已齁如雷吼。父则忧结于心,辗转难寐。自度返途所载,其重不逊于石,若复陷于冰窟,此骡势将伤残,所失大矣,何可坐待殃咎!听村鸡远唱,遁逃之计遂决。

窗棂微分,察刘则犹酣眠若死。乃潜起整装,蹑足至厩中牵骡,拔关而出,扎束已,跨骡疾行。启明星在天,已出南川矣。

次日午后已至家门,祖父惊曰:"归何早也?得毋中途倾覆耶?"

父乃历陈途中情状及遁逃之由。诉未竟,祖父斥之曰:"竖子痴哉!何顾前而不顾后也?走得和尚走不得庙,此三尺童亦晓之,汝独不知耶?且待之,问罪之师必在其后!"

数日后,果有二衙役汹汹临门,意将执父质官去。祖父谦颜卑词,谢罪不遑。立命家人具酒馔,又各以银元一枚,塞衙役手中,具言三日内自当筹措罚金,亲赴县府,以赎前愆。二役色始稍霁,饱足酒食而去。

至第四日,县长方怒祖父之绐己,将遣衙役持缧绁往执父,祖父吁吁然趋至,惶恐自责,即怀中取银元若干奉之,县长怒始解,事遂息。

逾二年,复值支差。乃县长所贮蘑菇麝香之属,仍输西宁。责吾家供一人一畜,责河东周某家供一人。祖父以所输物非多,不必差以大畜,乃选一健驴,付于父。

至期,父与周氏子裹粮就途,驱策趱行。时值六月,天道温热,山行亦不甚苦,晓行夜宿,顺抵西宁,至县长家交付讫,幸无返载之物,经宿,欢喜归程。三日后,至黄河北岸虎头崖下。由此西去十余里,过浮桥,折踵东行,即达河阴家中也。

周氏子忽谓父曰:"王兄止步,且观之。"遥指对岸东南,见绿树掩映处,有大里落。"彼处即我家也,若西行,道迂不值。我欲就此泅水渡河,少行数十里矣。褡裢一件,烦以尊乘载存府上,我异日来取,可乎?"

昔时黄河远阔于今。父顾波涛澹澹,固不信彼能横渡。周氏子曰:"兄勿疑。吾也生长于河滨,素不畏水。倘无薄技在身,何敢出此言。"父顾周而笑曰:"然则纵能泅达,汝将以白身入村耶?"周曰:"勿虑也,吾自有计。"遂以褡裢付父,尽脱衣履,以绔带扎束,置颅顶,以手按之,渐入河中,俟河水漫至胸际,略一跃,一手掠水,一手按项,拍波打浪而进,而河水终不及颈项,意必双足在下踩水也。良久,竟达南岸。返身一挥手,从容著衣履而去,父乃叹服。归家,祖父询差事已,见褡裢,讶问所来,父以周氏子泅河归家告之。祖父怒曰:"畜产胡为者? 此何等弄险之事,而竟允之! 汝不受此褡裢,彼即不得渡河。倘溺于水,将如何? 若周父刁赖,讼于官,谓汝有夺命之嫌,此褡裢恐为彼之干证也! 汝将何以自辩? 官吏纵知其诬,而藉以敲比,吾家非破财不能免牢狱之灾;即或周父朴厚不讼,岂无怨怼耶? 必问:汝既年长,何不力戒其子入水,将何词以对? 疏于一言,遂损一命,汝此生可安于心乎?"

父嗫嚅而言:"焉至此? 周郎故善泅者。"

祖父斥之曰:"去休! 汝不知吾乡河水寒凉耶? 即夏令,入泳者必呼朋引伴,以防不虞。倘筋挛肢不得伸,近侧又无救星,即善泅者复将奈何? 岂不闻

‘善泅者溺于江河，善猎者丧于虎豹’？汝初涉世，记之，凡事避害为重，趋利次之！"

　　父乃敛声不敢复言。

2014 年 2 月

七十不留宿

曩年以故回乡，同村有老叔退休在家，耄耋人也，因就便省问。至则适逢姑亦来探叔，相见欢喜，具道温凉。姑，叔之妹也，为人宽厚慈爱。予幼时常蒙姑之温煦，因视姑犹母也。晚餐后，表弟来迎姑，予则请姑移趾，过宿我家，欲围炉夜话，再叙间阔。姑意未决，而予坚邀不已。叔止之曰："欲回则回耳，姑家匪遥，勿苦留之。"予察叔似不豫，而未审何因。姑去后，问其故，叔谓予曰："吾不欲姑留宿汝家，非它，虑有参差焉。谚云：七十不留宿，八十不留饭。汝当知之。"

予乃敬请其详。叔曰："凡古稀之人，不唯体衰，且多宿疾，犹器皿之有罅在身也。用之，固无异乎常器，然取置皆当谨慎。稍不慎则破裂矣。家居，兴寐饮食皆素所习，纵粗衾敝毡，亦安之。宿于戚家，锦裯绣衾亦未必令其宁贴也。又或炕榻不温，夜起如厕受寒，难保无虞。倘病焉，何所取也？极言之，人至衰年，生死乃呼吸间事耳，万一眠中气绝，于家中则可谓阳寿适尽，堪称善终。若卒于戚家，事属至憾矣，致人怨谤亦未可知。是故不宜留宿。而八十之人，脾胃阒茸，一餐一饮皆不可孟浪。居家则习于粗蔬淡饭，节撙有度，因而恒无恙。平日艰于出户，偶至戚家，稀客也，必奉以肥甘厚旨，又必苦苦劝进，此即伏祸之因也。又或贪于美味，稍稍过量，则殆矣！食积胃脘，痞块不化，由是寝疾，甚而至于殒命，必贻其家人怨怼。此类事宁鲜闻乎？料汝已熟读《红楼梦》，尚记之否？年节阖府团圆，贾母愉悦，以吻馋多进数口，未能运化，以此缠绵不起，终卒。事虽虚构，理则至端，非曹氏之妄言也。是故八十之人，毋论不可留宿，即留饭亦不可不三思也。"

　　予初闻之，窃谓叔之所言偏于酌理而过于其实。世间事固多不测，然不测者终万不逮一，以予姑之康健，何乃虑之过甚也。然叔性鲠介，予素威重之，乃未敢多言。久后，迭闻某友家及某戚家凶讣，辄讶其人朝如顽健老松，夕则竟为酆都新客，乃悟前人之所慎，皆由殷鉴而来，良有以也，何可谓其无理哉。

2014 年 2 月

试了一把文言体

写了一辈子白话文,有一天心血来潮,想变换一种表达方式,体验一下用纯文言体写作的感觉。仅仅是为了体验,不是为了复古。

由于功底单薄,写得慢如蜗牛。为了一句话的措辞,常常抓耳挠腮,面对白墙翻白眼;为了一个字的选择,字典要翻好几遭。就这样,总算写出来了,感觉还很奇妙。首先是空间感觉——文字可以压缩到极小值,而空间容量不减。还有它特殊的修辞功能——变苍白为绚烂,变寡淡为醇厚。

文言文与白话文,这是两种不同的表达方式,有不同的存在价值,不能互相取代。正如简约与周详不能互相取代一样。从艺术生命力的角度来看,文言文的生命力更强。做个不很贴切的比喻:一部电影,无论多么成功,观众只看一两遍就够了;而一部成功的戏剧,可以上演数十年而不衰。

记得一则轶闻:上世纪 50 年代,最高人民法院院长谢觉哉审阅一份案情特殊的判决书后,心潮难平,提笔批了八个字:"法无可恕,情实可悯。"

犹如惊鸿一瞥,约略可见那一代老知识分子的国学修养。今天的法官们一般写不出这样的话语。

不仅是谢老，五四以来鼎力倡导白话文的大师们，其成长过程恰恰是得益于文言文的滋养，而不是白话文。这很像是历史的一个恶作剧。

文言文比较难掌握，它限制了大众的文字交流能力，白话文取代它，让写作方式获得大解放。是历史的必然。但文言文写作几近消亡，却是文化的一大损失。

白话文写作技术相对简单，表情达意随意自在，但这一优势也是劣势，它使写手们往往失去节制，肆意挥洒。在今天，更由于键盘的便利，文字产品铺天盖地，泛滥成灾，阅读日益变成负担。

不幸的是，文言文写作已成绝响，但社会对文言文的需求一直没有消亡，供需矛盾不时显现。但凡遇到简洁、典雅、隽永的表达需求时，人们首先想到文言体。于是难坏了当代的文化人，面对这样的命题，总是捉襟见肘。

我只能是浅尝辄止。但我希望通过高等专业教育，至少让一小部分人掌握文言文的写法。当然，这只是个梦想。

曾经被巨匠大师们锤炼了数千年，已经臻于完美的文字技能，让它彻底亡失，太可惜了。

2014 年 2 月

楹联夜话

自从春联成为工业品之后，很少有人动手去写了。每当春节临近，机制春联必会如期涌现在省城或县城的街道巷口，潮水一般。铜版纸或是有光纸印刷的，多为烫金字，流光溢彩。即使偏远乡镇出售的，也如此。商品大流通时代，东西哪儿都一样。

这些红纸金字可能用了强力染色剂定型，颜色牢固得过了分。往防盗门两侧一贴，在楼道暗淡的光线里，整整一年都不褪色，除夕更换时，还跟新的一样。以新换新，没有了时序轮回、岁月更替的意味，让人体验不到那种微微惆怅的奇妙感觉，颇觉乏味。

联语内容呢，不用说，千篇一律都是求财求福的套话。文法之粗疏，格调之平庸，已使春联的水平跌入有史以来最低谷，极难看见清新隽永之语。偶有一二略可入目者，贴在门上，也无人注意。来拜年的人，手提礼品，气喘吁吁地站在狭窄的楼道里，按过门铃之后，就等着开门，谁还在乎你的春联内容呢。

　　所以我这两年干脆不贴春联了，干干净净的门上只贴一个斗方（以示我家不是回族）。

　　奇怪的是，我不贴春联之后，来拜年的人谁都没感到奇怪。那更证明贴不贴已经无所谓了。

　　春联是农耕文化地平线上的一抹余晖，它实际上已经衰落了。

　　春联曾经承载着农村人（也包括多数城市人）的文化情怀。书写和张贴春联，乃是春节序曲中最有亮色的一个音节。只要是个四合院，要贴的春联就多。从掐算对联数量开始，手指为度，丈量房门廊柱的尺寸，裁纸、折格子、打糨子、研墨、选择联语，到最后书写，每个环节都荡漾着温暖的期待，每一道工序都因为创造美好而让人陶醉。

　　春联宜用浓墨写。红纸黑字相得益彰。金粉写的有一种浮华之气，贴在朴素的农家院子尤其扎眼。

　　春联宜用楷书或行书写，端庄而温馨。行草或草书写的春联有点飞扬跋扈，像是炫示书法，与春节无关似的。

　　小时候我们家人口多，房屋多，要写很多副春联。我父亲的楷书饱满、厚重，落到纸上，分量十足。父亲喜欢用一种叫"万年红"的纸，因为颜色正；喜欢在墨汁里加酒，因为写出来的字发亮。

　　回想起来，那时候农村端的有好春联（可惜我没记住多少）！我父亲念过的书不多，可他肚子里装了不少春联、婚联和挽联。用的时候不必翻书。虽说我家是普通农户，春联内容可不俗气。童年遥远，依稀记得两副。一副是大门上的：

　　抱素月之琴舞青萍之剑无非诗料
　　入红杏之圃步绿柳之堤尽是春怀

另一副是上房檐柱上的：

家无别况唐诗晋字汉文章

庭有余香齐草楚兰燕桂树

我家算不上书香门第，春联只是表达着对"唐诗晋字汉文章"的崇仰。

大年初一，受大人指派，去亲戚家拜年。我喜欢一边走路，一边左顾右盼，比较各家各户的春联。印象最深的，是一户看起来很贫困的人家。简陋的白杨木大门上，贴着显然是户主自撰的春联：

开两扇大门

迎八方喜神

横额：我也过年

联语质朴诙谐，浑然天成，主人贫而不卑的心态跃然纸上，颇有点颜回之风。

还有一副春联也让我赞叹不已。那是民生凋敝的"三年困难时期"，一位初中同学为自家大门写的，与他家的境况出奇地吻合：

七八堵东倒西歪墙

三两个南腔北调人

横额：斯为我家

我长大后才知道，同学套用了明朝大画家徐渭的成句。不过，这联语就像是为他家量身定做的。他家是从河南迁来的移民。父亲是四川人，说四川话，母亲说河南话，他们兄妹几个说一口不太地道的青海话。住的庄廓院也有点敝败。

他那么小就知道这个成句，这让我佩服，我就不知道。

大跃进那个年代，我见到的春联有了政治色彩。但也有个别做得稍好的，记得有一户人家的春联是这样的：

春回劳动山河外

人在建设雨露中

春联的格调和水平整体滑落的原因不仅是商业化。产生联语的文化土壤在消失,文化人的国学素养下降了。科举时代,应试的士子必须掌握律诗技巧。律诗的中间四句就是两副对联,这是一种基本功。直至废除科举,兴办"新学"的民国初年,大学文科考试中还有对联。陈寅恪在清华大学国学研究院任导师时,招生考试,就亲自出过一个上联:"孙行者"。别看只有三个字,其实很难对。"孙"是姓氏,名词;"行"是动词;"者"是助词。下联三个字的词性必须与上联完全对应。只有两个学生得了满分,一个就是后来成为北大教授的周祖谟,他对的是"祖冲之"。另外一个人对的是"胡适之",三个字都对上了。

小时候父亲告诉过我,私塾里的先生指导学生作对联,往往从两三个字开始,字数逐渐增加,以提高难度。他举了个例子:

先生出:山药

学生对:海棠

先生出:肥山药

学生对:嫩海棠

先生出:黑麻大汉手提半根肥山药

学生对:红粉佳人头戴一枝嫩海棠

做联语是过去时代文化人普遍具有的能力,潜心创作联语的人不在少数,产生联语的土壤既广阔又肥沃,精妙的作品绵延不断。一些令人绝倒的"行业楹联"至今还为人所称颂。比如理发店楹联:虽为毫末技艺,却是顶上功夫。药铺楹联:修合虽无人见,存心自有天知。等等,不胜枚举。

时代变了,出现了断层。我们这一代人,以及下一代人的综合文化素养中缺少这样的语言训练,(再下一代人的情况不敢妄加猜测)所以作对联经常是为难事、尴尬事。一般人不明白,总以为你既然是记者编辑,那就是文化人,作一副对联还不是小菜一碟? 几年前贵德有位亲戚,开了一家宾馆,门厅两侧要镶嵌一副永久性楹联,打电话求我。我苦思了两天才做出来(这要是在考场上那就完了):

朋来山外喜倾盖

客到梨乡方识春

我比较满意的作品是应一位朋友女儿之约,为她作的婚联。这是个从事文字工作的姑娘,我的联语得符合她的身份:

有清照笔雪涛笺千里佳期早约定

无张敞眉梁鸿案百年好梦亦成真

可这也是憋了两三天才"下出来的蛋"。惭愧!

二十多年前,我在乐都下乡时,应一位农民朋友的请求,为他撰了一副中堂和对联,这事在当地产生了一点儿影响。而我自己,因为联语中用了一个不合平仄又无法更换的"雨"而遗憾:

崖畔黄花带露采

畦头新韭趁雨锄

直至写这篇文章时,忽然发现:其实无需动那个"雨"字,把上联中的"露"改成"霜",平仄就解决了。

2013年元月,我随省文联的朋友们去湟中慕家村参加一个有关酩馏文化的活动。活动地点设在一个近年恢复的旧式酿酒作坊,古色古香的院子还保持着原貌。我看到,院子里有许多廊柱,但看不见一副楹联,可能主人还没顾得上考虑。中午宴饮,西宁市书协主席王永洲过来敬酒,对我说,"王老师,麻烦你撰一副对联,五言或七言,待会儿我写了赠给他们,笔墨纸张我都带了。"我吃了一惊,告诉他,立等可取,那是倚马之才,我向来文思迟钝,哪有这个本事。不"啃哧"一两天是作不出来的。

"真的吗?"王永洲怀疑地看了我一眼,再没说啥。我知道在那样的场合、那样的氛围中,如果有此一举,是锦上添花,可惜我无能。

此事魂牵梦绕,不去于怀,几天之后终于作出两联:

酒后常笑英雄少

樽前唯期知己多

倘无理性海量人虽竭千盏亦非大器

唯其有德善饮者纵醉百回不失雅风

时过境迁,我无意再向王永洲先生通报了。如果慕家村酩馏酒大院的主人能看到这篇文章,可以考虑用这联语做两个抱柱联挂上,聊补院中空白。

2013 年 1 月

荒年记事

大饥荒到来那一年,我 16 岁。

仲春,杏花桃花次第开放,映红了村庄;杨叶初绽,柳丝绵长,一如往年;清明后一场透雨,麦苗鲜亮;谷雨前梨花开了,村前村后一片淡淡的苦香,也如往年。

没感觉到任何灾荒迹象。但后来说那一年是荒年。

从食堂提回家的一瓦罐拌汤,是全家一顿饭定量。成年劳动力每人三碗,16 岁以下及 60 岁以上每人一碗半。

两年前已经实行了食堂化。粮食全部集中到食堂,不允许社员家里有一粒存粮;铜火锅等器皿已被收缴一空。只有在梦里还能见到它们。炭火通红,猪肉酸菜粉条飘香。梦醒之后常发现枕头被口水洇湿。

终于,拌汤里的洋芋块消失,面疙瘩消失,只剩了清水菜叶和稀薄的麸皮。

4 月初,榆树皮被剥下来食用。柳树皮太苦,不能入口;杨树皮也是。榆树皮不苦,与锯末的味道无异。

榆树皮磨成粉,熬煮的拌汤暗红色,吃了,造成严重便秘。我在茅厕里苦等多时,又转移到果园的梨树底下,在落满花瓣的草丛里宛转挣扎,直到筋疲力尽。

又终于,榆树皮亦不可多得。村里村外的榆树露出白森森的树干,榆钱刚长出嫩芽就被捋得精光。

又终于,早晨那一顿拌汤被取消,三餐减为两餐。各家各户,都在搜索所有的角落。希望找到一把麸皮、一碗饲料或一堆黑色的干豆荚,让胃囊支撑到中午。

一日早起,家中找不出果腹之物。红日三竿,难以举火。全家枵腹相对,莫知如何。

有一段时间,父母都被派往山区开荒,留下尚未成年的我们弟兄几个,在家里等着自生自灭。一日,我走在村巷,身体打晃。恰逢在瓦家农场工作的舅舅骑马路过,见状,不忍,领我到他家,让我拌了一碗炒面吃。又从一个隐蔽的角落取出一大块麻渣,裹了几层破衣服,装进背篼,打发表弟护送到家,嘱咐勿让人看见。

靠这块麻渣,弟兄几个支撑了一些时日。

5月,苦苦菜叶子长得肥壮了。田野里到处都是挖野菜的人。那一年,苦苦菜长得奇繁。田头地埂,连片成团。不停地挖,不停地长。有人说,那是上天赐给老百姓的救命菜。

苦苦菜无毒,微苦。洗净后用开水焯过,挤干剁碎,拌点盐,即可食用。灰灰菜口感比苦苦菜好,但碱性大,越吃越饿。

二姐来娘家,胳膊底下夹着一卷旧衣服。衣服打开,是一小袋白面。二姐家口齿多,日子紧。她从牙缝里抠下这么一点,瞒着姐夫(姐夫是个善良人）送过来。靠这点面粉，每顿在苦苦菜汤里掺上一把，我们没有倒下。二姐过世已经多年，每当想起这一把面粉，不禁眼眶湿润。

最先拉起拐棍走路的，多是素来身体壮、食量大的男人。他们走路的方式让人一惊。渐渐地，村巷里拐棍笃笃，步履摇摇，谁都不以为怪了。

"食堂化，拌汤化，走路拐棍化，眼睛里冒的是金金花。"一句顺口溜开始流传。编顺口溜的人是我的一位中学老师，他后来因此而获罪。

"过去的果拉，骡马镫响着哩；如今的果拉，鞭杆棍响着哩。"

这不知道是谁编的，无从追查，不了了之。

我们村叫果拉村，过去村中多殷实之家，出门有骡马代步，鞍镫叮咚；如今只闻鞭杆拐棍之声，故有是说。

一日，跟社员们一起去河滩林地给食堂砍烧柴。休息时，我问身边一位叔叔："去年粮食没减产，为啥今年成了荒年？"这位社员惊悚四顾，瞪了我一眼。我明白犯了什么忌，立刻噤声。

浮肿。浮肿之后多倒毙。父亲的双腿粗如木桶，皮肤薄如葭莩，像是随时会被水分撑破。母亲到河东一位亲戚家求得一个消肿利尿的药方，抓了药熬好，让父亲服下。当夜，父亲大下。我在隔壁房中，时闻溺器淙淙，以至达旦。早晨，母亲说，尿了三大盆，看着害怕。

浮肿消退，父亲的腿细如麻秆，松弛的皮肤软塌塌地挂在麻秆上。一肿一消，人虚透了，只剩一口气。母亲找到生产队长求告，队长又向大队报告，准予收进大队疗养院。入住者每人每日可获三粒酥油丸。借此，或可保得性命。

我一个叔叔，排行五，我们叫五爸，性懦弱，且迟钝。被派往清水河引水工程劳动，所带干粮吃完，打熬不住，未经允许背铺盖下了山。队长发怒，不许在食堂分一瓢羹，整日在村子里逡巡，寻找可以充饥的东西。一日，传言供销社来了粉面(淀粉),他竟然相信,挣扎着去买,人家告诉他那是碱面,他不信,买回来搅到锅里,果然不能吃。又一日,闻供销社来了黑糖,他竟然又相信(或许是他自己的幻觉),挣扎着去买,自然又是徒劳。回家的路上,气力耗尽,倒下了。村人奔告我家,我们央求邻居帮忙,卸下一块门板,把五爸抬回来,准备理丧。不知是谁,发现五爸口鼻尚有一丝气息,立刻报告了队干部,特批了两斤白面。五爸的女儿、我的堂姐拿去烧面糊糊,饭未熟,人就断了气。

没过多久,奶奶也饿死了。

一日早起穿衣时,我发现自己的小腿浮肿,告诉了母亲。母亲让我去公社卫生院看。她怕原来那个药方太猛,我承受不了。

一位年近六旬的中医大夫,面容慈祥。他看了看我的腿,叹了口气,只说了半句话:"唉,娃娃们……"他完全清楚腿肿的原因,没有再问,就开出药方。几十年以后,我在玉皇阁东侧的一所老宅院里采访老诗人张荫西,发现他就是当年给我看病之人。向他说起这段往事,老人茫无记忆。是啊,先生接诊病人无数,哪能个个记得。

药抓回来,吃了三剂,浮肿退了。约一星期,又有点肿。我给母亲说:"阿妈,我去退学吧。我走不动路了。"母亲叹口气,同意了。

空着肚子,一步步捱到学校,敲开班主任老师的宿舍门,敬了礼,告诉老师我要退学的原因。老师有点不高兴,半天没说话。后来说:"你退学,可惜了。坚持读下去!"我本来还想说某某某等同学都不来了,看看老师的脸色,没敢说,就回了家。

我们的校园是有名的"歇春园"。校园里美景一如往年。牡丹尚未凋落,丁香一夜之间就怒放了;黄刺玫正闹嚷嚷地炫耀自己,沙枣花一开,香气冲出八丈远,把所有的花香都给盖了。

然而校园里没有了生气。课间休息时，不见嬉闹的身影。女同学们不知躲到哪一片树荫底下休息去了，男同学们背靠着教室外面的山墙，东倒西歪地坐着、躺着，不言语。一直到上课铃声响起。

学期末，体育课考试，考 60 米短跑。两个人一组，我和魏同学编为一组。我俩彼此使了个眼色：绝不浪费体力。口哨一响，我俩趔趔趄趄地动了身，比步行快不了多少。在终点线掐表的老师气恼地看着我们，最后一掐表：18 秒。老师哼了一声，看着记分册，犹豫了一下，说："算了。及格吧。"

8 月，苦苦菜早已起薹开花，不能吃了，也不用再吃了。在这个季节里，可以入口的东西渐渐多了起来。一放暑假，我天天下地干活。和其他人一样，借这个机会，避开队干部的眼睛，随时填充饥肠。割麦子时随手揪下嫩一点的麦穗，在手掌里狠搓几下，吹去麦衣子，填进嘴里。收割大豆时，故意碰落一些豆荚，装作弯腰提鞋，犒劳自己。

还有长把梨。虽然还没成熟，果肉粗涩，但能充饥。

我们的皮肤渐渐有了血色。还是饿，还是窘迫。但我们活下来了，终于活下来了。

那是个非凡的秋天。

2013 年 10 月

记得那年花如雪

一个人在青少年时代经受的考验，对于人格的最终成型究竟会有什么样的影响，这是个很难说清的问题。谁都知道，同样有过被命运"劳其筋骨，饿其体肤，空乏其身"经历的人，既长，或为精金美玉，或为贪馋老饕，品相各异，自成一格。要阐明其中复杂的变异规律，谈何容易。我只能根据自己的体察，小心地和保守地说，如果你最终没有变坏，那么当你回首走过的路，会很容易找到与你的秉性有着本质联系的那个遥远的脚印。但如果你变坏了，你肯定会迷失在回溯自己纯洁本性的路上。

我 15 岁那年，正逢饥饿的阴影覆盖广大城乡。春季一开学，学校就宣布，全校停课一个月，去东沟乡开荒种地，以期在秋收后缓解师生食堂粮食短缺的问题。

开荒地点在离城南三十多公里的山区。

男女学生背着臃肿的行李，行李上插着板镢，叽叽喳喳地出发了。队伍在苍黄的山野中迤逦而行，喧哗声渐渐冷落下来。饥饿剥夺了年轻人活跃的天性。

两天后这支疲惫的队伍到达目的地安营扎寨。老师指挥着大家在山坡上搭建起几座帆布大帐房,分别充当食堂、教师住所、男生住所和女生住所。

严峻的日子开始了。每人每天一斤口粮,没有副食。早晨哨子一响,匆匆起来,草草洗脸。哨子响第二遍,排队去设在山坡上的大锅台打饭。早饭的标准是二两(中饭晚饭各四两),这二两面粉表现为连汤带水的一马勺面条,为的是让空荡荡的胃囊有填充感。

在待开垦的草坡,我们以小组为单位站成一条横队,相互之间相隔约三米——等于每人面前有了面积大体相等的一垄地,这就是当天的任务。

我们用细瘦的胳臂挥动着对这个年龄的人来说过于笨重的板镢,把草皮一块块翻起来。很少有人打闹说笑。每天一垄地的任务可不轻松!需要节约使用气力——包括说话。偶尔完不成任务不会受到责罚,但老师的目光告诉你:你有可能影响全班的进度。这压力够让每一个稍具集体荣誉感的孩子当心了。

农村的孩子并不惧怕干活,只要肚里有食。但是任谁都怕饥饿。早晨那一马勺面条造成的填充感只能从宿营地维持到地头。实际上我们从刚一开始举起板镢的那一刻起,就渴盼着午饭。

终于响起了午饭哨声,浑身的细胞都被激出了精神。各班班长提着竹筐去地头打饭。每人两个馒头。馒头匀称可爱,大小一致,恪守着公平的原则。一个馒头理论上是二两,但我们觉得它们被"瘦身"了,在巨大的生理渴求面前,它们显得出奇的渺小。

选中一处向阳背风的坑洼,让肢体以舒适的姿式坐下。我强压着胃部的冲动,先把馒头的表皮剥下来细细咀嚼,等麦面无与伦比的纯香被舌蕾充分体会之后,这才三下五除二消灭它们。随后而来的便是懊悔与幻想:懊悔吃得太快,以致享受的过程变得模糊不清;幻想我还没吃,一切从头开始。

在同龄人中,我不算饭量最大的人,但体力的消耗一再表达为明确的生理信息:这样的馒头,假如让我吃饱,至少需要十个,至少。

有天早晨出工后,一位贺姓同学透露了一个重大发现:他半夜里跑肚子路过教员帐篷,发现老师们在偷偷加餐。吃的是面片。这一消息像涟漪一样迅速扩展开来,成为一股压抑着的愤懑。尽管始终以隐秘的方式传播,还是被走漏了。有天出工前,老师通知全体学生在山坡上集合——教导主任有话说。

教导主任,一位方正干练、口才过人而被我们终生敬重的人,站在高坡上讲话。主任舌底生莲,使我们不得不慑服于逻辑的力量。其中有几句话也被我们视为经典训词,被记忆永久收藏:"……先生毕竟是先生,学生毕竟是学生;就是吃了,也是人之常情,何况没吃!"

这时,扶着板镢静默在他脚下的这支队伍起了一点骚乱,原来是初二年级有位同学晕倒了,训话也立即终止。

不用打听,我们都知道晕倒的原因是什么。从那天起,我们悲哀地意识到,我们与老师之间原先单纯的关系不再单纯了。

一天又一天,我们正在发育的身体在摄取与付出严重失衡的状态中亏蚀着。而就在这时,我们听到了可怕的消息:家乡的人断粮了。

最初听到的消息是:不少人家开始寻吃麸皮和麻渣等牲口饲料;随后听到的是,榆钱才长出一点尖叶就被人捋光,榆树皮也被剥去磨成粉吃了,留下了白森森的树干,看着怪怪的。

这个消息让我彻夜难眠。我离家的头天晚上,母亲想给我烙一个小饼子带在路上,在她打开面柜时,我看见角落里最后那点可怜的存货,就坚决地阻止了她。母亲为此难过得连连叹气。上山后的这些日子,我没敢去想家里人在吃什么。现在我相信,与白森森的榆树有联系的人群里,肯定就有我的父母!

从第二天起,我打定主意要从牙缝里抠出几个馒头,带回去给父母尝尝。

每隔两三天,我就省下一个馒头,都是在地头吃午饭的时候。我把馒头放到火堆上(开出的荒地都把草皮堆起来烧灰,可作肥料),小心地翻动着,烤黄烤透,以便保存。

下午,我几乎是空着肚子干活。随着镢头的起伏,衣服口袋里的这个馒头在跳舞,折磨着胃神经。有好几次我改变初衷,扔掉镢头,伸手在口袋里抓住了它,口水和牙齿也在热切地等待着它,但我最终叹口气缩回了手。收工回到帐房后,我避开同学把它塞进一个小布袋,藏在被窝里。

酥黄的馒头是我的秘密,也是我的克星。多少次我在梦里闻到它的醇香,饿醒后发现口水涸湿了枕头。开荒结束的时候,我有了七个馒头。

回家。回家。家是一块强大的磁石,此刻,把我们的心都吸疼了。下山那天早上,捆好行李,吃完一马勺面条,大家眼巴巴地指望着老师发给两个馍馍做盘缠。可是负责后勤供应的老师站在草坡上宣布:

"中午饭回家去吃!"

一句话犹如一股寒流,冻僵了一片希望。"回家去吃!"家里现在除了饥饿,还能有什么?再说,中午的两个馒头原本就在定量之内,我们理应得到它。

有什么办法呢?饥饿迫使老师们降低为人师表的道德标准,用克扣士兵粮饷的古老伎俩为自己果腹。

怨恨归怨恨,理解归理解。经验告诉我们:在道德所能遇到的各种挑战中,最厉害的莫过于饥饿。假如我自己处在当年老师的位置上,我能保证不那样行事吗? 面对灵魂的质问,我只能底气不足地回答:不敢保证。

背起行李和失望,归心似箭的我们下山了。

我们步履匆匆地、争先恐后地行走在山野沟壑中。被春雪滋润了的山峦在暖阳抚摸下生发出柔媚的泥土气息。山鸡在荆棘深处鸣叫,泉水在河冰底下呢喃。但是,又有哪一颗年轻的心能够对这一切做出回应?从中午饭被宣布取消的时刻起,饥饿感就提前攫住了我们的意识。

然而,包裹在行李中的七个馒头,赋予我秘密的兴奋情绪,这是一件与众不同的行李!

临近中午时队伍走得七零八落。高中同学早已不见了踪影,剩下我们年龄小的初中生,被越来越沉重的行囊压迫着,三三两两地挣扎在遥遥路途。走到王屯乡,我发现身边只剩下了矮小机灵的魏和高大傲气的柳。三人相跟着,几乎不谋而合地瞄上了路边一截短墙,不约而同地把背上的行囊靠上去歇腿。我们不想说话,只是深深地嗅吸着空气中桃李花苞恼人的芳香。彼此能听见辘辘肠鸣。魏的机灵,柳的傲气,还有我的那点小幽默此刻已荡然无存,饥饿把我们还原为没有性格特征的低级生物。

沉默有顷,柳开了口。他的声音沉闷如老人:"王文泸,我知道你背包里有馍馍。"

我悚然一惊,稍一嗫嚅,便承认了。

"我肚子里烧得难受,饿得心抖着哩。你借我两个馍馍,我给你还。一定还!"

我微微哼了一声。

"我要是骗你,人不是!我们家就在县城西栅门。明天你来,我给你还两个大些的馍馍。一定！"

我基本上相信柳的话。他是我们班上为数不多的拥有城镇户口的职工子弟，在这饥馑的年月，凭国家核发的购粮本，每月还能买到少量面粉。

但是，明天……西栅门……万一……我迅速地在心里掂量着各种难以预测的可能，最后极其为难地拒绝了他。我说："你饿我不饿吗？我这几个馍馍是给我父母亲留下的。这些日子他们恐怕连一点面渣渣都没尝过了……你坚持一下。再有二十里地就该到家了。"

柳用幽怨的眼神看了我一眼，不再说什么。胃里空得难受。我起身向河边走去，他们两个下意识地跟着。河冰正在融化，春水托着飘落的花瓣，无忧无虑地在鹅卵石上跳跃。我们蹲下来，捧起飘浮着冰渣的河水，大口猛吞一阵，把胃里的烧灼感压了下去。

傍晚时分，我们在一处三岔路口默默分手，柳、魏二人顺着大道奔县城去了。一条熟悉得叫人心疼的乡间小道告诉我，再有半个时辰就能到家。可是脚步开始蹒跚，虚汗浸湿了两鬓，胃部再次痉挛。我不得不把背上的行李靠在一株弯腰老柳树上歇一下脚。也许，我该吃上一……或者半个？可是，整整一个月，我每时每刻推开饥饿的纠缠，成功维护下来的心愿，难道最终要被我咬出一个缺口吗？我在窘迫的日子里苦苦锻打出的这点自信，被我亲口咬坏，会不会痛惜永远？

村庄近在咫尺了。梨花！耀眼的梨花。遮盖了百里穷气的梨花，灿烂得像一堆堆云锦。天地如此美好，让我怀疑饥饿或许是一种生理错觉。而在这时，我看到了掩映在梨花丛中的东西——被彻底剥光了衣裳的榆树树干，像一根根戳在大地上的白骨，触目惊心。

……父亲正坐在廊檐下剥一堆新挖的羊角葱；水汽迷蒙的锅台旁，母亲用铁勺搅动半锅黑乎乎的东西，一股不太好闻的气味直冲鼻孔，看不清那是什么。幼小的弟弟们个个面有菜色。

父亲凝视着我的脸，对母亲说："尕娃瘦了。"

母亲说："瘦了。黑了。"

我打开行李，拿出那七个酥黄的馍馍，分给全家人，包括我自己。母亲吃着，一边用手掌小心地承接着馍馍渣子。有晶莹的东西一直在她的眼眶里打转，但她始终没让它流出来。

七个馍馍的故事是 15 岁少年的一次自我考验。没有这个故事，今天的我自然还是我，不会更辉煌，也不会更黯淡；但拥有这个故事的我从此多了一点执拗：无论利己的动机在多大的广度和深度上改变着生活的意义，也无论这种改变使多少熟悉的面孔渐渐变得陌生，我也不愿意自己被彻底改变。比如：面对身处困境的亲朋期待的眼神，我不会掉过头去，更不会把一点点付出当成割自己身上的肉一样吝惜。

2007 年 7 月

饥饿并没有使我们变得贪婪

我原以为，只有经历过上世纪 60 年代大饥荒的人才对饥饿有着刻骨铭心的体验。看了肆归发在博客上的文章《我的受贿自白书》，才知道晚我一辈的他，处在饥饿状态时，人性表现以及饥饿所培养的粮食情结，与我们这一代人没有差别。这说明人性的某些特点是超越时代而存在的。一位同样经历过那个饥馑年代的诗人说过，告别饥饿那么多年，可他至今吃酥皮点心时还改不了用双手捧着的习惯，舍不得放弃皮渣。他甚至说，没有饥饿体验的人生是不完整的。

肆归回忆道，为了帮助没完成作业的同学避免老师的责罚，作为学习委员的他接受了同学的糖块或饭票，利用那点小权，悄悄从准备交给老师的"黑名单"上勾掉了同学的名字。

肆归用"受贿"这样严重的概念看待少年时代所做的错事，（这点错事无论以哪个时代的标准衡量都微不足道）是从人格自省的角度分析人性遇到的早期考验。这恰恰说明，饥饿的经历不但没有使肆归后来的人格成长出现营养不良,而且还多了一些校正自己"罪恶"的自觉。

　　人的本性是自私的。一个时时处在饥饿煎熬中的少年,为了稍稍慰藉一下辘辘饥肠,为同学开了个无足轻重的"后门",这不妨可以说是人性的部分真相,与人格并无关系。就算是"受贿"吧,也反映了人性中有恶的自然倾向。这个自然倾向在今后的人格成长中会由于各种主客观因素发生截然不同的变化:或从人格中剔除,或在人格中发酵。因此我们用不着对少年时代与饥饿的一两次妥协而过分自责,因为饥饿本身并没有使我们在长大后变得贪婪。我们也许在给兄妹们舀饭时惴惴不安地给自己碗里多添了点,但父母的一个眼神,事后自己的一丝悔念,都足以成为隐秘的心理划痕,成为今后警示自己的一个遥远的呼声。成年之后,当我们遇到有可能损人利己的考验时,如果我们还愿意朝那个隐秘的心理划痕回眸一瞥,还愿意聆听心灵深处那个遥远的呼声,人性中恶的自然倾向就有可能被遏制,我们的人格就悄悄地向完善靠近。

　　肆归坦承,一个贫困的农村少年没有勇气拒绝白馒头的诱惑是为饥饿所迫,与此同时,也在思考贪官们并不存在生活的逼迫但为什么不能拒绝诱惑。

　　贪官们的行为已经远远超出了人性的意义。他们的贪不受任何外在的压迫(危及生存的饥饿就属于外在压迫),而是人格的自觉表现。贪官们在少年时代完全有可能经历过与我们、与肆归们同样的饥饿,但由于各种主客观因素的综合作用,人性中恶的自然倾向不但没有在人格成长中得到校正(或者被校正后又发生了逆向突变),反而发酵为明确的价值取向和自觉的人生追求。他们不是不懂得贪污腐败的可耻,他们知道得比我们还清楚,只是人性已转化为成熟的人格,"可耻"二字不再具有校正作用。这就是为什么仅靠一般化的思想教育对贪官们难以奏效的原因。大贪官李真之流在案发前给干部们做起反腐倡廉的报告时讲得多么全面透彻！这种事情本身就像是对大规模思想教育工作的一种嘲笑：你以为贪官是受正面教育不够才贪的吗？或者你以为贪官们的人格像儿童一样还没有成熟吗？

肆归谈到自己融入城市生活后偶尔往垃圾桶里扔馒头和往马桶里倒牛奶时的"负罪感"。这不是个人化的体验，这是所有来自农村、有过饥饿经历的人共同的心理矛盾。这种心理矛盾在一定程度上保护了我们的良心。

在这个意义上，我衷心感谢饥饿。

2009 年 6 月

从汉河到校园

　　黄河冲出龙羊峡，进入贵德盆地，一下舒缓了，轻轻一扭腰身，甩出一条汉河。汉河没有流出去，像黄河的一段盲肠。河水不深，仅及腰腋。河岸上的沙滩干净柔软，像丝绸。夏季，野草杂花之间，有山雉鸟雀啁啾。这里平时很少有人。

　　那时我在城南小学读书，大约是在四年级。农村孩子，土里滚土里长，一年洗不了两回澡，除了脸蛋，浑身没一处皮肤洁净。入了夏，汗起汗落，肤垢一寸厚。烦躁之时，就常常想到汉河。但下河玩水，是老师和家长时刻提防的事情，不容易得逞。

　　我们的班主任老师姓焦，教语文。他是本地人，身材敦实，黑胖，说话鼻音很重。这是个严肃而朴实的老教师，课教得好，我们对他既敬又怕。他多次警告我们："吃完晌午，老老实实在校园里栽着。谁要敢去汉河玩水，回来有好吃的果子！"

　　但是汉河实在太诱人了，我们的计划还是暗暗进行。有七八个知交，都是些可靠家伙,不会打小报告。乘着午休时校园里一片嘈杂,我们装作追逐打闹,把手中的干粮袋子陆续扔出围墙,伺机溜出校门。捡上干粮袋子,一路小跑,直奔汉河。

温暖的、饱含青草味儿的水汽直冲鼻孔,皮肤都痒痒了,恨不得一头扑下去。但是且慢。第一要紧事,把干粮袋子扎紧,各自找个地方,挖开沙子埋好,抹平,免得被眼尖的老鹰叼了去。再折来半根沙柳或一枝臭蒿,插下去作记号。另一件事,脱下汗碱干硬的褂子,杵进河里,胡乱揉搓几下,捞出,拧干,平铺在发烫的沙滩上。这才下水。

其实我们不会游泳,我们是瞎扑腾。再说汉河水浅,浮不起人来。但我们有办法让自己浮起来。我们的裤子就是游泳圈。农村孩子穿的都是不开叉的大裆裤。我们把裤子浸湿,用芨芨草扎紧裤口,再折来两截沙柳枝,把裤裆呈十字撑开,提起裤脚,往水面上一墩。嘭的一声,整条裤子气球一样鼓起,一个 U 型游泳圈就做成了,大笑着把身子压上去,双手往后刨。空气嘶嘶叫着,透过经纬线往外逸出。游出十几米,裤子瘪了,再提起,再墩,再游。

我们苦于摸不准时间。有时正玩在兴头上,会抹一把脸上的水珠,互相问:会不会迟到?但如果下午没有主课,便不太害怕。与其迟到了挨批,不如干脆逃课。一学期逃几节课,在我们那个时代算不了什么。随便编个理由,就可以搪塞,只要瞒住焦老师就成。

摊在沙滩上的衣服还没有干透。我们早饿了。挖出各自的干粮袋子,光着身子坐在绵软的细沙上狼吞虎咽。馍馍被沙子捂得温热,又吸了点潮气,暄软可口。袋子扎得紧,没进一粒沙子;埋得不露痕迹,没让老鹰得逞。我们很为自己处事周到而自豪。渴了,就掬一捧河水吞下。

黄野鸭在离我们较远的地方警惕地游弋。花翅蜻蜓在水面上炫耀飞行技术。我们久久地注视着这奇怪的生灵,想不通它为什么能在空中悬停,还能"倒车"。

同伴中有个叫周易淇的，比我们大三四岁。家里穷，入学晚了。他家就父子二人。父亲是个聋子，会一点银匠手艺，常带他去牧区藏民家揽活，打造奶钩、手镯等物件，他因此知道许多我们不知道的事情。周易淇平时以梁山好汉浪子燕青自诩。我们承认，这确实是一个聪明家伙。他的眼睛黑而有神，手指修长灵活，会做许多玩具：牛筋弓，雕翎箭，风筝，走马灯，还有青龙偃月刀。

他有一把自制的弹弓，精巧而结实。弓叉是一截长得恰到好处的沙棘木做的，细致地削刮过；弓筋是听诊器上的胶皮管，弹性极好。周易淇虽然强健，但并不霸道，他乐于和大家共享他的宝贝弹弓。揪一把蒲公英来，在沙滩上一排栽好，捡来小石子，开始打。一轮每人五发，计分。蒲公英被打中，绒球炸开，一群"伞兵"缓缓降落，煞是好看。得分少的人就得跑腿去捡石子，揪蒲公英。

浪子燕青有时候会带来一把骨笛，有一拃多长，奶油色中透一点暗黄，他说是用豹子骨做的，不知是真是假。

他用这把骨笛吹小调。他会吹"满天星"，还有"柳青娘"。他吹得不是特别好，但有一两个乐句吹得动人。我认为那是关键性的一两个乐句，每次听到这里，心里会噔的一下，被一种苦苦的、柔柔的东西所击中，十分受用。

躺在沙滩上，周易淇有时候会问："再过十年，我们在干什么？"

这个问题我们从没想过，一时无人回答。周易淇并没有等待回答，他更像是问自己。枕着胳膊，愣愣地看着天上的流云出神。他15岁，是半大小伙子了。

回学校的路上要经过一处瓜田。紧靠瓜田地头，是一道一人来深的沟壑，沟岸上老柳成行，浓荫如伞。我们早早地敛声屏息，猫腰进入沟壑。如果这时守瓜的老汉正在窝棚里睡觉，那是天赐良机。匍匐前进的动作就在那时练成了。贵德的西瓜直到立秋后才能成熟，所以我们偷到的多是生瓜。拿石头砸开一看，瓤子还发白呢。但心有不甘，抢一块，咬上一口，"呸，日鬼！"弃之而去。

又有一次在汊河玩水，忽然想起，音乐课老师病了，下午的音乐课换成了语文。糟了，焦老师——"……小心有好吃的果子！"

慌忙套上还没干透的裤褂，往学校奔去。跑过瓜田时，连扫视一眼的余暇都没有，只顾往前奔。离学校还有三里地，隐隐地听见了预备钟声。校园的老梨树上挂着一口铜钟，有工友负责敲钟，第一遍是预备钟，节奏慢；三分钟后是上课钟，节奏快。那个年代乡野一片宁静，钟声传得很远，所以我们听得清。

我们放弃小路，抄捷径，冲进快要黄熟的庄稼地，说一声"罪过！"胡踩乱踏而行。

还没跑到校门口，钟声变了，心就沉了下去。

"……赵州桥像一道美丽的彩虹，在风雨中挺立了一千四百多年……"鼻音很重的焦老师用青普话高声朗读课文。

"报告！"站在教室门口，我们畏怯地喊了一声。

"它是全世界仅存的一座历史最悠久、保存最完整的敞肩石拱桥……"嗡嗡的鼻音把我们的童声弹了回来。

"报告！"大着胆子吼了一声，豁出去了！

"进来！"老师停止了朗诵，锐利的目光看得我们透心凉。

"中午干什么去了？"他用平静的声音问。我们沉默着，老师逼视着。有顷，周易淇大着胆子开了口："……中午我们到聂家湾子去了。摘了几个豆角儿，休息了一阵，不小心睡着了……"

"放屁！"老师忽然换成了青海老本腔。"敢不是聂家湾子吧？敢是到十字坡吃人肉包子去了吧？把蒙汗药吃上了萨？把你们睡不醒着！"

教室里一片哄笑。

"过来过来过来！"老师叫我们站到讲台前。他拍去手上的粉笔灰，揪住我们的头发拉到他跟前，逐个检查一遍，啪啪啪一排耳光抽过来，眼前金星乱迸。

"你们骗谁哩？啊？把你们能着！"他在我们头发里发现了沙子。

"其他同学自习，你们几个，跟我来。"

跟着老师来到操场，心怦怦跳着，不知道他要怎样整人。

"听我口令：间隔一米，站好。第二套广播体操第七节，全身运动，预备——"

"一！"

唰地一声，我们蹲成了一排马步。双臂侧屈伸，双手握拳上举。

老师不喊"二"，他把我们定格在"一"上。很快，双腿打颤，两臂也端不住了。

"老师！"有个同学恳切地叫了一声。

"哼！"老师过来往他屁股上赏了一脚，"保持姿势！"

背上渗出汗来了。

但焦老师毕竟仁慈，他的惩罚并不太过分，就在同学们摇摇欲坠之际，喊一声"二！"我们长吁一口气，立正。于是收场。

自此，我们安稳了一段时间。但仅仅是一段时间。天愈发热了。汗碱。汉河。终于又去了。这次我们有了经验，上岸后，彼此仔细检查头发，把沙粒吹拍干净，然后返校。

然而焦老师更有经验。他在我们的头发里没找到沙子，就喝令我们把裤腿捋上去,略看一眼,用指甲往我们腿肚子上一刮,一道白印子立刻显现。啪啪啪,仍然是一排耳光,金星乱冒。仍然是第二套广播体操第七节。仍然是在我们摇摇欲坠之际,喊一声"二!"然后收场。

在和老师的周旋中,我们长高了,毕业了。离校前,我们去向焦老师告别。老师说:"以后我再也管不着你们了。听我一言,汉河那个地方不要去。你们才睁开眼睛活人哩,不能出事情啊!"

我们说:"真的不去了,老师你放心。"看着老师黑胖的脸和鬓角新添的白发,心里竟有些不舍。

毕业之后,我再也没去过汉河。当年那几个伙伴早已星流云散,失去了联系。周易淇还没毕业就辍学了。十几年后,听到他的消息,好像是去贵南县还是兴海县打工,途中遭遇车祸,去世了。

听人说,自从黄河流量减小,汉河几十年前就干涸了。

几年前,跟着一个搞专业摄影的朋友去过汉河那个地方,汉河没有了,汉河这个名字也没有了。当年有水有草的那个地方,现在打上了厚厚的混凝土垫层,估计这里正在建设一个旅游项目。

黄野鸭,山雉,花翅蜻蜓,浪子燕青和他的骨笛,变得那么遥远,那么虚幻,仿佛只是在梦中存在过的东西。然而"满天星"和"柳青娘"的旋律,又那么逼真,就在耳边。尤其是那一两个关键性的乐句,苦苦的,柔柔的,让人心里噌地一动,像是被什么东西击中了。

迎面走来一个少年,背着一架巨大的、用袋子套起来的电子琴,沿着河边的水泥路匆匆前行。这是个星期天。

走近了,看清少年个子高挑,眉眼有点像当年的周易淇。但不像周易淇那样黝黑结实。他脸色苍白,神情有点忧郁。

他为什么不开心呢?

不知怎么地,俄罗斯歌曲《三套车》的一句歌词倏然跳进脑海:

"……小伙子你为什么忧愁,

为什么低着你的头……"

2013 年 12 月

梦在河之洲

夏日的黄河边,是我们少年时代释放遐想和多余精力的去处。河心有几片沙洲,引得我们在戏水时常常引颈伫望。暴雨后,从上游冲下来的枯柴乱枝堆积其上,那都是极好的柴火,看得我们眼馋,又无法打捞。而到秋季,沙白如雪,河似明镜,仿佛等待着仙人践足。

最早对这块地方动了心的,是同学李,一位富于才情和幻想的少年。他言道,如能约三五知己,壶酒箪食,到那沙洲上盘桓一夜,头枕黄河,仰观星汉,强如在这破宿舍里酣睡十年!

李才子令人神往的创意如一星火种,立即引燃了被单调沉闷的学校生活压抑已久的激情。每天晚自习后,就寝之前,躺在宿舍的架子床上,便是我们用想象来开发实施细节之时。

行动时间必须在初秋。太早了有在酣梦中被暴涨的河水卷走的危险,太晚了难敌深秋的寒意。最好是暑热初退,风清月白,"满天星斗焕文章"之夜。

干柴是必备的。不仅是为了烹茶煮肉。河心的火焰就是诗。没有火光的跳跃，怎来思绪的跳跃？

酒不能从商店里买。瓶装酒度数太高（那个年代的白酒都在 60 度以上），容易过早醉人，而我们的初衷原不在于酒，在乎山水之间也。最好能搞到家酿的酩馏酒，烤热了慢慢地饮，酒性温和而后劲持久，最能资助谈兴。

老茯茶，白条肉，焦疤洋芋，都不可少，又都不在话下。酒醉了可以唱"茯茶滚成牛血了，茶叶儿熬成纸了……"

酒醉了还要给每一位老师起一个绰号，要入木三分。老师曾给我们的每一次难堪，我们都要以发泄来洗雪。

其实我们的发泄，更多的是针对深受压抑的学生生活，并不专门针对老师。

不用担心隔墙有耳。这里只有黄河水听我们狂言乱语。

可是，两大难题怎么解决：渡河工具，还有买酒肉的钱。

除了一颗不乏想象力的心，我们不名一文。

我们把这两个难题暂时打成包袱搁置起来，一学期又一学期，继续着黄河沙洲上的梦游。

我们想象——

夜已深，火舌依然活泼地舞蹈。河两岸人籁已寂，入耳皆是天籁。被白天的喧闹掩盖了的声音，此时都被放大了。一种叫"地狗子"的昆虫在秋耕过的地里低吟，是唱给季节的歌。谁家的牛忘了赶回家了？懒洋洋地鸣叫。听得出来，它在青草繁茂的渠沿上吃得肠满肚圆，用浑厚的胸腔音向上苍道谢。四下里的狗吠是一个个声控坐标，在暗夜里标出村落分布的区域。耳畔波刺刺一声响，那定是鱼儿跃出水面，抖乱了映照在河里的另一个星空。

偶尔会有人籁，那一定是婴儿的啼哭，不很远，就在河岸的哪个庄廓院里。那么急促而稚嫩，是新生儿吗？今夕何夕，你在细浪轻拍的诗意中临盆。欢迎你，小老乡！等你长大，也会有我们这般兴致，在河心的沙洲上延续我们的遐想吗？但愿。

从高一到高三，我们的行动没有任何进展，但纸上谈兵的热情还在持续。我们想象——

明月在天，繁星满河，我们在沙洲上制造的声响将会产生怎样的效果。李君素擅管弦，此时一曲《云中鹤》，袅袅余音踏波蹈浪，穿村入户，岂不惊得酣睡中的村夫农妇披衣而起，凝神侧耳，以为今夜有神仙女儿出嫁，车辇经过天空，洒下一路仙乐？

临近毕业了，想象还在继续——

用三块石头支起来的铝壶里，茶水还在咕咕地低语。我们在微醺中还在讨论一个问题：带的衣物不多，黎明前可能会冷。各抱一块余热尚存的石头入睡，是否胜过热水袋而更为浪漫？由于这个话题，几经争执和推敲，两副联语也产生了：

抱石暖席山鸡笑
抵足谈经老鱼听

大梦枕波涛，好随蛟龙游海去
小壶傍野火，且等仙客猜拳来

我们想象——

远处传来第一声鸡啼时，我们眼皮渐重，话语渐迟，耳畔水声渐模糊，于是相与枕藉，不知东方之既白。

……夜宿沙洲的计划在我们的想象中不断被扩展、被完善，行动却在蹉跎中被耽搁。后来我们走出学校,离开了这方水土,各自奔前程去了。

又是多少年过去,偶尔回乡,老朋友聚首,还会说起这项被永远搁置的计划,头颅相顾,银鬓参斑,自嘲是一伙"语言的巨人,行动的矮子"。

嘲笑归嘲笑,我们又在寻思,人生苦短,生命过程又被衣食住行等过于具体的问题暗暗蚕食,难得有奇思妙想从日常轨道逸出,扩展为生命的另一种形态,比如幻想。我和朋友们之所以多少年来耽于梦宿沙洲的幻想而吝于行动,正是对生活中"实"多而"虚"少的精神矫正,假如真的去那里住上一夜,所获是否果如所盼,也很难说。

再则说了,美丽的地方如果不能衍生出美丽的联想,也多少有点可惜了。

2007 年 11 月

第五辑　乡村的微笑与叹息

老　宅

一

人说贵德地方好。其实贵德的好地方还不到全县总面积的十分之一。这就是被当地老百姓比喻为"点心瓢子"的三河地区：河东、河阴、河西。

有幸生为河阴人，祖宗留下了一所宅院。宅院连着果园，五六棵年逾百岁的粗皮老梨树，枝柯横斜，冠盖如伞，自我记事起就是那副模样。秋天，枝头累累，一派梨黄。最让人眼馋的那些硕果，总是挂在离天最近的高枝，仿佛是大地献给上苍的贡品，架上云梯也够不着。风动树摇，啪啪地掉落地上，摔成八瓣，就是不让你完整地品尝。

宅院里花木扶疏，不闻尘嚣。夏日的傍晚在花架下，冬日的中午在廊檐下，喝茶，聊天，看书，都让人久久不愿挪窝。或者什么也不做，静听时间的流动，亦得。

因为有了它，都在西宁生活的我们弟兄几个，就好像怀揣了一副抵御城市综合症的解药。每当心神疲惫、虚火上升之时，总要找机会回老宅小住几日。踩着果园小路上的野草走进去，费劲地解开被祖先们的手、也被我们自己的手磨亮了的那副沉重的熟铁扭丝门扣，咣啷一声，就把城市远远地甩在了身后。

这个宅院平时是个空宅。

它是十几年前，父母亲相继去世之后变成空宅的。每次回到老宅动手开锁时，空落落的心总是被回忆所碰痛。父母在时，院子大门从来不用上锁。之后，我们渐渐习惯了风尘仆仆回来之后需要自己动手开锁这个事实，也习惯了壁悬蛛丝、案满尘灰这个事实。纸糊的木格子窗户难抵风寒，老旧的锅台和风箱总让人感到举炊不易、黄粱难熟。

阴雨季节，人在西宁，又担心年久失修的屋顶会不会漏雨，紧靠庄廓的水渠会不会决口。

变卖了它！弟兄几个各拿几锭纹银，挥泪一掉头，彻底融入城市，这是最省心的选择。我们清楚，不仅我们，还有许多和我们一样的人，最终要向城市投降。

但是，每一次，情感深处总有一个不甘心的力量拽住这个念头，不让它成为最后的决断。我们隐隐地感到，抛弃老宅很容易，填补它留下的精神空白很难。一纸契约交付买方的同时，我们心中最珍贵的回忆也会被连根拔起。试想，再次踏上故乡土地时，如果正好是"春雨梨花万树新"的季节，住在旅馆里，必然想起，老宅门前的那几棵老树，粉蕾依旧，主人已非，那将是什么滋味？

我们选择了坚守。弟兄几个一合计，投了一笔数目不大的资金，把这老宅做了小规模重建，使房屋敞亮，厨灶便利，花圃规整。坐在焕然一新的宅院里，即使吃一碗家常面食，也觉得有滋有味。

在重建中我们意见一致地拒绝了石膏吊顶和封闭走廊等农村正在追求的时尚，为的是不让这个宅院变得过于陌生，好让我们向旧日的感觉靠得更近些。

二

离开农村这么多年后才发现，能站在自家的屋檐下看天色，也是一种福气。小时候站在大人身边看天色，一边仰望着变幻不定的云光霞气，一边听他们讲"早烧有雨晚烧晴"，"云跑东，一场空；云跑西，水叽叽"，觉得自己的呼吸与天地贴得很近。

在城市住宅里，我们从一间房子踱到另一间房子，是从一个水泥盒子进入另一个水泥盒子（韩少功语）。鸟雀不会自己飞到屋檐下筑巢（我们没有屋檐）；一阵轻风吹过，也不会有花瓣飘落门槛。

老宅由于大部分时间闲置，引来许多鸟雀筑巢安家。每次回去，看见屋檐下的砖地上斑斑点点的鸟粪，颇讨厌。但啁啾之声不绝于耳，像是欢迎主人的小乐队，也顿时释然。

夏季住到老宅，早晨唤醒我的常是布谷鸟。声音很响，好像就在紧靠围墙东北角的杨树上。而且每天都在同一棵树、同一时间。于是就把手机上的闹铃关了。其实在布谷鸟之前，早醒的麻雀一直在鼓噪，声音密集得像是在铁锅里炒亚麻籽，但并不烦人。

窗户外偶尔会有画眉飞落，娇啼两声，像是向主人打个招呼，旋即飞走。白天常有俗名叫"火焰焰"的小鸟嘴里衔一根羽毛，飞来飞去寻找筑巢的地方。喜鹊这几年不多了，偶尔听到它的叫声，立刻想起钱钟书先生的准确形容:"清利如剪刀。"

冬季的黄昏,常有成群的红嘴鸦喧哗着飞越老宅上空。它们似乎委决不下今夜栖息何处,散兵线式的羽阵忽东忽西,左冲右突,在霞光暗淡的天幕上划出流畅的五线谱。

有段时间,农村的侄子在老宅屋檐下挂了两个纸箱子,招引野鸽子,不久就有野客来宿。鸽子繁殖极快,才一年,已是子孙满堂。早晨起来,看见它们在庄廓院墙头上挤成一排,安安静静晒太阳。瓦蓝色的羽毛在阳光下明亮如锦缎,咕噜咕噜的呢喃声像是僧人在集体诵经。

鸽子们晒得浑身血脉畅通了,相互一招呼,訇然一声飞去觅食。它们的早餐基本固定在罗主任家。罗主任是前任村民委员会主任,持家有方,宅院整洁。他见野鸽子飞来,进屋抓一把秕麦子,唰的一声往院子里一撒。鸽子们啄食完毕,扑棱棱振翅而起,罗主任和小孙子目送它们消失在蓝天中。

孙子说:"爷爷,你天天叫我把桌子上的馍馍渣子吃干净,你自己天天浪费粮食。哼!"

罗主任说:"这是两码事。鸽子是个活物,它吃了,不算浪费。再说,只要有人吃的,就有鸽子吃的。它能吃多少?"

野鸽子在我家老宅就宿,在主任家就餐,活得有章法。

一个青年村民去罗主任家串门,看见满院啄食粮食的鸽子,看得眼馋,就说:"主任,你不知道现在餐厅里的野鸽子肉多值钱!找个筛子把它们抓了,我拿去卖,对半分钱,成不?"

罗主任喝斥道:"胡说!要赚钱找别的门路去,不要老打杀生害命的主意!"

有一年回去,不见了这些鸽子。听侄子说,那个青年村民最终还是设计把它们捕杀了。村子里从此少了这道风景。

老宅院子里如今花木繁茂。计有:轮柏、丁香、牡丹、芍药、玫瑰、月季、剑兰、川草、石子梅、九月菊、十样锦、狼尾巴千谷穗、蜀葵等等。

所有这些花木都是老三兄弟一手栽植。他是极为勤快的人，又善伺弄花草，每次从西宁回家，总要设法弄到一些品种的根芽，在老宅院子里择地埋下，细心地浇水、施肥、喷药。我们偶尔也动一下手，但常常苟且于懒惰。

如果没有他，老宅院子里如今有什么？满院荒草而已。

但即就是荒草，也比水泥地坪亲切百倍。雨水多的一年，夏天回去，小径两侧挺立着齐腰高的冰草，像是迎候主人的仪仗队。花园里没有它们的立足之地，它们就谦卑地挤靠到路边，竭力用挺拔来证明自己虽不美丽，也薄可观赏。我拿镰刀割去这些冰草时，浓浓的青草味儿弥散开来，使人有点歉疚：虽是野草，难为它长得这么精神。

石子梅是多年生藤类植物，六七月开花，花奇繁。堆紫垒红，缀满枝条。我叫来侄子，俩人用木杆子为它搭了个架子。它们便攀援而上，直抵房檐。早晨起来，抢入眼中的便是满地粉红色花瓣。不忍心把它们扫去。"落红成阵"，或者"落叶满阶红不扫"，都是不错的意境，何必一定要在整洁中寻找美？

可是老宅的花园再好，我们也无法把它装进集装箱带到城市去。每次离开老宅，总要不由得回望一眼院子。在沉重的榆木门扇哐当一声关闭之后，这些花们就得在"寂寞开无主"的状态中捱过，直至下一次铁锁开启。

三

我们的下一代对老宅的感情相当淡漠。他们全都出生并成长于城市，"贵德"这个概念对他们来说，仅仅是在各类登记表上填写"籍贯"这一栏时使用的词汇。平时他们极少意识到自己是贵德人。

他们当然也乐于跟随父母一起回乡下小住,但也只是出于对农村环境的新鲜感,完全不会有投入故乡怀抱的激情。面对四合院里大异城市的安静,他们也会情不自禁地喊一声"爽!"他们的赞叹是由衷的,但更像是客人的赞赏。他们很少想到这个院子就是属于他们的,也不会想到亲手为老宅的花园里添一锨粪土或拔一棵草。敲惯了电脑键盘的手白皙干净,本能地排斥泥土的亲近,对于榔头、镰刀、铁锨和铲子等农具十分陌生,碰都不去碰一下。这不怪他们。当今时代,喜好享乐,讨厌劳作,越来越与个人品质无关,越来越像是被全部生活意义包裹着的唯一内核。

孩子们从城市的水泥盒子来到乡下,毫不掩饰全身心被放松的快意。但最多两三天,就有点承受不了老宅的宁静和花香鸟语。他们开始怀念城市的喧闹,小声地嘀咕着:"急人啊。"试探着问父母亲,能不能比原计划提前几天回西宁去。这使父母们大为扫兴。

和许多同龄人一样,他们类似于被铁栏杆和标准化饲料改造了自由天性的动物,一旦离开铁栏杆的囚禁,反而不知所措。

我清楚地知道,下一代人将是老宅的终结者。

四

老宅的围墙已有九十多年历史,至今依然完好,这在本村中较为少见。墙用青海传统的夹板筑墙技术,生土夯筑而成。主墙有 28 板高,已到达极限。主墙之上又用土坯砌了一人高的梢墙,成为普通盗匪不易逾越的屏障。

贵德三河地区的地质结构属于河谷阶地,成熟于几千万年前的黄土积淀,土壤肥沃而富于黏性。不仅适宜稼穑,也适宜挖窖、筑墙。挖窖,窖不易塌；筑墙，墙不易垮。即便土质如此优良，当年打这副庄廓墙时，出于对墙体质量的超高要求，裹着小脚的奶奶亲自和帮工们一起，跪在地上，用筛子一点一点筛土，剔除黄土中的沙砾。那是多么浩繁的劳动，想一想都让我背上冒汗。

不仅如此，为了使墙体表面光洁，墙板还要随时用胡麻油涂抹。对于刚刚开始创业、家境并不富裕的爷爷奶奶来说，那又是多么奢侈的举动！

打墙那个时代，中国北方农村尚无一把钢锨。我们今天常见的铁锨——实际是钢锨——是用机器将薄钢板冲压而成，既轻便又结实。早先只有铁匠手工锻打的长方形铁锨，农村人称之为"凿子锨"，颇为笨重。用笨重的凿子锨撬土，打 28 板高的墙，对当地人来说，难矣乎！爷爷预见到这个问题，所以雇请了循化的撒拉族民工。撒拉人素以强悍著称，但凡汉人拿不下来的苦活重活，他们都能对付得了。就这样，从循化来的撒拉人往手心里吐口唾沫，攥紧铁锨把子，开始撬土。他们流着大汗，吐着唾沫，哼着小调，一天一天把墙打高，终于打出了 28 板高的墙，让当地农民为之咋舌。

围墙打这么高，是为了安全。兵荒马乱的年代，匪、盗、造反者、从前线溃退下来的败兵，都是庄户人家的祸患。庄廓墙的高度，大门的厚度，决定着防御功能的强弱。

不止一次，有过流弹呼啸、一夕数惊的时候。幸运的是从无歹人光顾过这所院子，它始终完好无损地挺立着。

临解放那年，流言飞播，人心惶惶。全村人都纷纷逃离。爷爷就在这一年去世。性格刚毅沉着的小脚奶奶让父亲带上全家七八口人，赶上牲口，驮上粮食衣物投奔他乡，而她坚决不走。她要和两岁的弟弟留下来守护这所庄院。

几天后，空荡荡的村巷里终于响起了队伍行军的脚步声。忐忑不安的奶奶抱着弟弟,端坐在院子里,倾听着墙外的动静。她听到了敲门声。是用手敲,不是用枪托砸,这反而加深了她的疑虑。开门之后她看见了两个共产党军人。他们站在门外,并没有跨进来。这些人完全不像她这一生见过的各类杂牌军队,更不是传言中的凶神恶煞模样。操着外路口音的小战士未开言先含笑:"大娘,家里没其他人呀? 能不能借个水桶用用? "

至此,老宅的高墙已经耸立了四十多年,未遇到考验。

此后又过了四十多年。这期间,中国社会风云变幻,百姓命运跌宕起伏,但是乡村盗贼敛迹,老宅的防御功能形同虚设。

想不到考验却在最近几年接踵而至。

不止一次,我们接到大哥从贵德打来的电话:老家院子进了贼了。急急忙忙从西宁赶来,慌慌张张开锁推门,只见一片狼藉。凡是能用的衣物器具都被贼席卷而去。东西虽不值钱,场面叫人窝火。

请县公安局的民警看过现场,他们也纳闷:这么高的院墙,小偷是如何进去的? 民警细看墙上蹭出的痕迹,说,这小偷手脚确实不一般。

说归说,事情并无结果。今非昔比,农村盗贼如毛,县公安局的警力岂能顾得上这些小案?

盗贼反复的袭扰逼着我们去想笨办法:在果园里盖两间房,招个房客免费住下,让他把庄廓院看起来。弟兄们商定之后,我便亲自画了图纸。

思路既定,我便着手购置木料,寻找匠人。孰料一位在省国土资源厅工作的朋友闻知后提醒我:"王老师,按政策你是不能随意在果园里盖房的。"

我说:"却又作怪! 洒家只在祖宗留下的果园里动土,又不占别人半寸土地,如何使不得? "

朋友说:"王老师,你在新闻单位多年,《土地法》不知道吗? "

一句话提醒了我。多年前学过《土地法》,依稀记得:一切土地属于国家所有。个人或集体有居住权和使用权……土地的权属和用途发生变更时，需要向管理部门申请登记……

　　就是说，这个果园，哪怕已经家传了八辈子，你也不能不经批准就让它的用途发生变更——比如在果园里盖房。

　　我便向他请教解决办法。朋友很专业地指导说，先到村委会提出申请，同意后开介绍信，去镇政府审批，再去县土地局审批。批件一式四份，县土地局存档一份，镇政府、村委会、建房申请人各存一份。

　　朋友进而分析说，你如果嫌麻烦，不办手续悄悄盖上也行。只是一件：万一你家老宅将来被国家征用了，违章建筑是得不到拆迁补偿的。

　　一席话入情入理，我更有何言？

　　于是约了本村一位堂弟去拜访村委会林主任。

　　林主任家院子里好大一架葡萄！葡萄尚未成熟，肥硕的叶子嫩闪闪、水灵灵，看得人浑身清凉。

　　林主任三十七八年纪，看上去干练稳重。他招呼我们在客厅里坐定，让过烟茶，等我们开口。

　　我先做了自我介绍，很客气地说明来意。

　　林主任微笑了。他先不接正题，说："王老师，其实我早知道你，一直无缘见面。你的事情可以办，不过我有个要求。"

　　他接着说："你是我们村里走出去的文化名人。难得到寒舍里来一次，能不能给我留下一幅墨宝？"

　　我苦笑一下说："林主任，这就像北京人说的，哪壶不开提哪壶；又像青海人说的，瘸子的干腿上拿棍敲！我从小没练好毛笔字，后悔了一辈子，不要说是墨宝，一拿毛笔，连自己的名字都写不好。"

　　林主任大为诧异："不会吧，你写了那么多文章……"

我那位堂弟作证说,确实没见过我二哥写毛笔字。

林主任失望地摇头慨叹:"想不到,实话想不到。"

有顷,他又提出一个退而求其次的要求:"那,给我留几句赠言总可以吧？"

我觉得这位村主任颇有点个性,便问他赠言要什么内容。

林主任稍一思忖,说:"就写与做人有关的吧？我年轻,学习做人要紧。"

他从写字台抽屉中取出一个缎面签字簿。我翻开看了看,里面有不少题词,多是州县乡领导干部写的。我想了想,就用他递给我的大号签字笔写下《史记》中的一段话:

事有不可忘者,有不可不忘者。人有德于我,不可忘也;我有德于人,不可不忘也。

林主任把签字簿接过去端详一番,大喜:"美！就这个话美。王老师,我这就给你开介绍信,你再去镇上办手续！"

房子按我的图纸建起。找了一对捡废品的夫妇住下。一年过去,果然门户无虞,省了许多心思。但回到老家,才知道窃贼之猖狂,已经到了大白天都敢趁人外出撬门扭锁的程度,村民出门劳动都不放心。我们苦心采取的安全措施,不过聊胜于无而已。

五

在城市过春节越来越成为一个问题,让我们疲于应对的时候,也越来越怀念起童年的春节。

又到了阴历腊月,要不要早点选餐馆预订年夜饭的事再次提上议事日程。弟兄三人一合计，决定这一次回到老宅去，重温一次童年的春节。

腊月底，三家人携带着足够多的年货回到家乡。久不住人的老宅冰锅冷灶，寒气逼人。等把几间房子清扫干净，炉子生好，一个个灰头土脸，冻得鼻头通红。

但是我们高兴。逃离千篇一律的餐馆包厢，逃离霓虹灯渲染的热闹，这是要下点决心的，下了也就下了。

年三十，到县城叫了一辆出租车，到南山祖坟烧了纸，请祖先们回家过节。我们在房檐下挂起了宫灯，在所有的房门和檐柱上贴了春联。太阳一照，满院红光灿烂。

春联是 14 岁的侄女写的，字体远未圆熟，但还看得过去。字不在好坏，重要的是，这是对工业化时代批量生产的、印制精美而内容俗套的春联的抵制。我们细心地打糨子、裁纸、调墨，从从容容地选择联语，就像品尝一道阔别已久的美食。

春联内容曾经是我们过年时十分重视的一个内容。父亲在世时喜欢收集好的联语，只等春节派上用场。如今回想，那时好联语俯拾皆是！现在没有了。我们从西宁带了一本来自文化市场的春联选编，是时人创作的，翻来拣去不见清新隽永之语，干脆自己创作。

这是多年来第一次不被央视春晚拘禁的除夕之夜。烧得暖烘烘的烤箱上坐一把茶壶，加了花椒、草果、姜片和青盐的老茯茶咕咕地欢唱，一把样式老旧的酒壶像小兄弟般偎依在茶壶旁，青稞酒一经温热，满屋醇香。

打发孩子们拿上手电去请大哥大嫂过来同聚。

没有了包厢服务员的殷勤伺候，也没有了央视的精神绑架，这餐饭吃得自在放松。酒渐渐下，话渐渐稠。说起宅院里往昔那些清贫而又平静的日子，说起家族的来历，思绪飘向岁月深处。又说起倏忽之间，父母远逝，我辈也渐入老境。耳畔忽然响起李维康用京剧曲调演唱的一首歌:"记得给娘拔白发,如今我也鬓飞霜。孩子肩上书包换,爹爹坟前草又黄。"淡淡的伤感融化在青稞酒之中,又转化为乐天知命的恬适,浸透全身。

就寝前相互提醒着:后半夜万不可睡过头。无论谁听见了村人接神的鞭炮声,立即叫醒大家。两件事最为关紧:敞开大门,打火烧茶。虽说我们不常在这里住,但只要大门上一贴春联,村里人就知道我们回来了,必来拜年。到时候如果大门未开,炉子不旺,茶水不烫,酒具不备,那将是大煞风景的事情。

果然不出所料,初一,启明星尚未隐没,我们刚把一切准备就绪,就有人打着手电,嘘着寒气,进来拜年。稍有年纪的,喝一杯茶,饮两盅酒,寒暄两句就走;更多的是面生的后生童稚,成群结队而来,按各自的辈分喊着对我们的称呼,鞠躬或磕头之后匆匆离去,茶也不喝一口。

我们在老宅院子里由冬日的阳光陪伴着,安静地过了几天。

喝茶,聊天,看书,做饭,暂时摒弃了平时铺天盖地的媒体信息,仿佛与时代隔世而处。

我们还在本村一位朋友的邀请下去他家踢了毽子。踢毽子是我们小时候玩得最多的游戏,花样有踢、跳、落、拐、肘等形式,有比赛规矩,输家要给赢家"拾毛"。这是最让孩子们入迷的游戏。我们老少两代人全上阵,以手心手背碰大数的方式分组,展开了一场对抗赛。

我们在满头大汗的比赛中大呼小叫,仿佛已经回到童年。

但是,我们仍然没有找到童年的春节中最动人心魄的东西。我们在乡下过的春节仍然没有超越休闲的意义层面。

那个东西到底是什么?是除夕之夜,数次起身仰望星斗,等待着放炮接神的急切吗?是灯烛煌煌、烟霭缭绕的香案前,父亲领着孩子们参天拜地的神圣吗?是明光锃亮的黄铜火盆里,木炭火幽蓝的火苗吗?还是严肃的祖母接受孩子们的叩拜时,用平时少有的亲切语调说出的一串串祝福话语?

好像是,又不完全是。但快要接近心中那个模糊的"是"了。

我在辗转反侧的思索中终于找到了它:那是对于一切赐予了我们生命和快乐的自然万物以及超自然力量的感恩。它是我们快乐的真正源泉。

童年的生活只能模拟,却无法重复。我们带着似是而非的满足离开了老宅。

六

老宅中的几代人秉性都有些相似:诚实,谨慎,还有些柔弱。这是遗传基因使然,由不得自己。举一个小小的例子,试看遗传基因是如何控制着人的行为方式的:我问过所有的兄弟和姐姐,这一辈子有没有因为睡过头而误过班车、火车或飞机? 回答是一致的,一次也没有。

他们和我一样,出行前一夜,即使定了闹钟,仍然睡不踏实,生物钟会抢在闹钟之前把自己叫醒。

后来在一个杂志上看到一份研究资料,说是火车开车前三分钟才赶到车站的,多是性格强悍之人;而提前一小时等在那里的,多是性格懦弱之人。

我这才明白,一个人一辈子究竟能干出点什么,多半在娘胎里就有了伏笔。强悍或柔弱,影响一生的行为方式。

老宅里的人属于后者。

父母都是老实本分的农人。面对命运中的磨难,他们软弱到连牢骚都极少有。我的印象中，父亲唯一的愤慨，是在上世纪大跃进那年，"食堂化"使家家户户断了炊烟。我提着一只瓦坛，从集体食堂把全家人的面条打回来，一人只扒拉了两碗，坛子就见了底。正值盛年、从事高强度劳动的父亲把碗往地上一蹾，重重地叹口气说："唉，这个吊命饭吃到哪一天哩？"

我们面面相觑。想不到一向沉默寡言的父亲竟然会如此说话。这句话假如被外人听到，必是诋毁"三面红旗"的反动言论无疑。

抱怨有时候不失为一种求得心理平衡的必要方式。但母亲一辈子也没有学会它。委曲求全的秉性造成的后果是：把太多的难堪和痛苦吞咽到自己肚子里。

我上小学时，有一次母亲做早饭做得迟了点，我怕迟到，赌气要走，母亲止住我，在灶台前用麦草给我燎一罐茯茶。她不停地用嘴吹着火苗，眼睛熏得流泪不止，头发上落满了草木灰。

成年后每每想起，心里隐隐作痛。假如她当时不这样做，呵斥一声："拿上馍馍了快滚！"难道我对母亲的敬爱会减轻一分不成？

在饥馑的日子里，家里杀了一只自养的山羊。羊不大，煮熟后捞上来，一个菜板差不多就能放下。全家六张嘴都等着这口油水。可是盐啊，煤油啊，也等着用钱。母亲决定这肉留一半自己吃，另一半拿到市场上卖了。可是谁去干这件事，成了问题。父亲不在家，母亲是文盲，认不得秤，甚至也认不准钞票面额。

她巴望着我和弟弟表态。

我们有生以来从未做过买卖，又担心遇到熟人，迟迟疑疑不开口。母亲看出了我们的窘态，叹口气，拿竹篮子把肉装了，再拿上秤，孤独地出了门。那杆秤只有交给顾客自己使用了。

假如她当时说："听着，你们两个给我乖乖地上街把肉卖了！这点小事都使唤不动,我供你们几个畜生念书做啥哩？"难道我们还能抗拒到底不成？

但是,所有这些假如都没有成为事实的可能。秉性是潜伏在灵魂深处的一只手,它总是在你踌躇不决之时伸出来控制你的行为,终生如此。

遗传基因在较浅的层面上表现为脾性,在较深的层面上表现为人生态度。比如对于生活的态度,我们都不自觉地采取守势,少有进取意识,因而也无大的作为;在与他人发生冲突时,也往往采取退让,少有争执。

谨慎、柔弱的性格并非在人生的一切方面都表现为负面意义。远不是如此。从我记事起,老宅院子里从没有过怒目相向的场面,更不要说将袖动拳。老宅的日子跌宕起伏,但气氛永远安详平静。这成为村人们羡慕的原因之一。

这种脾性也决定了我们与人相处时少了许多是非口舌,还决定了父母过世这么多年,弟兄几个还愿意共同拥有这个宅院,谁也没提出分割遗产。如果不是父母遗传给我们的脾性,老宅不会保持到今天。

其实,我并不满意自己的性格。假如让我重新选择,我宁愿多一点强悍,同时也保留一点柔弱。

七

祖宗的生活观念渗透在我们血液中。我们带着它陆续离开老宅,走向城市。我们丝毫没有这样的思想准备:当老宅赋予我们的观念与城市的观念碰撞时,擦出的火花随时会灼痛自己。

考上大学后,19 岁的我第一次远离老宅,来到完全陌生的省城。经过一段极为别扭的适应期,渐渐安定下来。暑假回家,母亲从我的描述中得知,青海虽大,但好地方太少。比如,在我们家乡不值钱的长把梨,在同学们眼里可是稀罕物。于是临开学前,母亲让我从自家梨树上选好的摘了一提包,又让我去城北买了一些大肉桃。

临走时母亲叮咛我,上车后把这个提包操心好,别把水果挤烂了,让同学们囫囫囵囵地尝个鲜。

下了长途班车,我提着坠得胳臂酸痛的提包,也揣着预期中的一份愉悦,进了校门。先我到校的一些同学正在操场打篮球。我招呼本班同学到宿舍吃梨。

只听得操场上一声呼啸:"嗷——贵德的长把子!"他们扔下篮球一窝蜂冲过来,十几双手塞进提包争抢,险些扯得帆布提包开了线。下手快的,攥满了两手迅速离去,下手慢的,只拿到一两个,一脸遗憾。

没有人说声谢谢。

我提着空荡荡的提包站在那里,脸上在傻笑,心像提包一样被掏空了。城里的同学亵渎了我的纯朴,把我从黄河那边捧来的心意当成了可捡的便宜。

这是一个农村的孩子第一次遭受城市精神的耳光。

无论是农村人还是城市人,观念中有些根深蒂固的东西是不易改变的。

四十年过去,两种根深蒂固的东西遇到一起,还会撞出与四十年前完全相似的火花。几年前我与朋友一起去老家。行前,朋友说,他有个兰州来的亲戚没去过贵德,也想去"叨扰一下"。我欣然同意。上了车,见这位朋友的亲戚是位年约五旬的妇女,言谈举止很城市化,一路上谈得也颇融洽。到家了,时值九月,老宅果园里的梨子已经黄熟。摘给客人吃了,盛赞好滋味。

临走前,我叫来侄子架起云梯,挑好的摘下一大堆,又找来几个纸箱子,准备装满带走。不用说,朋友和他的亲戚各有一份。我还说明,最大的那只箱子给这位头一次来贵德的兰州客人。

"白给吗? 不要钱吗? "兰州客人喜出望外地问。

这句出乎意料的问话像一根刺,不经意间扎在远年的记忆中,一个几乎淡忘的痛点再次被刺痛。

精明的城市人,善于应对复杂问题的城市人,为什么总是不能理解农村人的单纯呢?

为了有效利用车内空间,我告诉侄子,每个箱子都不要装得太鼓,装平即可,用绳子一捆,便于摞放。

可那位兰州客人此时已不顾城里人的体面,蹲下来,兴奋地和努力地往那只已经装满的箱子里塞了又塞,以致捆绑时四面纸板难以合拢,勉强用绳子聚到一起,像一只开口的包子。

梨子值几个钱? 只要情谊不被糟蹋,再送几箱子又有何妨。可是时隔四十年,两次场景的性质惊人的相似,使我感到,即使给我再多的时间,老宅赋予我的精神也怕难以适应更为广阔的世界。而我时时面对的,却是强大得多的力量。在它面前,来自农村的人总是处于劣势。

"农民。"我已经听惯了在许多场合里,有人用轻蔑的语气评价某个看不上眼的同事、熟人、甚至亲戚——尽管这些人并不是农民而是机关干部或企业职工。但是,只要涉嫌保守、本分或过于老实,无论你的人品如何,人家都可以用"农民"这个概念抹煞你的存在价值。其杀伤力之强,甚至超过了"奸商""贪官"这样的评语。因为某些人在用"奸商""贪官"来评价某一个人时,愤慨中很难说不包含隐隐的嫉妒。而"农民"这一评价中除了极度的轻蔑再无别的。

　　我对这种人不能敬佩的主要原因还不在于他们的前辈往往就是农民。关键是,说这种话的人居以自傲的精神资本,无论包装得多么前卫,往骨子里看,并没有超越在篮球场上扯开别人的提包抢梨子的那个层次。

　　"农民"一词现在居然成了一句时髦的骂人话。话语权永远掌握在城市人手中。

　　中国农民身上确有许多与时代的进步不相容的劣根性。但最没有资格嘲笑农民的,就是劣根性比农民顽固得多的那一部分城市人。

　　"市民。"如果有一天这个词也能成为贬义词,城乡之间在某一层面就算扯平了。

八

　　坐在老宅院子里喝茶,觉得它的存在依然完整——至少是因为九十多年来完好无损的高墙给了这样的感觉。但走出老宅不出百步,就能感觉到它在精神上早已残缺。

　　任何事物的存在都不是孤立的,都是在与环境的共生关系中显示其意义。老宅诞生于小农经济时代。社会发展缓慢,一些村落、宅院形成后多少年没有变化,逐渐形成个性特色。这种特色与它的存在环境浑然一体,难以剥离。比如,走出老宅是安静的村庄,林木多而行人少,赶上牲口去泉边驮水,路边水塘里是散养的鸭、鹅。水塘紧靠林荫道,弯腰老柳树一棵挨着一棵,树身都努力地向水塘扑过去,像是渴望着沐浴水中的清凉。水塘那边,一座水磨吟唱着古老的歌谣。这幅油画一样的风景就是老宅精神上的一个延伸部分。如今回想起来,用这幅画面来对应"高原小江南"这个称号,还真有一点贴切。

空气的干净让人的嗅觉总是处在敏感状态。从林荫道走过时,能嗅到鸭子的翅膀扇过来的水腥味。傍晚背着书包走进村庄,农家院子里炝葱花的气味、焦疤洋芋的香味以及新鲜的马粪味,都在清澈的空气中泾渭分明,不会混淆。如果母亲正在烙馍馍,我们在家门外就能嗅到"六月黄"小麦面粉的醇香。

汽车第一次出现在我们视野,带着一路烟尘消失在远方。陌生的汽油味立刻被正在玩耍的我们捕捉。我们跑进大路上还没有散尽的尘埃里,追逐着那一股好闻的异味跑了很久。

林荫道、一长溜弯腰老柳树、还有水塘,都消失了。一条宽阔的水泥大道直扑县城。摩托车和汽车的尾气充斥在大路上,搅浑了一切自然的气息。

美丽的东西都是脆弱的。在一个追求高效率的时代里,闲适、恬静等成为多余,随时会遭到碾压。

乡村正在被肢解。大地的命运不再由太阳、江河和复杂的生态关系决定,而是由简单得多的文件决定。只要有办法在建设用地征用书上盖上公章(办法总是有的),一片又一片良田转眼之间就会被钢筋水泥、沥青和渣石吞噬。肥沃的、平展的、最适合于麦浪翻滚和绿荫婆娑的三河地区,在城市建设规划图上,只是一块可以随意切割的蛋糕。不时有即将拆迁修路的消息飞进村里,虚实难测,让村民们忐忑不安。

传言终于得到证实,政府部门派人下来,用红漆在一户户农家门楣上涂上了记号,这些人家的位置正是蓝色线条经过的地方。

然后就是这些人家无奈的叹息和焦灼的等待。

红漆记号离老宅院子只有几十步之遥。老宅的主人们担心,在改来改去的交通规划图上,那些横线和竖线只消挪动几毫米,老宅大院九十多年的榆木门扇上,就可能出现惊心动魄的一抹红。

老宅厚厚的墙体承受着逐渐逼近的城市噪声轰击。噪声是以摩托车为主体的各类引擎的交响。摩托车成了这个小县城的时髦。但凡胳臂腿齐全的人,都争先恐后地加入摩托车大军。骑自行车的基本上只剩了两种人:老人和学生。

老宅越来越像个被猛烈的海潮拍击着的孤岛。

九

老宅像个孤岛。还因为它与外界的精神联系日益松弛。

邻里关系曾经是农村与城市的重要区别之一。现在这个区别正在变得模糊。

从我记事起,老宅的日常生活中就有邻居的身影。

农闲季节,常有邻居过来串门。不一定是为什么具体目的而来,有时仅仅是为了坐会儿,抽袋烟就走。有时烟也不抽,沉默一会儿离去。在恬静、懒散的日子里,沉默好像是人们保持精神默契的最好方式,话语反而是多余的。长大后我才知道,生活在北极的爱斯基摩人也是如此,喜欢默处,疏于交谈,但他们的人际关系比地球上任何地区的人都好。

老宅里的人也都习惯了这样的造访,谁也不会对某个邻居无所问询而来、无所表达而去感到奇怪。

随着父母谢世,早已成为准城市人的我们,与昔日邻居的关系也中断了。偶尔回去,在村头巷尾碰到熟头熟脸的乡亲,彼此还在客气地打招呼,但总觉得有些隔膜,没有多少话说。不仅如此,如今他们之间也很少相互串门了。无缘无故地敲开邻居的门进去闲坐,他们也会像城里人一样感到诧异的。

不过,逢婚丧嫁娶之类事情,我们还能从邻居的态度中感受到往昔的温暖,那是农耕社会邻居关系最后的余温。

母亲去世时正值寒冬腊月,地冻三尺。我担心墓穴不好挖掘。前来吊丧的邻居们安慰说:"**甭熬煎,办法有的是。**"

他们的语气中透着关切,也透着自信。

几年后父亲去世,我们准备在父母坟前立碑。请工匠在院子里用混凝土预制了一个墓碑,颇为笨重。墓地在陡坡上面,坡前沟沟坎坎,我担心墓碑抬不上去。邻居们安慰说:"**甭熬煎,办法有的是。**"

他们用农村人的智慧轻而易举地解决了上述两个难题。

在这种时刻,邻居们显得豪迈大度,古道热肠。仿佛时光还滞留在几十年以前似的。

十

老宅与许多和它相似的宅院一样,是正在走向消亡的东西。它们太土,太随意,太个性化,也太占地方,因而愈来愈成为与当代经济社会发展相抵触的存在。

在它们消失之前,作为序曲,水磨、油坊、石拱桥、砖雕大门等东西已经开始消失,乡村的特征正在褪色。从事刊物美编工作的老四兄弟意识到这个现象的严重性,带着相机四处奔走,穿峡越谷,探村访寨,把所有值得铭记的东西挽留到胶片上,编辑出版,名曰《岁月的痕迹》。其中也有从我家老宅院子里就地取材拍摄的物件,如碧纱橱、八仙桌、官帽椅、琴桌、支摘窗,还有一只老旧的风箱。

他赶在传统的村庄消失之前,做了一件抢救性的工作。

标准化的时代已经来临。村庄的格局如今有了统一的模式。在笔直的线条上,一排排站位整齐、造型相似、尺码一致的农舍不断地被复制出来。"我们坐在高高的谷堆旁边/听妈妈讲那过去的事情"已成为昨日的童话。随意堆放的草垛、领着鸡雏懒洋洋散步的老母鸡、供夏夜纳凉的石碌碡等,不再有存在的理由。标准化只服从一个目的:外观整洁和节约土地。

乡村正在失去记忆。在很长的历史时代里,人们对于乡村的记忆总是与一些个性化的标志——比如一棵姿态独特的老树、一座青苔斑驳的石拱桥、一条细草夹持的小溪,或是一个墙头长满苔藓的菜园子相联系。这些都是乡村的鲜明胎记,也都是触发记忆中的美感和艺术创作冲动的原动力。这就是为什么我们总会在完全陌生的外国艺术家创作的诗歌、油画或音乐作品中和自己十分眼熟的乡村景物不期而遇,怦然心动。

这与城市不同,没有人会用诗歌、油画或音乐去表现小区附近的一个超市、一个餐馆或一个网吧。因为只有共性而没有个性的东西往往是没有灵魂的,犹如机器人。

标准化的村舍有点城市的味道但又不是城市。它们远不具备城市的恢弘和完整。他们好像是城市这本书的幼儿版,又像是由乡村向城市过渡阶段的一个暂时性的存在。生活节奏的加快带来了破与立的频率加快。节奏如鞭子,在它的抽打下,砖混结构的楼房未必比老式的土平房更经久。昨日建今日拆如同一对孪生兄弟,又像是车之两轮鸟之两翼,保持着快节奏中的动态平衡。

标准化的脚步正在逼近老宅。推土机的声音就隐藏在某一处不远的空间。

老宅中一些当年的器物还在，弃之可惜，留之无用。明知无用，也不忍心由我们自己的手把它们弃了。眼下先让它安静地呆在原来的位置。

那些桌椅木器，是九十多年前的木匠们一丝不苟地做出来的，取材当地的河柳，纹理细腻。器物上覆盖着来自四川(也许是云南贵州)的上好桐油。漆面被祖先们的手、也被我们自己的手磨得发亮，仍没有掉落。手指不易触及的缝隙里，桐油和岁月的泥垢牢固地粘结在一起。

这些木器身上，集中了许多信息。比如，它代表着当年的审美观念和制作水平，也显示着那个时代的工匠们做活"贵工而不贵速"的职业精神。即使以今天的眼光看来，仍觉得比例有度，匀称和谐。而且经几代人扶摇挪动，照样榫卯结实，毫无松垮的迹象。

老宅院子改建时换下来的松木窗扇，如今堆放在烧柴房里。正房窗户的木格子款式，是当年十分流行的"八卦锦"。薄而窄的松木条子上要开许多卯，相互套接后形成美丽的几何图案。厢房窗户的图案则是较为简单的"一马带三件"。

看见这些窗户，就想起无数个遥远的夜晚，透过窗户纸，铺洒在院子里的温暖灯光。

我很想把这只八卦锦款式的窗户带回城里去。可是，我该把它安装在楼房的什么地方？

2005 年 8 月

乡村琐记之一
聊天遭遇"测不准"

　　经验是个好东西,它有助于对人和事作出正确判断。但经验也会失灵。因为它只是个公式,而人和事经常处在"测不准"状态。

　　去年秋季,我跟一位朋友去我省某个乡参观刺绣展览。乡政府领导热情地接待了我们。展室不算宽敞,各色绣品琳琅满目,四壁几无余隙。几十名妇女正俯首桌案,飞针走线,作现场表演,听到脚步声后只是抬头瞟了一眼来客,迅即低下头去忙手里的工作。这是细活,不敢分神,一不小心就会下错了针,还会戳了手指。

　　浏览着墙上的艺术品:古老的款式,原始的构图,一成不变的色彩搭配;再看看手工制作的艰难,我渐渐有了些想法。

　　参观结束,乡政府的五六位干部带我们去一家农家院吃中午饭。院子幽静整洁,只有我们一桌客人,很适合于探讨一些问题。我的一些想法已经明晰起来,比如,传统刺绣怎样适应市场,关于色彩革命、款式创新等等。尽管我是个外行，但歪主意有时也能歪打正着，甚至还能变成金点子，只要放开思路去想。

餐桌上的讨论十分热烈，几乎没有冷场的时间。但讨论的话题不是刺绣。他们说的是电视剧《水浒》。

"梁山一百单八将，到底谁的武艺最厉害？"不知哪一位乡干部提起了这个话题，于是，笑谈近三个小时，都是论武，没有人提到刺绣，好像完全忘记了这事。后来我每次想起那一餐饭就忍俊不禁。

他们看起来都是水浒迷，论述也还算成理。酒过三巡、菜供五味之后，餐桌上的看法渐趋一致：梁山好汉中武松的武艺最强。后来他们征询我的看法。此时我要是转移话题再说刺绣，那就是反客为主，不识时务，就是扫众人的兴了。只好说，依我看最厉害的还是鲁智深、杨志、林冲、秦明、呼延灼这些人。因为高强的武功需要名师传授，需要长期艰苦的专业训练。要做到这两点，家庭经济条件要好。宋代民间虽然普遍尚武，但不是随便哪个人都能请得起名师的。我举的那几个人有的是八十万禁军教头，有的是职业军官。杨、秦、呼延等人还是将门之后，武功来自家传，都有根基，否则吃不了这碗饭。冷兵器时代，皇家近卫军里高手如云，教头没有出众的武功，很快就会淘汰出局，混是混不下去的。武松天生膂力过人，但他是市井贫民出身，没有条件请到高师培训。我国民间把这种人叫"铁攒子"，也很厉害，但在格斗中也容易被深谙技巧的专业武师钻了空子。

我这一说，众人都说"王老师说得有道理，来来来，再干一杯"。餐桌上的气氛于是更加热闹。

一直到宴终，也没有听到刺绣两个字，好像把这事彻底忘了。临别时有个乡干部又说："王老师说得虽然有道理，但我还是觉得武松最厉害！"

我以为他们要谈刺绣，猜错了。就像猜错了谜语，谜底与你的猜想十万八千里,自己也会失笑。

前段时间我在乡下,去看望一位朋友。朋友是个老实本分的木工,没文化,一辈子靠苦力过日子,日子过得紧巴。快六十的人了,还不敢放下刨锯斧凿。也时常有些愤懑。我到他家时,他正埋头干活。听到我招呼,赶紧放下工具,拍去满身的锯末,迎上前来,把我请到客厅。

朋友不善言谈,但每次都乐意和我闲聊。看着他脸上新添的皱纹,头发上的粉尘,我说,上岁数了,该休息就休息,儿孙自有儿孙福。又看着码放在院子那些产品——茶几、方凳、炕桌等,想了解一下卖得好不好。还给他建议:空闲时间多去家具商店转转,学点流行款式,卖得会好一些。还提醒他:县上确定的建设项目一上马,许多庄廓院都面临拆迁,房前屋后的沙枣树肯定会贱价出售,趁早去收购一些,那可是做茶几的上好原料。

但是朋友对我的这些话题都不太感兴趣。他跟我说得最多的话题是钓鱼岛,好像他好不容易盼来了一个钓鱼岛问题专家似的。好几次我想跟他切实地谈谈与他的生计有关的事,可他略略应付几句,又回到钓鱼岛上来了。

"如果真正打起来,我们千万不能打第一枪。王老师你说对吧?"临别时他又问我。

看来,你永远不可能知道别人在想什么。除非你是神仙。

2012 年 12 月

乡村琐记之二

灼热的手心

酷暑季节,我在家乡的小路上遇到一位满头是汗的农民乡亲,在柳荫下寒暄起来。他刚从集镇上买了两把镰刀回来,抱怨说,一连几个夏天,他都在农贸市场寻找木头把子的镰刀,就是没有! 见到的都是这种钢管焊接的镰刀。使用这种镰刀割庄稼,手心烧得不成,还不吸汗,手掌老是黏糊糊的。

我从他手里拿过镰刀看了看。镰刀片小巧,钢管把子笔直,末端包着一截胶皮。再看镰刀的尺寸,两把分毫不差,是由机器按统一标准加工的,称得上"制式镰刀"。

镰刀虽小,也能反映工业社会的特征之一:标准化。

小时候我们使过的镰刀,都是铁匠手工锻打出来的,大小厚薄不同,木头把子的粗细也不同,适合不同体力不同年龄的人选择。年少力薄的我,只能操一把小号镰刀,发狠干一天,也能割七八十个麦捆。有一种特大号的镰刀,叫"衫镰",长约一尺,厚背宽刃,形如弯月,适合壮汉使用,"唰唰唰"几下就是一个捆子。衫镰和使衫镰的人都让我敬畏。

木头吸汗。镰刀使用多年,把子被手掌磨得异常光滑,也不会让手心发烧发腻。

我劝那位农民乡亲,别再东跑西颠地寻找木把镰刀了,它已经退出历史了。你使用铁把子镰刀的时候,戴副手套行不行。

农民乡亲笑了。"手套我想不到吗?王老师你也是农村出来的人。"

他说得对,手套会消解手掌对镰刀的握力,干活时间一长,就觉得不来劲。

镰刀把子由钢管换成木头,这简直算不上一个技术问题或成本问题。可是谁来关心一个农民手掌的灼热?镰刀制造商吗?不会。他们只造不用,不会想到别人的手心烧不烧。下乡干部吗?也不会。自从土地联产承包后,再也不存在干部下乡帮助夏收一说了。

虽说手心与粮食有关,但粮食从手心开始到消费者嘴里,还有漫长的中间环节。所以手心的烧灼只有手的主人知道。

2012年12月

乡村琐记之三
火烧芍药酒牡丹

　　老家院子里有一丛红牡丹。是当教师的老三兄弟栽植的。他一生痴迷花卉，常利用假期从西宁弄点幼芽，用湿土包了根须，带到乡下老宅，不待过夜，挖坑栽下，培土灌溉，一般都能成活。

　　这棵牡丹十几天后抽枝萌芽，长出瘦弱的叶子，好像还没有适应水土。没敢给它施肥，怕它"虚不受补"。次年它缓过来了，枝干有一尺多高，叶片也肥壮，5月初，开出几茎粉色花朵，引来蜂喧蝶舞。又一个春季来临时，它已大如伞盖，花骨朵们争先恐后地从密叶中探出笑脸。几年之内，它突飞猛进，高过人的肩背。如今，花树大如巨型圆桌，几乎占去花园三分之一的面积。

　　每年"五一"，牡丹开始吐苞。这也是我们弟兄几个回老家度假的日子。每天一早，就去看那花苞，看哪一朵有先开的迹象。但花苞们沉得住气，眼看着香腮泛红，粉唇微启，就要开了，直到傍晚还是不开。假期可又少了一天！有一天早起开窗，忽觉暗香浮动，知道是花开了，出去一看，果然开了一两朵，一声欢呼，大家都来看。再看那未开的近百个花骨朵，让人着急。它们全开了多好，哪怕只开一个时辰。人一走，这些花可就是"寂寞开无主"了。然而真是如此，我们从来没欣赏过它们整体开放的盛景。每次都是提着行李恋恋不舍地看上一眼，大门咔嚓一锁，就把它们撂在了身后。

退休了，我回去得早，这年节气也早，4月下旬，满树牡丹已经含苞欲放了。花骨朵之繁密，超过往年，我数了数，竟有两百多个。"五一"长假还没到，可它们一个个咧嘴含笑，随时就要大笑的样子。我打电话告诉了西宁的老三兄弟。他一听，有点着急，说还得几天才能回来。可是打完电话的第二天早上，就像恶作剧似的，一下子就有几十朵绽开了笑容。

牡丹号称国色天香，身份高贵，花期就短，只有吝啬的三四天。这一次，它最好能坚持到亲手栽植它的人回来。于是我在村子里转悠，碰到熟人就问，有没有办法让牡丹多开几天。

"有啊，有办法。"一位老农告诉我："火烧芍药酒牡丹。你听说过没？"

见我茫然，他就解释说，牡丹是酒仙转世，喜欢酒。给它浇点酒，它会多开几天答谢你。芍药是火神的书童下凡，入冬的时候，把它的枯根拿火烧一烧，来年分蘗就多。不信你试一试。

我从未听过如此说法，觉得事近荒谬。但，姑妄听之姑妄试之吧。

上街买回两斤白酒。想了想，怕把牡丹烧坏，就把酒倒进一个大铁桶，兑满清水，趴到牡丹树下，用铲子挖出一圈浅沟，把那桶兑了酒的水倒进去，壅好土，拍实。起身望着牡丹树，心里问它：两斤酒会不会把你搞醉了？

次日一大早就去院子里看。牡丹果然开得精神抖擞，数量又多了一倍。到第三天，满树牡丹差不多全开了，闹哄哄的一大片，幽幽香气冲得人动。

牡丹开到第四天，老三还没有回来。第五天，他回来了，牡丹还在开，没有一朵凋谢，仿佛一直在等他。牡丹的花期延长了一倍，看来老农的话有道理。

第八天早上，盛开的牡丹显出些疲态，花瓣边缘懒懒地往回收了，中午过后，微风拂动，花瓣们留恋着，犹豫着，终于，第一片花瓣率先离开枝叶，吻向泥土。很快，前赴后继，满地落红。只过了一夜，一树牡丹完全凋谢了。

"可惜啊，要是再开几天多好！"老三无限惋惜地说。

"行了，它们已经为你挣扎了好几天。"我说，"万物生长都有规律，不能违背。古人不是说了吗，违时而花，为造物所忌。"

至于火烧芍药，我们一直没试过。因为每年入冬时，我们早就像候鸟一样窝在省城的家里。像小弟弟一样依偎在牡丹身旁的那几丛芍药，每年也都循规蹈矩地开着。得找个机会拿火烧一烧它们。

2012 年 12 月

乡村琐记之四
铁鼻桊木鼻桊

　　我原先不能确定牛鼻圈的"圈"字是否正确。问了作家井石,才知道应该叫"牛鼻桊"。"桊"跟"圈"是一个读音。这个字有点生僻,一般人不知道。民间口语中有很多词语在古汉语中都有出处,只是人们不知道罢了。比如饧(读醒),是指把面和好之后,放置一会儿让它变软。"做拉条的面基子得先饧一饧。"本来就有这个字,但人都为了省事,随便找了个字代替了:"把面醒一醒。"

　　汉语的精确性就这样被任意破坏。

　　扯远了,打住。

　　养牛的人家,小牛犊生下来几天后,就用结实点的绳子绾个笼头套上。牛犊的力气也很大,但笼头还能控制。对于成年牛,那就不成了。牛是强项之物,用笼头,两个人都拉不转它。所以牛犊长到快一岁时,就要上鼻桊。牛的苦日子从那时才真正开始。友人沈世杰在咏牛诗中写道:"荆圈麻索穿鼻透,杞柳陵坡喘月圆。"身架刚刚成型的小牛被几个壮汉一麻绳捆翻,用膝盖压住小牛的脖子、肩背和四肢。有人用破布蘸点花椒水,在牛的两个鼻孔胡乱涂抹几下(权当是麻醉剂,其实没多大作用),然后把一截削尖了的木棍攥在手里,"嗨"的一声,用力戳穿牛的鼻中隔,旋转两下,抽出,再把牛鼻桊套进去。鲜血立刻从牛鼻孔中涌出,染红了鼻桊和抓鼻桊的双手,小牛挣扎不得,痛苦变作一道道战栗的波浪,在浅浅的皮毛上滚过。

从此,牛就得乖乖听人调遣。鼻子是对疼痛最敏感的部位,也最脆弱。在主人发怒用力时,有把牛鼻子拉豁的。

老家村子里有我大哥,养了几头奶牛,牛鼻桊经常坏,很让他操心。

做牛鼻桊多用红柳。红柳柔韧结实,便于弯曲。到远处河滩里砍来拇指粗细的枝条,去皮、刮光,用文火慢慢烘烤、慢慢弯曲,只要有耐心,就能做成。也有人嫌做木鼻桊麻烦,干脆找一截钢筋,拧成鼻桊。铁鼻桊虽然结实,但沉甸甸地吊在牛鼻子上,牛肯定不舒服,严寒季节,还容易撕伤牛的鼻黏膜,所以我大哥从来不用。

但这几年大哥发现牛鼻桊不易得到了。生长红柳的小块荒地迅速消失。一些原本长着芨芨草、红柳和紫穗冰草的小块荒地没有了继续存在的理由。前些年乡村农贸市场上还有人出售木鼻桊,现在也不见了,因为农村养牛的人家少了。虽说不含添加剂的鲜奶一直是抢手货,但饲料涨价,成本高,养奶牛辛苦,赚不了几个钱,许多人家就不养了。养牛的人少,牛鼻桊的供应也就冷落,干脆没人做这种东西了。大哥养的几头奶牛体型都大,牵拉时用力小了拉不动,用力大了牛鼻桊就会拉断,断茬上的木刺一旦戳进牛鼻子,就麻烦,流血负疼的牛可不那么容易摆弄。所以我大哥很为牛鼻桊的消耗操心。他有时走村串户,到那些曾经养过奶牛的人家打听,有时也能弄回来几个牛鼻桊。

　　有次我到他家，看到他正拿着几个新的牛鼻桊，用小刀削刮木头上的硬结，忽然来了灵感，告诉他，你把鼻桊削光后，放到小盆里，烧热一铁勺清油浇上去，泡它十天半月，取出，晾干。这样的鼻桊就不易折断，更不会起茬子，牛的鼻子会很舒服的。他听了连连称是，并问我是听谁说的。我说这是我想出来的，其实道理是他告诉我的。前几年，我曾在老家找了几块上好的梨木板子，请匠人做了一个菜板带回省城。他告诉我，新做的菜板先不要沾水，烧一勺热油浇上去，让木头把油吃透，晾干再用。这样，切菜不起木茬，揉面不沾面粉。我如法炮制了，果然有用。做牛鼻桊的道理应该是一样的啊。他说，还是你们知识分子脑子灵。

　　鼻桊是小东西。铁鼻桊反映人性的冷酷，木鼻桊反映人性的温暖。

2012 年 12 月

乡村琐记之五

玛瑙般的冬小麦

　　在许多基本的食用品被添加剂问题闹得人疑心重重的时候,我决定回家乡,直接从农民手里买些上好的冬小麦,送到磨坊,在全程监督下加工一些不含任何添加剂的面粉。

　　回味起冬麦面做的拉面和锟锅馍馍,齿颊犹香。那是黄河谷地的沃土、家肥和充足的光照养育出来的精华。这里的农民钟爱冬小麦已有半个多世纪。

　　可是寻访了好几户人家储存的冬小麦,都觉得成色差点。最后一户乡亲家的麦子总算看得过去,就买了。我问他,冬小麦好像退化了?

　　"你说得对着哩。过去河阴地区的冬小麦一亩地打 1 000 斤是正常产量,打一千一二的也不少。现如今能打个 800 斤就不错了。你看这个粮食的个头儿,"他抓起一把给我仔细看,"你还记得吧,以前的麦子颗儿,圆滚滚儿的,玛瑙儿哈像哩。现在连以前的三分之二都没有。"

　　我说那就得异地串换种子,让冬小麦复壮。

　　"我们年年为串换种子的事情挠头哩。最好拿本地的籽种到新疆甘肃宁夏去串换，这才能有好麦子哩，就是办不到。再说现在耕地也少了，为一两亩地的粮食跑那么远划不来，所以就成了东庄的种子换西村的种子，哄自己哩。总比原麦子种到原窝里强点。"

　　把新麦磨成的面粉运回城里，做了拉面一品尝，口感似乎也稀松平常。

　　原汁原味的农产品消失了许多，其中包括玛瑙般饱满的冬小麦。

2013 年 1 月

乡村琐记之六

美味在乡下

每次切开西红柿,心里就要嘟囔一句:这叫什么西红柿,外头厚厚一层硬壳,里头稀里糊涂的一团!

很多东西吃不到了,有钱也吃不到。比如:紫红的西红柿,像西瓜一样沙沙的,生吃尤有味;露天种植的老黄瓜,和羊肉同炒,多放蒜苗,味道绝佳;还有,家肥培植的红根小韭菜,早春冒出头茬,长到半拃高,割了包饺子,香味又冲又尖,想一想都让人口舌生津;还有,肉色翠绿的菜瓜;一焐熟就开花的洋芋,等等。我们告别它们已经几十年了,滋味还留在记忆中。人对美味的记忆很牢固,即使多年不吃也不会淡忘。

有些东西,城里人是吃不到了,乡下人利用自己种植的便利和不用化肥的优势,还能吃到。去年秋天,我跟几个朋友去民和乡下走转,主人安排我们到一个花木掩映的农家院吃中午饭。上桌的都是家常菜,可是每一道菜只要一入口,客人们都要发出惊呼。原先想随便搛两口的人,筷子再也不愿放手了。

切成菱形的豆腐块，一吃，嫩、香、滑、鲜，与超市里买来的豆腐高下立判。原来还有这样好吃的豆腐！接下来上桌的，无论是酸菜粉条炖猪肉，青椒肉丝，还是蒜泥茄子，干煸洋芋，都是对我们久远记忆的再次激活，舌面上的味蕾仿佛冬眠之后觉醒了，贪婪地开始了对这些美味的接纳。相比之下，我们在高档餐馆里吃到的一切，都是"形"对"质"的深度侵犯或是戏弄。品尝那些造型精巧的菜肴，常常觉得不是在吃菜，而是在吃手艺和佐料。

这一餐饭，我们每个人都不好意思地吃撑了。放下筷子后，眼光还在剩菜上流连。

交谈中才得知，菜是主人用家肥种的，粉条、豆腐是自己加工的，猪是用不含添加剂的饲料喂养的。

"我们乡里人，生活水平跟城里人没法比，就是吃的东西味道正些。"主人谦虚地说。

还有牛奶。城市孩子已经习惯了味道稀薄的、千篇一律的黑白花牛奶，他们想象不出犏牛奶、黄牛奶的美味。尤其刚挤的鲜奶，那一种天然的甜香，使人入口难忘。

犏牛是牦牛和黄牛杂交获得的优良品种；黄牛不是指黄色的牛，是指农区家养的牛，无论黑、黄、花白、栗子色、烟熏色，泛称黄牛。这两种牛产的奶滋味之美，远超黑白花等大型奶牛的奶，尤其是犏牛奶，堪称奶中极品。但犏牛和黄牛产奶量少，现在很少有人养了。从国外引进的高产奶牛取代了犏牛黄牛。这些"洋牛"的奶虽然不能与犏牛奶相比，但要是能喝上刚挤的鲜奶，也算是有口福。几年前有次回乡下小住，大哥送来两瓶刚挤的鲜奶。他家养的是"西门塔尔二代"，奶味醇香绵厚。奶子倒进锅里，瓶子内壁上还挂着厚厚一层，继而变成一隔一隔的多面体，像万花筒。浓度之高，引得大家啧啧称奇。烧好的奶茶，不用说，味道好极了。

　　粮食也是如此，地道的冬小麦面粉，城里人也不大容易品尝到。今年夏天我跟朋友去黄河边上的松巴村考察小叶杨，看见有些人家门前的麦场上还摞着等待打碾的麦捆子，就问陪同的村支部书记乐格泰，是不是这些人家雇不起收割机（收割机多是连收割带脱粒一次完成）？乐格泰说不是，这是镰刀割的，准备留给自己吃。镰刀割的麦子和收割机割的麦子，磨成的面粉味道不一样。我听了觉得近乎荒谬，说："开玩笑吧？一样的麦子，味道怎么会不一样？"书记正色说道："确实不骗你。你想想，庄稼人割麦子，都是看着麦穗颜色刚一转黄就割，旋黄旋割。这个时候麦秆子还活着哩，养分还在往麦粒子跑着哩，麦颗儿长得饱满，磨下的面粉味道就香；收割机割麦子，要等麦子黄透了、麦秆干透了才成。这个时候麦子不但吸收不到养分，养分反而开始损失，味道就差点。你们信不信？同样一化纤袋麦子，收割机割的比镰刀割的要轻十来斤。当然出售的价格也不一样。"

　　乐格泰书记一番话说得有根有据，又有科学含量，不由人不相信，真是长了点见识。临别时，书记说，"下个月你们还能来不？那个时候我们的新面磨下来了，蒸点新面馒头——镰刀割的麦子——你们尝尝。"

　　我们连说多谢。心想，不尝也罢。尝了，会让人心里不平衡。

2012 年 12 月

乡村琐记之七
"东房里热和"

当"混个肚儿圆"不再成为农村人多少年来的生活理想时,改善住房条件就上升为他们最有兴趣去做的事情。但房子不是有了钱就能盖。审批宅基地可没那么容易。买现成的商品楼吗?那不成。一是没那么多银子;二是住了楼房,你就得彻底跟农事活动告别,除非你不想当农民了。于是村民们纷纷翻修老房子。把原先凑合着盖起来的木头房子拆翻重盖,改成砖混结构的房子。农村人把这叫"盖板儿房子"。"盖板儿"指的是水泥预制板。

用预制板、水泥、沙子和红砖为材料盖房子,比起盖木头房子省了许多工序,价格略高一些,但是房子美观结实,空间也大,于是你追我赶地效仿。有些人家钱不凑手,全部改造有困难,那就先改"上房"。两侧的厢房,木头就木头吧,一步一步来。

预制板的上房一旦落成,果然不同一般。空间往往比普通城里人的住房宽敞许多,又因为多数坐北朝南,采光好,四壁用白灰或乳胶漆一刷,白得耀眼。配上全套新式家具,房子仿佛突然升了级,规格高了许多,又兼地基夯得高,它自然以主角的身份傲视着两侧低矮的厢房。

　　但这样漂亮的上房,平时舍不得多用。尤其不敢烟熏火燎。只有来了客人,特别是重要客人时才派上用场。平时主人的起居饮食,多在两边的厢房里周旋。所以房子虽然宽敞了,主人的活动范围反而受了点限制。

　　春节,新建的上房派上了大用场。在这样的房子里接待来客,主人觉着脸上有光。可是春节正值天寒地冻,上房不生火,冷得瘆人。拜年的客人来到上房,面对供在桌上的祖宗牌位跪拜或鞠躬后,入座,主人献茶,寒暄。热茶遇到冷空气,在杯口凝成袅袅白雾,冻手冻脚的客人刚刚啜饮一两口,主人就会善解人意地说:"走,咱东房里走,东房里热和。"随即把客人请到东房(也可能是西房)。那里房子空间紧凑,烤箱烧得暖烘烘的,正是把酒聊天的好地方。

　　既然如此,干脆把客人直接请到东房里成不成?不成。新建的上房如果不在年头节暇给人展示,那盖它做什么? 再者,祖宗牌位在上房里,客人必须得去拜一拜,这是乡俗,不能免。如果免了,春节拜年跟平时走亲戚有什么两样? 所以,上房再冷,还得去盘桓一番。

　　不过这两年,村民们好像逐渐意识到,刻意维护上房的洁白,意思不大。房子就是供人使用的,没必要把它当做摆设,委屈了客人也委屈了自己,何必呢。熏就熏吧,过几年再刷它一次,没啥了不起。于是在上房里大大方方地烧起了烤箱。讲究一点的人家,还是不烧烤箱,用电暖器。费点电就费点电,就春节几天时间嘛,十五一过,天气就转暖了。

2012 年 12 月

乡村琐记之八
熬茶的末路

2012 年第一场雪覆盖互助山川那天，我和几位朋友去南门峡一户农民家做客。

雪大、天冷，远山近岭白茫茫一片。这时候，最期待的就是热炕、熬茶。而热炕和熬茶也在那一天期待着知音。

知音们嘘着寒气在热炕上坐定，窗外还在落雪。烧得暖烘烘的烤箱上，两只大茶壶在欢快地低语，茶香随同壶嘴子的蒸汽飘满房屋。

整整一天，我们喝着加了花椒、草果的熬茶，十分过瘾。当然不是光喝熬茶，还有焜锅馍馍、大盘肉、大盅酒、炒菜、焦疤洋芋、手擀面。我们不搓麻将不打牌，只是沉浸在"古今多少事，都付笑谈中"的放松之中，有熬茶和飞雪相伴，谈兴始终不减。大家都说，如今这样的享受，就是奢侈了。

但这只是个特例。这是邀请我们的朋友特意安排的，好让我们重温一下久违的生活场景。在农村，熬茶正在慢慢地退出待客用品的圈子。

　　喝熬茶是农耕社会慢节奏的生活方式。顾名思义,熬茶要熬,用砂罐慢慢地熬,急不得。家里来了客人,主妇用柴草烧开一砂罐茯茶,颇费点工夫。等茶熬好时,烧茶人的头发肩膀上早已落了一层草木灰。

　　但砂罐熬出来的茯茶就是香! 关键是那时候的茶叶正宗。出自湖南益阳的大砖茶,紧密瓷实,把整块茶分开,有时需要借助刀斧。破开的断茬上可见亮晶晶的茶碱,那是茯茶的精华。

　　青海气候寒凉,喝茯茶健脾暖胃,这是它经久不衰的主要原因。茯茶属于黑茶系列,是发酵茶。新采的茶叶经过蒸、捣、焙、压、封等工序制成茶砖,入库后,茶叶进入后发酵期,也叫后熟期。存放时间越长,发酵程度越高。陈年老茶熬制的茶水,味道之醇厚,与新采的茶叶相比,不可同日而语。无怪乎过去青海人那么钟爱茯茶。茯茶曾经是通用礼品,无论走亲访友、托媒提亲,砖茶必不可少。有些地方,把说亲的过程索性称为"走茶"。"走头道茶,二道茶,三道茶。"

　　可如今那样的茯茶哪里去找? 超市里倒是不缺少茯茶,包装纸上一如既往地印着"湖南益阳"的字样,徒有其表也。买回来使劲一掰,随手就开了,手无缚鸡之力的人都能对付,焉用刀斧? 放到锅里加水烧开,颜色寡淡,味道自然也寡淡。内行人一看就知道,这是采制不久的新茶,为了商品流通得快,把发酵的时间减省了。

　　前年回老家,我大哥特意为我熬了一壶茯茶。"你喝,看味道一样不? "我喝了一口,大吃一惊,多少年没喝过这样的好茶了! 问他哪里来的? 他说这是寺院里来的。只有寺院里还保存着这样的陈年老茶,恐怕存放了十几年了。他说,假如能找到文革以前的茯茶,味道肯定更好。

　　好茶难得, 这还罢了。关键是喝熬茶需要耐心和工夫, 否则就不叫"熬",应该叫煮了。现代社会一切都追求速成,谁还有工夫去"熬"茶? 所以农村人现在待客用茶也遇到难题,茯茶熬起来太麻烦,掰一疙瘩放在杯子里用开水沏,又觉得太潦草。于是不少人家也像城里人一样,开始用绿茶之类招待客人。但绿茶属于不发酵茶,讲究的是新采新喝,存放时间一长,茶叶里的新鲜天然物质就会损失。照产茶区人们的说法,再好的绿茶,放一两年,就等于一把干草。青海地处偏远,不易喝到新鲜绿茶,茶叶从城市流通到农村,时间更长。我们在农村喝到的绿茶,多为比较廉价的陈茶,更是一把干草。

城里人喝着比干草略强一点的绿茶,有时也想念茯茶(当然是青海人)。到餐馆里吃饭,会告诉服务员:"来一壶熬茶。好长时间没喝了。"餐馆提供的熬茶虽然比不上自己家里熬制的,也多少能满足顾客的怀旧心理。但餐馆后来意识到卖熬茶不赚钱,就不提供了,代之以价钱高得多的铁观音、碧螺春、普洱等。你执意要点熬茶,服务员则会报以小沈阳式的回答:"这个真没有。"

熬茶供求之间的矛盾启发了商家的思路,一种方便的袋泡式熬茶开发上市了。这给出远门的人提供了便利,但作为家居饮茶,却不相宜。那是用喝绿茶的方法喝茯茶,纸袋子泡在杯子里,线绳搭在杯口上,有点不伦不类。

农村待客用茶出现了尴尬。熬茶、绿茶都不是个办法,干脆用白开水?不成体统。

生活方式不可能一成不变,熬茶退出茶桌之后,人们迟早会找到一个替代的办法,这事难不倒智慧的人们。

2013 年 1 月

乡村琐记之九

土墙的今天和明天

　　新农村建设有个重要内容，就是美化庄廓墙。因为土墙太土，不入潮流。

　　土墙最早产生于什么年代，我没做过考证。但有一点可以肯定，土墙出现之前，高原上的农人们一直在穴居。土墙的出现，是农耕文明的一个重要里程碑。从阴暗的洞穴里走出，住进门窗俱全的庭院，举炊、如厕各有空间，家人分室而寝，最初的伦理观念和礼仪就开始萌芽。

　　用简单的几样工具：铁锨，墙板，夹秆，木楔和石杵，就能把生土筑成高墙大院，其发明者的贡献不亚于鲁班。

　　土墙在黄土高原上已经屹立了许多世纪。这期间有许多生产技术和生活技能产生，但土墙没有被淘汰。一项发明，如果千百年还淘汰不了它，就能称得上伟大。

　　用生土筑墙，墙体必然很厚，薄了会垮。普通人家的庄廓墙，墙基多在70厘米到100厘米之间。墙这么厚，就有了保温功能。至于墙的高度，视土质而定。湟水流域的土质含沙砾多，墙体就不能筑得太高；黄河谷地的土质黏性好、干净,墙就可以筑得很高。所以,我们常在贵德、尖扎、循化和同仁一带看到年头久远依然完好无损的庄廓墙。

土墙与黄土高原的色调浑然一体,朴拙、敦厚。有些墙头上长着毛茸茸、绿幽幽的一层地衣(俗名喜鹊烟),这样的墙具有沧桑感,也有点诗意。"一枝红杏出墙来"说的就是土墙。砖墙和水泥墙里边一般不会有红杏探出身来。万一探出来,感觉会很怪。"青山正补墙头缺",说的也是有缺口的土墙。如果砖墙出现缺口,不是失盗便是拆迁,哪来的诗意?

土墙垮了,土还有很多用场,可以反复使用。在这个星球上,没有一撮黄土是多余的,所以农村过去很少见建筑垃圾。

但新农村建设的目标之一是让房舍变得漂亮起来(哪怕仅仅是在外观上)。土墙土得掉渣,需要美化。于是这几年许多庄廓院的外墙纷纷穿上了"衣裳"。舍得花钱的人家,在庄廓墙外面包了一层砖,叫做"砖包城"。多数人家把墙面铲平,抹上一层沙浆,再用彩色涂料作装饰。

好看是好看,问题也出现了。首先是沙浆跟土墙的结合不牢靠。这本来属于一个常识,但好像被有意忽略了。水泥沙子与黄土是互相排斥的,表面抹得溜光,里头是两张皮,几度热胀冷缩之后,墙皮就会剥落。表里不一的事物,迟早会露馅。其次,峣峣者易折,皎皎者易污。在露天环境里,没有什么颜色能抵御高原风和紫外线的侵蚀。新刷的涂料很快开始褪色。下雨天,被汽车轮子和人的鞋子溅起的泥点子就在墙根开花。再者,人性中有作恶的天然倾向。当一面洁白无瑕的墙面立在我们面前时,我们的手就会痒痒,就有往上面写点什么的冲动。只不过我们毕竟受了些文明的熏陶,冲动归冲动,不会真的动手。但这只是一种人,还有另一种人。于是,崭新光洁的墙面十分便利地成了另一种人的演草纸、留言簿、微博页面和免费广告牌。

土墙给人的感觉只是单调,彩墙却把人不愿意看到的东西强加给你的视觉。

　　这么一比,土墙的优势就凸现出来了。土墙不会变脏。我们见过很"老"的土墙,但没见过很脏的土墙。你没办法让它变脏。它那么粗糙,难以落住颜色。你勉强写上去,几场雨过去,连土带色冲没了。文革期间,要写很多标语,土墙上不好写,农民想出办法,用铲子在土墙上铲出一个个圆形的凹坑,里面抹上一层细草泥,再刮上一层红土,然后写字。这很麻烦。喜欢乱写的人,肯定不愿费这个麻烦,所以土墙永远不脏。

　　土墙的这一自保功能,如果上升到理论,应该称为"事物的粗糙自保原理"——越是粗糙的东西越不容易被伤害。比如,丝绸和麻袋,哪个更怕被粗手摩擦,不言而喻。又比如,早年间,照相机十分贵重,在使用中很怕划伤。德国生产的蔡司、徕卡等名牌相机,金属外壳一般都处理成较为粗糙的颗粒面,目的就是防止被划伤。即使到了照相机普及的数码时代,很多专业相机的外壳制作,也还在沿用这个工艺。

　　如果把粗糙自保原理延伸到人事领域,也能成立。比如,处事大大咧咧、不爱较真的人,与人发生冲突时,受到的伤害就比较轻。

　　土墙的质朴保护了它自己,使它坚挺了千百年。但在崇尚外表的社会风气中,质朴反而成了缺点,于是土墙的历史地位开始动摇。我在乡下已经很久没遇到过打墙的场景了。红砖和空心砖砌成的庄廓墙正在取代土墙。我曾给有关领导建议,如果建一个民俗博物馆,应当把夹板筑墙场景作为其中一个展项。空间不够,可以把它小型化,再配上一个视频,完整地展示打墙的过程。视频内容得赶紧去拍,再过几年,打墙的场景也许会在农村绝迹,一种乡村文化就没了。

2013 年 1 月

乡村琐记之十

多姿小叶杨

在青海,凡是海拔稍低的河谷地带就有小叶杨。

小叶杨树身高大,但叶片明显小于其他杨树,因此得名。树身通直而不僵直,分杈呈扇形,树冠浑圆。与青杨比,显得秀气;与新疆杨比,显得古典。高龄小叶杨,树皮有匀称的鳞状皱裂,于是得了"龙鳞小叶杨"的美称。祁连县的河谷地带多见此物。它们是画家和摄影家眼里永不过时的题材。

小叶杨是青海的乡村风景树。早春风暖,万物尚未脱去冬装,黄河谷地的小叶杨,树冠早早泛出一抹鹅黄,像画家轻轻晕染的一笔,似有若无,最让人心动。而在八九月,小叶杨灿烂的金叶照亮了河谷和田野,那种黄色太抢眼了,有喧哗的感觉,是秋天谢幕前的一道节目。

小叶杨耐旱,抗病能力强,寿命长。栽植成活后,只要不遭遇连年干旱,度过最初的十几年,就可以活到百年、几百年。贵德松巴村是个面对黄河、四面环山的山村,环境封闭,古木蓊郁。多亏这里的村民有敬天惜地的传统,从不乱砍滥伐,树身粗大的高龄小叶杨比比皆是,其中最大的两棵,雄峙田野,卓尔不群。大的一棵,胸围竟达 780 厘米,树龄不知有几百年。更罕见的是,这么高龄的树,长得瓷瓷实实,无裂隙,无空洞,丝毫不显老态,仍处在生长旺盛期。我向同行的野生植物研究员吴玉虎请教:用什么办法能准确测定这两棵树的年龄?他说专业的做法是钻取树芯。但那样会造成伤害,最好不用。

由于这些古树的存在,松巴村就有了一点世外桃源的氛围。

古树名木是可以触摸的历史。一个乡村,一个城镇,绿树再多,如果净是些小树,没有古木巨株,给人的感觉就是没有昨天,没有根基。

古树名木有很强的象征性,容易成为地标性符号。湟源日月山下、青藏公路两旁,曾经高高耸立了七十多年的那两排大杨树,就是几代人对湟源最深刻的记忆。贵德城南山上,南海殿前的那一汪水池周围,曾有几十棵巨大的小叶杨环池而立。树貌苍老,古气森森,是登临者最难忘的印象。张荫西先生《南海长联》中用"鉴池涵月,古木巢鸦"描写这些杨树造成的意境。

鸟儿喜欢在小叶杨的枝杈上建巢。柳树和松柏树上几乎不见鸟巢,不知道为什么。杨树上的鸟巢有时多达四五个,有的鸟巢大于农民装草的背篓。建巢的多为红嘴鸦,也有喜鹊。建巢是一件辛苦的事,难的是最初几根枝条的安置,由于缺少依托,枝条会掉落无数次。鸟儿除了锲而不舍地从地面上衔回,别无选择,发脾气是没用的。

夏天,鸟巢被树叶遮蔽,不易看到,入冬后就清晰可见。鸟巢为冬天的杨树增添了生气。朔风凛冽的早晨,或是落雪满树的傍晚,鸟巢让人联想到相濡以沫的生命,心生温暖。

冬天的傍晚,红嘴鸦们归巢时,原本寂寞的天空立时生动起来。庞大的羽阵在天幕上忽东忽西,划出流畅的五线谱,啁啾之声不绝于耳,表达着回家的兴奋。几度盘旋之后,忽而像接到了解散的口令,红嘴鸦们敛翼歇声,纷纷各入其巢,树林归于平静。

这种景象现如今比较少见了。因为高大杨树在减少。

高大杨树的锐减是在 1958 年到 1960 年,农村实行集体食堂制度那几年。小家小户过日子,一筐柴草,两簸箕羊粪,也能烧熟一顿饭。集体食堂的锅大、灶大,熊熊燃烧的炉膛每天都需要消耗粗大的木柴。怎么解决? 砍树。于是许多上百年的小叶杨轰然而倒。

古树消失的另一个原因是道路建设。上世纪 90 年代的农村电网改造工程,还有一些水电工程,都砍了一些古树,因为它们妨碍了道路建设。乡村现在很少见到古树了,偶尔见到,让人惊喜莫名。从西宁到互助县城,杨树遍布田野,皆是芊芊小株,不见一棵古树。

为了经济建设的需要,砍树有时无法避免。问题在于人们对树的态度。砍了就砍了,毫无痛惜之情。在道路规划者们看来,碍事的树就是待砍的一堆烧柴,与历史、与文化情感,甚至与风景毫不相干,砍了就砍了。当身姿苍劲的大树被砍倒、吊装、拉运时,就跟拉运一堆垃圾没有区别。

小叶杨是速生树种,容易成活。只要植树规模足够,管护工作跟上,十几年时间也可以成就一片树林,但几个十年加起来也成就不了一棵古树。没有古树的林子,再大也是单薄的;没有古树的村镇,再美也是肤浅的。

2013 年 1 月

乡村琐记之十一
"我的爱人在哪里"

　　城市过去有很多标语，如今被商业广告取代了。农村仍然有标语，一般设置在路口或地边，气魄不是太大。但农村人口分散，不需要太大气魄，作为宣示一种集体意志或是凝聚人心的口号，还是引人注目的。十几年前我们见到的农村标语，内容多为宣传计划生育和强调基础教育的。这些年标语内容变了，保护耕地，强调生态的居多。有一些标语城市人不能理解。有一次我乘车从敦煌经河西走廊回西宁，途中经过一处村庄，一段土墙上的标语飞入眼帘，那是用一平米见方的宋体字写上去的，气势不凡："动员起来，打一场歼灭天牛的人民战争！"我们见了骇然，以为是有外星物种入侵地球了。后来才了解到，天牛是一种害虫，对杨树危害极大。我们孤陋寡闻，第一次听说。

　　又有一次，我和两位记者去民和县中川乡民主村采访。民主村地处偏远，车行多时，沿途只见高坡低岭，景物单调。在翻越又一座山梁后，忽见前方的坡顶上孤零零地矗立着一个标语牌。距离太远，看不清那上面的字。有人提议，大家都猜猜，看谁的猜想最接近标语牌内容。

车子沿盘山小道疾驰而上，接近标语牌时，司机减速，让大家看清内容。结果让我们所有的人都愣住了。在混凝土砌成的高大标语牌上，一行黑漆写就的行书大字迎着西斜的阳光，嘲笑似的望着我们："我的爱人在哪里？"

我们愕然。"我的爱人在哪里？"一句开玩笑似的话，以这么庄重的形式出现在空旷的山野里，太出乎意料了。这是什么人写的，为什么？是恶作剧还是什么？这一连串的问题纷至沓来，就像新闻五要素一样引起我们探究的兴趣。讨论半天，谁也拿不出合乎逻辑的解释。最后大家达成共识，不要徒劳心力了，到了民主村一问便知。

终于到了大山深处的民主村。可是那天情况特殊，我们为采访典型的事情和醉酒的村长周旋，把这事忘到爪哇国里了。

又过了两年，一个偶然的机会，在朋友家里，和一位私企老板共进晚餐。交谈中得知，这位老板的老家正是中川镇民主村。于是突然想起这件事，便向他咨询。老板轻松一番话把谜底解开了。原来，这些年，民主村的姑娘们纷纷去城里打工，仅他的公司就吸收了不少；有些不去打工的，适时嫁人，大多嫁到环境条件好的川水地区。于是像民主村这样的脑山出现了严重的"媳妇荒"。当然，小伙子们出去的也不少，但小伙子们不可能全出去，总有一些人还得留下来经营庄稼，陪伴双亲。年龄一年年大了，说不上媳妇。媒人提上礼物走西家，奔东家，跑上一冬一夏，八字还是难见一撇。眼看丢了三十奔四十，可是媳妇在哪里？天知道。这条标语就是郁闷之极的"剩男"们写上去的。他们用这句话把原先的标语覆盖了。

标语不说"我的媳妇"，而像城里人一样说"我的爱人"，无奈之中带点幽默。他们的发问没有明确对象,是说给任何人的,也是说给自己的。情真,意切,词悲,这是农村大龄男青年的"天问"。

　　近几年我还了解到,民主村的情况在农村很普遍,是一个社会难题,社会学家和经济学家们尚未找到破解的思路(也许还没有充分注意到)。

2013 年 1 月

乡村琐记之十二

城里的贵客来了

　　我们在中川乡了解到，民主村可能有我们需要的先进典型。朱乡长说，民主村远，已经下午了，时间怕不够用，明天去吧。我们说，再晚也得去。那段时间，民族团结进步的系列报道在《青海日报》定期刊发，我们马不停蹄地在全省奔波，不敢让这个"系列"断了档。

　　车子翻过了几道山岇，傍晚时分到了民主村。这是一个四山环抱的土族村庄，很安静。巷道里少见人影。费了点周折，有人才把杨村长（规范的称呼是村委会主任，但村里人习惯叫村长，姑从众）找来。村长五十来岁，眉目清秀，满脸通红，酒气跟着他的脚步飘来。杨村长认出了陪同我们的朱乡长，老远就伸出双手。朱乡长把我和两位记者介绍给他，并说了说我们的来意。

　　"哦，城里的贵客！快，家里走，家里走！"杨村长热情地和我们一一握手，微醉的他显然没有听清、或是根本不在意我们是谁、来干什么。一个劲地说:"客人来了福来了,家里走!"兴奋让他的脸颊更红了。

边走我边问村长,惊蛰都过了,不见村里有备耕的动静啊,人都干啥去了?

"哦,谢家阿爷家今天贺材着哩,人都喝酒去了。人一辈子就做一次寿材嘛!不好好喝一场成哩嘛?明天起就忙了,节气我们不敢耽误。听说家里来了贵客,我挣扎着先出来了,人家不走给!"杨村长憨憨地笑着。

一进庄廓院,他就喊来儿子,用土语说了一阵什么。小伙子动作麻利地把廊檐下的摩托车推下台阶。我们问村长他要去干什么。

"买酒买菜啊。家里酒不够,肉还多着哩。"村长依然憨憨地笑着。

我赶忙上前拽住摩托车的后捎盘,把小伙子拦回来,并告诉村长,你先听听我们的来意。我们先了解一下基本情况,如果情况一般,我们做个一般性的采访就走,耽误不起,回去最多发个小通讯。如果确实有值得挖掘的典型,我们得住上几天深挖。

但杨村长哪里肯听"来意"? "哎呀,快上炕。炕上坐哈了说。贵客来了哪里有站着说话的道理?"不由分说,弯腰抱住我的腿就往炕上抬,我们只好脱鞋上炕。

杨村长在堂屋里寻找茶具、酒具、干果碟子,忙得团团转。我说:"杨村长你先别忙。来来来,你先坐下,听我给你说来意。"

"好好好。进门三杯酒敬了再说,贵客来了呗。"他只顾忙他的,不在乎来意不来意。就在这时,我听到摩托车马达声。透过窗户玻璃,看见大门口悬浮着排气管冒出的一缕青烟。是小伙子趁我们不注意,悄悄推出摩托,出门采购去了。我们有点着急。采访计划如果落空,我们滞留在这里,岂不是白白浪费时间?趁杨村长敬完三杯酒之后,再一次请他坐下,听我们说明来意。

"好好好。"这回杨村长坐到炕沿上了。可他的屁股刚沾了一下,又站起来，"朱乡长，你先陪客人喝茶，我就来。我去隔壁打发人把两位团长请来。今晚上没有团长可不成！贵客来了呗。"说完一闪身出了房门。

"团长是啥人？"我们诧异地问朱乡长。

朱乡长笑着解释说，是这个村业余演出团的团长，两个唱"道拉"的把式。"今晚上杨村长要拿酒和道拉招待你们哩，实在不成就住下吧，入乡随俗嘛。"

这下麻烦了。道拉我倒是想听，很想听。但今天不是时候。道拉是土族人在喜庆场合礼宾的歌曲，曲调多，内容多，像丰富的套餐。不仅有程式化的内容，还根据场面上的气氛、客人的年龄和身份，即兴编出唱词，层出不穷。每一曲终了，随着"执户看酒——"的一声喊，就有人上前敬酒。

我想象得出来，今晚两位"团长"往炕沿前面一站，端起酒碟，亮起歌喉，那我们就等于被"绑架"了。唱一气，敬一轮，直至东方之既白。明天头脑昏昏沉沉，那还怎么工作？

正这么想，只见杨村长兴冲冲地推门进来，"说给了，两个团长一会儿就来哩！"

道拉受听，村长可爱，土炕温暖。但此地不可久留。我们几个人交换了一下眼色，迅速跳下炕来，穿起鞋子，准备逃离。

"哎，你们干啥去哩？不会是走哩吧？"杨村长慌忙张开双臂，左拦右挡。"饭正做着哩，炕上先坐着！"

但我们去意已决，挣脱杨村长，给他说："你别见怪杨村长，我们今天确实没时间坐了，下次来了好好听个道拉。"

杨村长极其失望地跟着我们走出大门。"饭都快好了，团长也都请好了，客人可走了。旁人会笑话我哩。"

我们再三表达歉意，跟他握手告别，上了车。

我估计,直到这时,杨村长也不太清楚我们是什么人。在他心目中,客人到来就是幸福。

车行盘山道上,一辆摩托车迎面飞驰而来。后捎盘上绑着一个纸箱子。开摩托的正是村长的儿子。他认出了我们的车,把摩托停靠在路旁,惊讶地看着我们。我们摇下车窗玻璃,向他挥了挥手,心里十分歉疚。

这是多少年来第一次遇到的情况,由于采访对象的热情,采访无法进行。

2013 年 1 月

乡村琐记之十三

彩瓷大门

　　每次经过村庄里一户不知姓名的人家门口，总要逗留片刻，琢磨一番他家的大门。这是一副砖木结构的大门，材质朴素，造型和工艺却不含糊。门顶是歇山式的，斜铺的瓦片下面排列着红砖打磨出来的"飞椽"，错落有致。两扇松木门扇深深地镶嵌在砖柱之间，显得古朴而含蓄。大门的色调与草泥抹光的庄廓墙结合得亲密无间，相得益彰，如果有美术家看了，想必也会驻足审视。

　　在左邻右舍的大门轮番更新，渐呈华丽气象的背景下，这户人家似乎不为所动。从他们家庄廓院的规整程度判断，户主不乏更换大门的能力。但他一直不换，想必是个定力在身、本命年也不系红裤带的人。

　　旧时农村有谚云："富不安门，穷不搬家。"前者指更换大门有炫富之嫌，后者指搬家会增加开支，乃至越搬越穷。现如今生活好了，观念也变了，更换大门成为农村的时尚。一律是彩色瓷砖的门顶门框，或蓝或绿的铁皮门扇。初次看到这样的大门明光闪亮地站立在土墙之间,总觉得不太般配,看多了也习惯了。但彩瓷大门的气派与户主的家景不一定对应。偶尔也能从虚掩着的彩瓷大门中看到院内的寒碜,透露着为时尚所迫的无奈。

彩瓷大门都是由预制的瓷砖构件组装而成,不给户主发挥创造的余地,所以大门的样式、色彩和图案也都千篇一律。让户主略感烦恼的是,瓷砖不吸水,春节天寒,贴对联大不易。无论是胶水还是浆糊它都不认,除夕贴上去的春联,遇点小风,晚上可能离门而去,连痕迹都不留,像个恶作剧。所以有些人家只好用透明胶纸把春联粘上去,或者干脆不贴春联了,只贴门神。

还有一种大门暂时没进入农民兄弟的思维,那就是砖雕大门。青砖是好东西,色调与土墙、木门、甚至与铁艺都能合得来。如果配上雕饰,既高雅又朴素,且耐看。成本肯定比彩瓷大门要高,这不打紧,大门是脸面,只要有人发轫,必会群起而效之,成为新的乡村风景。

但怕就怕有人瞄上这个商机,批量生产砖雕大门的预制构件,就像彩瓷大门一样,让砖雕大门又一次变成"制式大门",完全失去个性。

连最富于个性的村庄都走向标准化了,何况是个门。

2013 年 1 月

乡村琐记之十四
沼气喜剧

镇里批下来农业科技推广项目:做沼气池。试点户可以获得政府补贴的 1 200 元专项资金。

这是个让人心动的新鲜事。如果真能用上沼气,从此再也不用为烧柴问题闹心了,做饭也告别了烟熏火燎、抓柴抓草的方式,多好。

但试点户必须具备一些条件:

1.家里养着牲畜,有足够的粪肥作原料。

2.门外有空闲场地。

3.场地必须背风、向阳、靠近厨房。

老何家正好具备这些条件,便毫不犹豫地报了名。随后县农业技术推广中心派人来考察,认为合格,就和他签了合同。合同规定,1 200 元补贴资金将以 20 袋水泥加 1 000 块红砖的实物形式兑现;沙石由农户自己准备;技工由推广站无偿提供。

老何很快就把大门外的场地清理出来，按照技工小丁画出来的石灰线，开始挖基坑。正是三伏天气，汗一身一身地流，茶一缸子一缸子地灌，为了早日用上沼气，和儿子苦干了两天半，就把基坑挖好了。基坑口小肚子大，像个大坛子，有一间房那么大。又按照小丁的指点，修改了几次，浆砌的日子也说好了。

浆砌那天，老何一早叫醒儿子，各持一把平底大铁锨，在门外地坪上洇好了红砖，倒出水泥沙子，奋力调拌。刚歇了口气，小丁带着工具来了，他蹲下来往基坑里察看了半天，又拿出卷尺量了一番，说:"还成。"

老何就问:"那就开始吧，丁师？"

小丁起身往回走，说:"等会儿，我去买包烟。"

老何一听就明白了，赶忙上前拉住:"你买啥哩丁师！我去买，我去买。"他心里责怪自己大意，三脚两步赶到村头的小卖部，问清楚最贵的烟是"精白沙"，就买了两包。

小丁抽着烟，说:"何家爸，我看你是个踏实人，有句话先给你说清楚。我做过的沼气池多了，真正能用的，十家里没有五家。"

老何惊得张大了嘴巴，"那为啥？"

"为啥？"小丁慢悠悠地说，"不是我的技术不成，是有些人眼睛太小！政府批给的 20 袋水泥、1 000 块砖，这是经过了实验的，刚好够做一个沼气池，再做一个配套的猪圈。可有些人偏就舍不得全部用上，悄悄省下一些，留着以后盖房子哩。结果，水泥少了，沙子比例大了，池子用不了几天就出现裂缝，漏气！粪已经填进去了，再想返工是办不到的。"

老何愤慨地说:"这些人！这不是自己哄自己哩嘛！把公家的心意也对不起啊。你放心丁师，我不是那种人！"

于是开始浆砌。儿子用铁锨拌水泥，老何用铁桶往基坑供应，小丁拿起瓦刀和泥抹子,下到基坑里耍开了手艺。

太阳光已经很毒,不一会儿,汗衫都湿透了。休息时,老何说:"丁师,我想和你商量个。你说20袋水泥,刚够做一个沼气池,我想再多加几袋,要做,就做结实。你看成不?"

小丁喝了一口熬茶说:"20袋够了,这是实验过的。"

老何说:"要做就做结实! 我这个人做啥都讲究个牢靠。"

小丁想了想说:"你自己愿意花这个钱,那就花。池子内壁做厚点没坏处。"

老何立刻吩咐儿子:"快拉上架子车,到西街口崔老板那里再要6袋水泥。打个欠条,说下个月一定还钱!"

中午,小丁爬上坑来说:"休息吧。我回家吃饭,下午再来。"

老何赶忙说:"啥话? 莫道我连一顿饭管不起吗?"把小丁拉进家门。老伴早就烙好了油饼,烧好了奶茶,一见他们进来,赶紧把切好的菜推到锅里炒。

小丁把池子内壁抹好了,"剩下的活,你们自己会干:水泥加清水,调成灰浆,用刷子往墙上刷,所有的角角落落都要刷到,如果粗心了,前功尽弃! 至少要刷上四遍。"说着拿起工具给父子二人示范了一阵子。

第二天起,老何父子就在池子里刷灰浆。他们一共刷了12遍! 过了两天,小丁来了,仔细察看了池子,说:"你的沼气池大概能成功哩。来,把口封上。"几个人抬过来沉重的圆形水泥盖子,把池口封好。小丁从工具包里掏出一截胶皮管子,插到预留的小孔里,又拿出一个气球,绑到管子口上,告诉他们:"过两天如果这个气球鼓起来,说明池子没问题,就来叫我;如果气球一直瘪塌塌的,说明还有缝隙,再刷!"

于是老何一家人出出进进就留意着那个气球。过了两天,气球像灯泡一样鼓了起来,越鼓越大,下午,"啪"的一声破了。老何就去推广站叫小丁。

小丁带来了一整套东西：压力表、炉盘、胶皮管子。他指导老何父子从沼气池到庄廓墙挖了一条沟，用钢钎在大墙上凿了一个洞，把管子引到厨房里，接到炉盘上，又在墙上装了压力表，告诉他们，现在就可以往池子里填粪了。注意着，过上几天，当压力表上的指针达到刻度 4 以上的位置时，就可以打火做饭了。

好大的池子！把平时积攒的肥料全装进去，还不够，又去邻村买回来满满两"手扶"牛粪，这才填到合适的位置。此后的几天里，老何一家随时留心着厨房墙上的压力表，天天盼着高温天气，好让粪便快快发酵。第四天，指针终于有动静了。

第七天凌晨，老何睡不着，就起身披衣赶到厨房里。开灯一看压力表，呀，指针已经超过 9 了！老何定了定神，小心地攥住炉盘开关往右一拧，"嘭"的一声，蓝色的火苗蹿起来老高，比煤气灶的火力还大！赶紧关了开关去把全家人叫醒。

他再次拧开开关，蓝幽幽的火苗带着压力，嘶嘶地往上蹿，把全家人的眼睛都照亮了。蓝火苗在他们眼里就像元宵之夜的礼花，咋看也看不够。

"嗨！你说，现在的公家！"老何兴奋得话都不知道该怎么说了。

2013 年 1 月

第六辑　有缘为人做嫁衣

在季风中逆行

极地：古典诗原野上最后的牧人
——序《荫西诗选》

骚坛气数前朝尽　独步荒原亦可钦
——序沈世杰《听雨诗笺》

探索与追踪，比生活更精彩
——序唐钰作品集《问道》

青海回族书画篆刻摄影艺术集序

青海国土资源博物馆前言

极地:古典诗原野上最后的牧人

——序《荫西诗选》

一

　　今年是青海乡土诗人张荫西诞辰 100 周年。青海人民出版社重新出版了这本《荫西诗选》。在我看来,这本诗集的问世,乃是对将有流失之虞的地方文化遗产的郑重展示,是对一种正在西部地平线上消逝的文化余晖的深情回顾,也是青海最后的古典诗歌曲终之后悠长的回声。

　　是一种历史性的焦虑感迫使我不计绠短汲深,自愿为这本诗集作序。坦率地说,固知才非毛遂,实则四顾红尘,无可托付之人!

　　斯人故去曾几何时,在诗人的家乡贵德,知其人者已属寥寥。悲矣夫!

　　在一个生活目标日趋实利化、精神生活日趋浅俗化的时代里,曲高和寡的作品及创造者势必为社会大众所忽略,这本不足为奇,但张荫西这个人不该这么快就被淡忘。

　　余生也晚,对荫西先生的"发现"是在上世纪 80 年代。其时诗人已届垂暮之年,虽说诗稿盈箧,但由于格律诗这种形式普通读者不易鉴赏,作品所表现的价值观念又与社会主流意识有着隔膜,因而从来没有引起过社会的注意。直至 1985 年,青海人民出版社小心谨慎地选编他的部分作品,出版了一本薄薄的、小 32 开的《荫西诗选》,他才为世人所认识。在此之前,本乡本土的人们仅仅知道他是个医生。

但恰恰由于格律诗的不易鉴赏,在许多趋赶时尚的艺术品被岁月之河无情淘汰之后,他的作品不仅没有褪色,反而如陈酿旧醅,愈显其醇。这是一个十分耐人寻味的现象。

虽说一方水土养一方人,虽说黄河岸边山焕水媚,但产生张荫西这样的诗人,非因水土而因历史。众所周知,青海的汉族人祖籍多在内地,其中以南京后裔居多。经过千百年的辗转流徙,逐渐在这片既算不上肥沃也算不上贫瘠的黄土地扎下了根。依赖着青稞、洋芋、油菜和小麦所提供的物质基础,他们渐渐抚平了背井离乡的伤痛。故土何处? 根脉哪里?这个问题不再是月圆之夜让人们遐思纷飞、怆然涕下的缘由。但有一点很明确:即在色彩绚烂的异族文化的包围中, 他们依然恪守着从内地带来的生活传统,恪守着"诗书继世,耕读传家"的处世观念,保持着对"国学"的挚爱,不仅"穷并快乐着",而且"穷并斯文着"。许多胼手胝足的劳动者,居然也像亲近素所稔熟的知音一样亲近着李白、杜甫、苏东坡;居然也能用握惯了铁锨把子的手写出一些不甚押韵合辙的诗句。他们以这样的方式强化着对精神母体的依赖,宣示着自己的心灵归属。这是青海农业社会中一种特殊的文化现象。这种现象一直延续到电视和麻将统治了农村的精神空间之前。对此,我曾在几年前写的一篇纪实散文《文明边缘地带》中做过初步探讨。

青海历来不是人文荟萃之地。且不说历史上的贵德,"诸羌环居,民不读书"(见《西宁府新志》),即使在近代,它也不具备孕育大文人所必须的丰沛文化滋养。何况张荫西出身寒微,而非书香门第。据此可以认为,张荫西之所以成为张荫西,除了天赋,乃是由于他对传统文化如同血缘亲情一般的依恋,以及宗教一样的虔敬之情。从另一个角度看,张荫西等人的创作生涯也标志着中国传统诗歌的传播所能抵达的西部极地。这是文学意义上的极地,它远离华夏文化中心,收束于黄土高原尽头、青藏高原脚下。而在日月山以西的辽阔地域,传统诗歌则如天外之音,瀚海茫茫无觅处。

张荫西的特殊在于,他既不等同于上述那些只有在心血来潮时信手涂鸦、不求工而求乐的劳动者,他也不同于那些在年头节暇与朋友唱和酬答、应景遣兴的官绅士子。众所周知,旧时代青海较为知名的诗人一般都有着家庭熏陶和学校教育双重的成长条件,一般都通过应试走上了仕途,或者至少有过进入仕途的努力。他们中的不少人曾有过在内地作官为宦或者以文化特长谋生的经历。他们虽然是"土生",但往往不是"土长"。张荫西则是彻底的土生土长,他的一生都于仕途无缘,一直是个普通劳动者。所以,他的心态绝不同于那些以诗酒为消遣的文人墨客。他是一位虔诚而坚韧的追求者。从龆齿之年学习咏哦,到 1988 年 83 岁逝世,他的创作活动贯穿了一生,几乎没有中断过。写诗不仅成为他精神生活中不可暂缺的一部分,并且渐渐也成为化解人生苦难的一剂良药。他用诗的形式记录了一个普通的乡土文化人在时代的潮起潮落中摇曳颠簸的心路历程。

二

张荫西出生于 20 世纪曙色初露的年代。其时作为历代学子修业基础的"国学"即将面临白话文运动的猛烈扫荡。正值求知年龄的张荫西有幸在山雨欲来之前系统地熟读了经史子集等国学经典。1983年，笔者在初识并采访荫西先生时了解到，他是在记忆力最佳的20岁以前就已经把该读的古书都读了。一个"都"字，像一粒饱满的种子，其实已经预示了未来的果实。今天，白话文运动的功过尚待历史评说，但只要我们稍稍留意一下那些曾倾力推动白话文运动的大师巨匠们自身的成长经历，却发现他们之所以成为大师巨匠，恰恰是由于得益于传统经典的喂养，而不是白话文（这多像是历史的一个玩笑）。同样，我们也不难从张荫西身上感受到对于一切好于此道的人来说传统文学的根基何其重要。这一点，不仅从他作品中所涉及的文史知识的广博程度可知，从他举重若轻地用诗的形式"状难写之景、表难达之意"可知，也从他随心所欲地操控古奥的方块字可知。

命运没有赐给荫西先生游历名山大川的机遇和施展才华的广阔舞台。他几乎终生都在那块四山环抱的河谷盆地中生活。为衣食忧，为儿女忧，为行路难忧。这使他的作品字里行间始终弥漫着一种淡远的悲凉和惆怅。只有在描述"梨英炫缟，桃浪泛红"的家乡美景和沉浸在"柴门忽听人来访，一阵笑声喜女归"的欢娱中时，作品的基调这才顿然显出些亮色。

儒家所倡导的中庸、内敛的处世观念在荫西先生的作品中有着全面的浸透。无论是感时、述怀、咏物、观史的题材，都能让读者感觉到他对世事变迁、万物兴替所持的保留性态度和悲剧性理解，而且情绪往往是克制的。即使是对生活中的假恶丑，也少有金刚怒目式的激愤。他总是以阅尽沧桑的睿智，含蓄地表示着对一切激进的、表面的、轰轰烈烈的和大红大紫的事物的怀疑和否定。这正是儒家艺术观中"怨而不怒"这一风格的表现（在特殊的年代里，则出于对遍布神州的文字狱的顾忌）。

温良恭俭让，这是儒家处世理念中最具亲和力、最有"群众基础"和实践空间的行为准则，也是荫西先生信守毕生、用以调整人我关系的阀门。与此相对应的,便是他的诗作中宁静、平和、温馨、质朴的审美视角。在创作中,思想倾向被他自然而然地转化成了艺术倾向。概凡写到家居、亲情、邻里、岁俗、农事等题材时,目光里便流露出无限深情,笔触变得细腻活泼。逸兴遄飞,意趣盎然。即使是在写一生中最受委屈的岁月——十年浩劫中举家迁往偏僻山区苦熬待罪之年——诉诸文字,也不完全是牢骚和愤懑。他善于把这样的情绪揉进日常生活的娓娓描述中,转化为一种秋野寒林般的风霜感和韵味悠长的凄凉美。这些作品恰恰成为荫西先生全部作品中最具艺术感染力的佳构。

也许,连诗人自己也没有意识到,这十年的放逐生活,是命运对他的曲意成全。在他之前,命运也曾以同样的方式成全过不少古代和现代的诗人作家。

三

格律和声韵,对于写旧体诗的人犹如双刃剑:它既是法则和限制,又是展现语言魅力的魔方。今人写旧体诗,且不论立意高低,手法巧拙,遣词造句多失之于雕琢、涩滞、拗口。即或命意不错,亦难朗朗上口。张荫西自幼在其塾师、晚清秀才宁赞丞的指导下赋诗填词,对于格律的运用早已游刃有余。他的诗始终追求一种晓畅,自然,不留斧凿痕迹的朴实风格,如"谈能损气言常少,食纵维身也怕多""每想白云深处去,白云亦自在人间""稚子耕读两俱误,老妻妆奁尽成空",看似信口道来,未加琢磨,却又暗合平仄,中规中矩。在这里,已经感觉不到法则和限制的樊篱。这使人又一次想起歌德的名言:"只有法则才能给人以自由,只有限制才能显出高手。"

作为深谙旧体诗妙谛的老诗人，荫西先生的创作在摒弃浮华、锤炼质朴的同时，致力于意境的开掘和营造。有些诗句达到了高度的凝练，呈现出空灵飘逸的艺术境界。像"有水都明镜，无禽不翠毛""一天明月凉似水，半世襟怀淡若仙"这样的诗句，假如把它们与唐人的作品混置一处，请诗坛耆宿们来辨认，我相信，怕是会难坏不少人的。

遗憾的是，儒家思想赋予他过于谦谨内敛的精神品格，在一定程度上约束了诗人的艺术翅膀，使他未能充分张扬自己的艺术个性。更由于以自娱为出发点的创作动机，局限了他的目光，使这位实力雄厚的乡土诗人有意无意地放弃了向更高目标求索的努力。否则，以他的才华，完全有可能创造出更大的辉煌。

但荫西先生的价值主要不在这里。毕竟，格律诗在历史上造就的辉煌是后人永远无法企及的。连鲁迅先生也不无偏激地说："我以为，诗到了唐代，就大可不必再写了。"荫西先生的主要贡献在于，在由于经济文化落后而素为内地人所睥睨的青海高原，他延长了古典诗歌的生存时间，扩展了它的影响空间，宣示了它的审美价值。自从格律诗连同它代表的汉语文字技巧走向衰落之后，今天的人们，难道没有感觉到典雅文体的缺失在现代生活中造成的尴尬？且看，在一切不能不用典雅的文言来装点的载体（譬如碑记、楹联、匾额、铭文、谱序、艺术品的题款等等）期待着能够经得起审美考验的文字时，今天的人们又是怎样地捉襟见肘，穷于应对！每当我在名胜景点看到半文半白、似通非通、不雅不俗的文句，就会想起荫西先生。想起他为贵德留下的那些题咏，想起这些题咏对这个县城的文化品位所产生的提升作用和所赋予的社会心理优势。

张荫西的出现，为青海的地方文化史增添了可圈可点的一页；而他的逝去，也意味着色彩斑斓的地域文化宝库中一个品类几成绝响。这本诗集的出版就是余音袅袅的古老歌谣绕梁三日之后一个彻底的句号。至少在贵德是如此。试问：在那一方素有高原小江南之誉的河谷盆地，今后还会有人像江南才子一样在风窗雨夕以心源为炉，笔端为炭，烹文煮字，锻声炼韵吗？不会了。在这个只要手里有银子，出一本精装书易如反掌的商品时代，在贵德这块土地上，还能产生一本这样的古典诗集吗？不会了，永远。

2005 年春月

骚坛气数前朝尽　独步荒原亦可钦

——序沈世杰《听雨诗笺》

　　我在《荫西诗选序》中曾感叹风雅一道后继乏人，号称高原小江南的贵德再也不会有人在风窗雨夕面壁苦吟了。看来这话说得早了一点。不经意间，多年来一直在韬光养晦的贵德籍诗人沈世杰突然冒了出来。我看了他的诗集，不由愕然。这个年龄比我小几岁的同乡，这个和我一样戴着红领巾长大、并没有系统地受过"国学"训练的人，对于旧体诗技巧的掌握竟然达到如此纯熟的地步，这在同龄人中实属罕见。看来他已经暗地里锻声炼韵好些年了，只是从未付诸报刊，我等无缘识荆而已。

　　在诗人张荫西的故乡，明媚的山光水色之中，莫非氤氲着某种文化的微生物，它们自然地和必然地会在某个有灵性的大脑中发酵，继而喷薄出诗的芬芳？

　　要知道，张荫西和沈世杰属于两代人，他们互不相识，更谈不上有学术传承关系，故不能简单地认为后者受了前者的影响。但沈世杰的出现再次印证了一个称得上是规律性的现象："文章憎命达"。这已经由张荫西的一生充分证明过：封闭的环境，坎坷的生活，孤独的内心，呕心沥血的追求，对于成就一个诗人何等重要。这两位同乡都在向我们证明，逆境中所有的彷徨和痛苦，是怎样在诗人笔下转化为让人怦然心动的艺术境界的；而在喧嚣的现实中保持自己那一方孤独的精神天地，又在多大的程度上决定了诗的品格。

沈世杰天赋独秉，多才多艺。假如机遇不吝，他有可能在许多行当里求得发展：文学、音乐、美术、医药、烹调，成为其中的专门家。他甚至也可以成为一个出色的工匠。但有一个无情的客观因素从一开始就制约着他，让他处处碰壁，落拓半世。等到这个客观因素终于不再成为人生道路上的障碍时，年华已经老去，往事无法追赶。

这个客观因素就是家庭出身，曾经在很长的历史时期内操控着国人命运的一只看不见的手。

沈世杰是地主家庭的儿子。他接受的人生第一课，就是来自社会的冷漠、歧视和"专政"的压力。"一路踽狭多淖泞，半生落拓几沧桑。"幼年的他，背着书包，拽着母亲的衣角，忐忑不安地到学校报到。他嗫嚅着回答老师，家庭成分是"地主"。此后的学校生活中，他就成为小伙伴们轻之、贱之、欺之的对象。种种恶作剧随机发明：往"地主娃"的衣领中滴入烧熔了的橡皮，往眼睛里抹万金油，或是赚你口衔毛笔，用力一抽……"龆龄懵懂入学堂，群小同欺'地主郎'。人前最怕问成分，惶愧恨无地缝藏。"

带着出身的烙印，沈世杰开始了苦苦的挣扎。他在长诗《学画记》中记述了人生道路上最初的挫折。时值由"革命群众"推荐上大学的年代，国内某高校美术专业来县上招生，这对于有着较好美术基础的沈世杰来说，是一次改写人生的难得机会。在群众推荐和专业考试两个环节上，他都脱颖而出，亦被招考老师看中。但县革委会最后审核时，终因"成分太高"被黜。

残酷的命运碾碎了多少人的梦想,但也会成就一些人。假如年轻的沈世杰从此消沉下去,在自卑、痛苦、压抑的心态中踯躅不前,并且终至彻底绝望,他就会和我们见惯的许多劫后余生者一样,重见阳光后仍不能脱尽萎顿和迷茫,遑论有所建树。

是诗拯救了沈世杰。他在寂寞中别有滋味地感受着古典诗歌的蕴藉、安详和超脱,像结识了一个知情知意的精神伴侣。

一个燠热的仲夏之夜,在荒山深处的水渠建设工地,苦累了一天的沈世杰蜷卧帐篷,听身边鼾声如雷,浩渺之中山雨奔逐,天籁齐发,想起此生多艰,不知归宿何处,一时百感交集,思绪如麻。事后他以歌谣体写下了洋洋数十行"听雨"。

这首歌词在今天看来不免失之直白,缺乏技巧。然而情发乎中,荡气回肠,仍有强烈的感染力。这便是沈世杰走向诗歌的发轫之作。他以"听雨"命名这本诗集,想必是为了纪念创作道路上这次难忘的临盆之夜。

一颗敏感而多情的心一旦和诗结合,沈世杰便义无反顾地进入了一方宽阔明亮的精神世界。在这里他以七言、五言或长短句为结构,随心所欲地堆垒起自己的心灵家园。他惊喜地发现,不仅是希冀和憧憬,不仅是激赏或感动,即使是生活中的烦恼、愤懑和痛苦,也能在这个世界里转化为多姿多彩的艺术资源,带给自己别样的审美愉悦。

在封闭的环境中,他渴望得到明师的提携指导。"若遇添油拨草手,华堂焰亮慰此生。"而当今时代,旧体诗走向式微,随着诗坛耆宿的逐一陨落,沈世杰少有机会向通家请教。他靠自己的敏悟和刻苦磨炼,掌握了格律和音韵的奥秘,炼句炼意,吟而成癖。

诗造就了他的第二人生。从磕磕绊绊的青少年时代到衣食无虞的晚年,未尝一日移其志。在各种比诗强大得多的东西诱惑着人的眼耳鼻舌身意的今天,仍然没有什么力量能把沈世杰拽出他所迷恋的那个世界。笔者曾调侃道:"我看你这个人,身子在21世纪的省会城市里奔走,灵魂还在唐代的某一片衰柳残菏中徘徊!"沈不言,但微笑。

凡诗人皆多情,最容易和风花雪月结缘。但风花雪月一类题材,即使在辉煌的唐诗宋词中也不是最有价值的。无论诗人多么有才气,热恋这类题材,境界必受局限。"唐末小诗,五代小词,虽小却好,虽好却小。盖所谓儿女情多,风云气少也。"(清·刘熙载语)何况对这类题材的挖掘,古人已穷尽其能,今人实难翻出新意。无论是被称为"青海李清照"的女诗人李宜晴,还是沈世杰,都没有充分意识到拥抱此类题材的不明智。她或他可以写得很像古人诗(这已经不容易了),但也只能是像。要想创新,何其难也。所幸这类诗在沈世杰的作品中不是太多,否则,我写这个序都无甚必要了。

张荫西先生平生不爱"骚吟风雪"。他的目光总是越过风花雪月,投向更现实也更广阔的时空,苦苦探寻着生活的意义,追求着人格的自我完善,这就是他的可贵之处,作为同乡的沈世杰不可不察。

在我看来,沈世杰的诗中最可欣赏的,是有关个人遭际、故乡风物以及弱小生命存在状态的那一部分。对于一切苦难中的生命,他有着感同身受般的理解。如《咏驴》:"托生畜类唯嚼草,命降人寰永体鞭。数九牵车跋漠漠,三伏碾麦转团团。驯良妇孺皆跨骑,耐苦腰肩屡溃穿。最忍一刀割艳念,生伦已绝蹇残年。"他把人间司空见惯的现象以犀利的笔调揭出,大千世界中一条弱肉强食的冰冷法则赫然显现,不由人不怵然心惊。他写家乡民俗的作品,遣词造句清新活泼,展示出一轴轴我们熟悉的民俗风情画。"春来二月蛰龙醒,地沐东风百草生。垅上千家齐炒豆,嘎崩脆里唤牛耕。"(《二月二》),"嘎崩"两个字,以原生态的口语直接入诗,令通篇顿生灵气。而在"田社"至清明这段时间,广袤山野中另是一番景象:"……野棘笼荒坟。土培

了,纸锭箔银。腊肴馒首陈列,两坛村酒,祖宗奠毕,却醉余人。"(《社日》)

对旧体诗的痴迷之深,在一定程度上改变了沈世杰的生活意义。今天的沈世杰,有着体面的职业和游刃有余的业务能力,似乎是潇洒自如地融入了城市生活。但这不过是表象而已。真实的他,缱绻于古人留下的艺术境界,诗酒自娱,淡漠一切现代的享受:"清心闲觅前人卷,沁肺还宜酒后茶。""幸有书中存惬意,除非盏内不开怀。"

我见他耽于吟哦不能自拔,感动之余,也曾想泼点凉水。一条手机短信拟好之后,几次欲发终不忍。因为我想,迷恋某种高雅的东西,这是一种生活态度,没有什么不好。时下有多少人在迷恋那些毫无价值甚至丑恶的东西,不是也被宽容甚至被鼓励吗?这种迷恋岂能与沈世杰同日而语?

2008 年 11 月

探索与追踪，比生活更精彩

——序唐钰作品集《问道》

人说当记者能锻炼人。这要看什么人当和怎么当了。有人当记者一辈子，在收集信息和发布信息的繁忙中度过，这是媒体性质所决定，亦无可厚非；有人以新闻为舞台，施展才能，寄托情志，演绎人生，这又是一回事。唐钰无疑属于后者。这个成长于循化农村、供职于道帏中学的青年教师，自上世纪 80 年代改行进入新闻界，恰如鸟入森林，鱼归大海，找到了一方释放自己能量的新天地。随后的几十年里，腾挪跌宕，纵横捭阖，一支笔频开奇花，屡显亮点。典型报道、深度报道、社会新闻等，一再吸引读者眼球，乃至成为社会热议的话题。今日检视成果，居然集腋成裘，洋洋大观矣。而唐钰也由一个不谙世事的乡里娃，成长为熟悉五行百业，广交仕宦农商，人情练达，不拘形骸，有独立思考能力的资深新闻人。业内人士常以"河湟名记"相调侃，虽为戏谑，亦不夸张。唐钰的成长过程确实是"当记者能锻炼人"这一观点的最好例证。

在记者这个行业里，我很少见过比唐钰更热爱自己职业的人。他善于捕捉别人熟视无睹、或者虽有所睹但怯于风险望而却步的重要新闻，迎难而上，主动出击。新闻采写对他来说永远是满怀激情的出发，而不是让人厌倦的同质重复。他的写作，从不以制造"标准件"为满足，每次命笔，总是在寻找新的突破点。尽管突破并不容易，也并非每篇稿子都能突破，但这样一种心态就使他获益不少。读他的新闻作品，无论是消息、通讯、或深度报道，总能感觉到他的兴奋或沉思、激愤或欣赏、叩问或仰望，绝少有新闻八股腔，绝少有钝刀子割肉般的表述。别的不说，仅从标题可见一斑。我不可能读到他的全部新闻作品，但在我读到的作品中，从来没有见到唐钰以"勇立潮头唱大风""一枝一叶总关情""为有源头活水来"之类陈词滥调做过通讯标题，也从没见他在新闻标题中使用过"换新颜""结硕果""良好势头""再铸辉煌"等套语，这不是出于偶然，这是刻意。他深谙标题对全篇的意义，总在不懈地追求标题的鲜明生动。当许多标题集中出现在一个集子里，唐钰的新闻个性也就凸现出来。

从一定意义上说，记者的新闻意识比采写能力更重要。新闻意识不仅使记者保持着对社会生活的新鲜感，也让他保持着对新闻素材掂量、怀疑和评估的自主能力，以免被新闻牵着鼻子走。唐钰对于社会生活，既有孩童般的好奇心，又有商人般善于估价的眼光。从业数十年，他的笔触几乎涉及社会各个行业，很少有被他漠然视之的新闻素材，但也没有"捡到篮子里就是菜"的收揽习惯。热情捕捉，谨慎选择，就是他的特点。

唐钰在青海日报社工作的日子里，靠自己的勤奋夯实了新闻基础，过了而立之年，机缘凑巧，他有幸调入中央级大报《中国青年报》，职任驻青记者站站长。在全国报纸中，中青报素以创新精神、批评勇气和队伍活力为读者所看重。唐钰在中青报的8年，是人生道路上一次重要的磨炼。缘于中青报的高要求,也缘于自己的勤奋,他的思想水平和业务能力获得了全面提高,唐钰迎来了一个成熟期。他的记者生涯中最具社会影响力的一些重要报道就在那个时候写成。中青报长于舆论监督的特色为唐钰提供了放开手脚勇敢驰骋的机会,而他自己的职业自豪感、责任感则是长盛不衰的采写动力,于是不断有典型素材奔来眼底。他东奔西走,明察暗访,常常废寝忘食,连续推出社会反响强烈的报道。时隔多年,我们仍然记得《麒麟舫事件》《金苹果事件》《垃圾猪事件》和《烈士陵园出售墓地》等大型报道给读者的心理冲击,以及跟着记者犀利的叙述,让假恶丑暴晒于阳光底下的酣畅淋漓。一个富于正义感、无所畏惧、多谋善断的记者形象,就在那个时候走进广大读者心中。

尽管有着中青报的强大后盾,唐钰并不是无所顾忌。在自觉接受舆论监督远没有成为文明素质的社会里,说假话易,说真话难;唱赞歌易,发檄文难。批评性报道很容易招致采访对象的敌视,唐钰面对的压力是巨大的。唐钰的采写过程往往就是与某些利益受损的个人或团体斗智斗勇、对抗或妥协的过程。完成这样的报道,需要心劲,需要执著。虽然有时不免气馁和忐忑,但坚持不懈的结果,最终还是获得正面力量的鼓励支持。正是从这些报道中,广大读者(包括某些对记者最初敌视、最终首肯的官员)才深刻地感受到,批评的力量、舆论的力量是怎样积极地推进着社会文明,认识到新闻本来应该具有的功能和价值。

虽然由于中青报对编采队伍年龄的限制,唐钰在不惑之年按惯例离开这家以新闻活力著称的报纸,回到了他的发祥之地青海日报社,但中青报赋予他的一切,已经深深地烙印在他的灵魂之中,融化为他的基本素质。在此后的日子里,他依然把新闻做得有声有色,其源盖出于此。

唐钰是个善于总结、重视创新的人。表面上仿佛漫不经心,暗地里不忘细心琢磨。他所总结的"慧眼识金,沙里淘金,点石成金"的采写三要素,以及"素材为镜片,主题为焦点,镜片无论多少,焦点只有一个"的太阳灶理论,就是他在实践中揣摩出来的心得。每一篇成功作品的发表,带给他的并不全是沾沾自喜。他总是要回望一下身后的脚印,审视或怀疑自己,写出一篇篇《记者手记》。这种习惯已然坚持多年。如果说,在见诸报端的新闻作品中,我们看到的是唐钰以媒体立场发出的声音,那么在《记者手记》中,我们看到的是记者坦诚的自白,以及职业责任感带来的焦灼和内心冲突。在这里,他把自己还原为一个有血有肉的普通人,和读者一起分享他的煎熬或欢愉、经验或教训,演绎了一个优秀记者不平坦的成长道路。《记者手记》与新闻作品配在一起,如同绿叶之衬红花,摇曳生姿,顾盼有情。手记是难得的采访心理笔记,初入道的记者,从这些手记中一定可以学到许多教科书中没有的东西。

唐钰是性情中人,兴趣多样。他钟情书法,热爱文学和音乐。下乡采访的行囊中,少不了一把口琴。在迢遥旅途小憩之时,或与农牧民对酌之余,一曲口琴独奏,扫尽连日辛苦。

刚来青海日报社工作时,他一度痴迷于诗歌创作,梦想当个现代派诗人。常常为了某个意境的创设或一个比喻的产生而面壁苦思,耽搁时光。若不是我的一番忠告,他很可能在那条前景不明的道路上越走越远。但凡事都有两面性,对记者来说,有这样的爱好绝不是坏事。文学的审美眼光、表达方式在有些情况下会使新闻作品增添许多感染力。从唐钰后来写的人物通讯、演讲稿、授奖词等,还是可以看出当初炼句炼意带来的好处。

我跟唐钰共事多年,对他的成长或许有一些影响,故而他一直视我为师长,执弟子礼甚恭。其实,人对人的影响都是双向的,我从他身上学到的东西或许更多。古人云:"弟子不必不如师,师不必贤于弟子。"老师不过是个引路人而已。这次他的作品要结集出版,求我作序,我破例答应了。此前我曾宣布,今后不给任何人写序了。我一生为他人写序无数,至苦至累。或为责任所驱,或为情势所迫,总无消停,以致闻人求序而惧。如今年事已高,渐觉力有不逮。然唐钰之后,又将如何面对求序之人?搔首自问,莫知抉择。区区微衷,借此布达,有情同仁,必能谅我。

2012 年 12 月

青海回族书画篆刻摄影艺术集序

没有文化追求的民族是没有希望的民族，没有艺术创造的群体是精神贫弱的群体。遥想千载之前，青海的回族先民告别中亚祖籍，万里迢迢，辗转来到这片以环境艰苦著称的高大陆，从此胼手胝足，以图生息，经历了何等漫长悲壮的创业历程！多少个世纪过去，严峻的生存砥子煅打出青海回族勤勉、自强、务实、坚韧的集体品格，他们不仅成功地站住了脚跟，也为中华民族文化的发展注入了独特的色彩和养分。然而，由于历史和环境的制约，青海回族整体文化素质不高，又成为在这个风送流星云追月的竞争时代向高层次发展的掣肘因素。所幸这是一个不甘落后的群体，无论商海贾河，迭见弄潮之人，即在翰林墨苑，亦有才俊辈出。米德寿、马虎城、马学良、王维仁、沙雨农、买锦轩、马岩、高曦峰、王成友、韩继文、刘建平诸君，即为其中翘楚。他们以狼毫、雕刀和镜头表达着对中国书画艺术和摄影艺术的痴爱，潜心磨砺，自强奋进。情之所渐，蔚成风气，数年之中，习者日众，遂令世人刮目相看。尤为可贵者，一些人家境并不宽裕。斗室逼仄，难容三尺书案；量入为出，少有浮财闲钞。而乃晨夕苦练,孜孜不倦;毫端蕴秀,腕底生香。入其家,则见笔花墨雨,满壁生香。追求之执著,不逊汉族士子,诚可感人。

　　这是一个颇可欣慰而又耐人寻味的文化现象。作为中华民族 56 个兄弟中的一员,青海回族对于以汉族为传薪主角的中国书画艺术不仅不存畛域之见,且以主人翁般的热忱参与承袭和发展。足见艺术本不姓私,实为人类共同财富。此种现象亦为其他少数民族所印证,譬如元代散曲,中原汉地如今仅存文字,难觅曲谱,遑论配器演奏;谁能料到,元曲的曲谱及演奏形式,却在彩云之南,丽江之畔,由纳西族人民含珠怀玉般地保留下来,传衍至今,而成稀世之音。一经登台,竟使京华为之动容,学者泪湿青衫。

　　传统文化像一条结实的缆绳,将不同民族共同的审美观拴系在一起。在各民族共同发展的过程中,"求同存异"四个字必将以理性的光芒照亮前进之路。

　　凡此种种,皆已说明:这本画册所表达的思想启示意义远远超过了它本身的艺术价值。

　　　　　　　　　　　　　　　　　　　　　　　　　2004 年 8 月

青海省国土资源博物馆前言

　　我们在这片古老的土地上生存了很久。我们用犁铧、播种机和采矿机与这片土地对话也已经很久。但我们对它的清醒认识才刚刚开始。

　　是载苦载甘的实践和悲喜相伴的反思修正了我们的虚妄、肤浅和片面,赋予了科学审视的目光。

　　让我们在理性和智慧的引领下款款走进这片土地,去重新打量它——认识它的价值,体察它的窘迫,倾听它的叹息,遥望它的明天,我们将会较为客观地获得为它欣慰或忧思的真正理由。我们会从中发现,这片土地的命运和我们自身的进步一直在相互印证。它的发展步伐、它为人类社会所能提供的果实、它的未来面貌,不仅仅取决于我们为它投入的能量,更取决于我们思想的成熟程度——我们对科学精神的坚持和追求真理的勇气。

　　这样的发现,难道不比发现了一座金矿更值得欣喜吗?

　　这就是我们建立这个博物馆的初衷。

2003 年 7 月

第七辑　小品也是大心情

在季风中逆行

江源颂辞

极地多淖,百川滥觞之祖;雪岭泻玉,三江启源之地。

峰雄峦伟,势吞八荒星辰;沼冽泽清,天成神州水塔。且也,滔滔者历久,韵壮华夏魂魄;涓涓者行远,绿润吴蜀膏沃。

更喜羽族炫翎,蹄类竞骄,榛莽蓊郁,金石蕴秀,泱泱乎天籁自鸣之邦。何期贪欲燎原,乃知净土难存。枪惊鸟梦,长空频啼铩羽之禽;血破羚国,雪野旋开猩红之花。蜂躜蚁聚,淘尽千里白沙;绿消红殒,杀却昨日风景。十年一瞬,噍类半亡。后羿安在,旱魃逞狂。况乃子孙所仰,唯此造化所贻。伐本斫根,其祸不远。补牢未晚,诚宜早谋;家园初残,犹可再图。

理性之光未泯,料应情暖草木;生命之源不竭,还望绿满天涯。

2000 年 6 月

天下黄河贵德清

　　河出巴颜喀拉山之阴，积微末为大渎，蛇行龙伏而近贵德。乍逢高坝雄峙，沉泥落沙；忽作清流曼回，襟抱关山。碧水映空，乃使流云凝睇，几忘黄河之浊在天下；逮至通衢骤畅，朝发夕至，复使天下人皆讶黄河之清在贵德。

　　天下苦黄河之浊久矣，望黄河之清甚矣。然则岂惟造化无情，亦且人寰有孽。天下皆知取之为取，而莫知与之为取，焉可无虞也。

　　使天下黄河皆清，不惟贵德独清，非仁者之心欤？仁者之心，亦贵德之心也。

2007 年 5 月

景熙丰公园序

湟水之滨，羌戎古地。百代烟云散尽，山河弥新；一川波涛依旧，夕照犹明。问断镞残镝何在，草木深处；听銮铃蹄音远去，天涯尽头。时逢盛世，丘墟重振，有志者将以有为也。而乃清荒秽，理榛莽，鸠精工，征良材，指顾之间，楼台起而亭榭立，雕栏回而玉阶开。更有奇葩名木，来悦倦眼；巧岩秀石，尽见匠心。寒暑几度，迥然一新天地矣。

假芳朝朗日，偕知友良朋，于此际会。步青苔而履香；闻天籁而神驰。远霞隐约，差似汉旌唐旆；翠鸟婉啭，仿佛羌笛胡笳。谈古今，论兴替，思接高天流云；调丝竹，理管弦，引来燕侣莺俦；一枰一局，足可忘忧；一觞一饮，亦堪慰怀。

然则其果可以慰怀忘忧乎？非也。兴有尽时，乐难常驻，即或酣畅于一瞬，不旋踵而意兴阑珊。浮生若梦，倘能留得一功一德利于后世，小乐中自有大乐也。

惜乎风气之渐，城乡披靡。君不见今日之园林，饮赌饕餮者众，寄情山水者寡；沉湎永昼，堆砖垒城之戏；拇战竟日，计杯量盏之争。空辜负多情造化、温煦韶光。

复观九州之内，江山胜迹，题咏之繁，篇章之妙，皆为前人所为，而今探幽览胜之人，蜂攒蚁聚，又将以何物遗之后人咏叹耶？

嗟乎！泉石流芳，徒羡古人之雅兴；翰墨寂寞，常惭我辈之乏才。浅陋之文，固不当乎法眼；狂放之言，或可聊博一哂。

2011 年 9 月

玉树常青林碑记

时值玉树大地震一周年，由西海都市报发起，广大志愿者踊跃参与，营造了这片林地。

这是献给遇难者在天之灵的绿色诗篇。草含情，苗思殇，永怀追想；风为箫，树作弦，自成流韵。

这是编织在黄土高坡上的现代图腾，宣示着对人间大爱的崇尚。爱的常青树是自然暴力无法摧折的。

这是对非常 365 天的深情铭记。急难赴义的悲壮历程，让平凡的人们感动于群体的坚强，也惊讶于彼此的美好。

这是根须绵延的生态媒介，它注定要承担起传播宝贵信念的使命。

许多年后，这里将郁闭成林。嘉木浓荫之下，会有人向孩子们讲述林地故事。在一次次凝神倾听中，玉树精神将被传承。

2011 年 4 月

重走青藏线碑记

　　从唐蕃古道开始,千三百年过去,等来了朝发夕至的伟大跨越。概凡旷世奇功,必有独特的精神信念作基石,必有潜在的思想启示待认识。在青藏铁路开通一周年之际,我们以景仰的目光重新丈量这片高地,把浅浅的脚印叠印在筑路者们深深的足迹之上。我们将从这里开始,探寻,体验,采撷和思索,以媒体的方式把昨天的奋斗定格成一棵精神常青树,在历史的天空里永远挺立。

2007 年 7 月

轮上春秋

友人某，性倜傥。驾货卡为业，奔波青藏高原。尝叹数之不偶，颠簸迢遥以老。每嘱余为文，俾渠一慰平生。获稿而喜，浼书家付诸翰墨而悬之厅堂，时一咏叹焉。

轮飞万里，势追夸父之驹；星驰脚下，辙碾北斗之侧。见鹰舞雪山而情共舞，闻鹿鸣大野而笛欲鸣。既而握盘高歌，自度神仙不如也。

至若苦寒在途，抛锚雪野，罡风裂肤；枵腹鸣鼓，望天涯路远，归宿难投；又或烈日炙空，旷原无垠；斗室如炉，心燥似火，想绿荫何处，清泉无踪。顿念韶光倘若倒流，生涯必当另谋。

已矣夫！甘瓜苦蒂，天下物无全美；得失两俱，何人终获圆满。所幸风霜历尽，筋骨犹健。回望浮生，且留得：一枕旧梦留昆仑，满腹传奇惊后生。

2006 年 6 月

张荫西墓志铭

张治铭先生字荫西，青海贵德人。1906 年生。少贫寒而颖悟过人。及长，博通文史且精岐黄之术。早年执教乡中，继而任贵德大通化隆同仁县府秘书，凡十余载。事亲至孝，名闻桑里，称为孝廉先生。凡求医者，无分贵贱贫富，皆悉心诊治，父老乡亲咸称其德。且药砭每效，医名久负邑中。先生精声律，耽吟哦，好秦腔，长书法，虽经浮沉坎坷而笔耕不辍，成诗千余首。先生为人诚朴方正，文不媚俗，才不炫人，乃至笔华墨雨长眠箧底，鲜有知者。暮年适逢知遇，文名始闻。爰有荫西诗选一卷问世。1988 年 5 月 28 日病逝于故里，享年八十有三。灿然而逝者，一方英才。谨以为铭。

1989 年 3 月

郭拉村小记

　　郭拉村位于县治近侧，河阴中段。土厚地肥，平畴弥望，宜稼穑，利农桑，天成一方乐土。

　　千载之前，此地尚属遐荒。自明季始，人烟渐稠。先民勤苦，刈莽斩榛，开渠引流，渐至垄亩连绵，井杵相望，果木繁茂，接第连户。里中多耕读传世之家，斯文熏染，村人率知礼仪焉。然则自古民有久安之心，史无长治之邦。近代以来，或战乱，或苛政，或乱命，乃至温饱恒足之时少，窘迫困苦之日多也。逮逢盛世，政通人和，麦菽丰稔，庭院修整，园圃葱茏，衣食无虞者已数十年矣。

　　夫民之勤勉如常，地之膏泽亦如常，而命途之休戚，何啻天壤，无乃治国者之责乎？民为邦本，其力固可以移山填海；然其无奈于时势之拨弄，犹扁舟之难御于海浪也。体恤苍生，勿以其弱而轻之。居上者不可不慎。

2011 年 10 月

愧无奇葩报春风

1958 年至 1964 年,我就读于贵德中学。校园幽静,师生纯朴。幽静和纯朴,是滋养心灵的甘露。我等历经沧桑而朴实犹存,其源盖出于此。概凡人格形成,犹如河流淘洗,中学乃河流上游。上游清,下游必不浑焉。欣逢母校七十华诞,谨以二十年前所撰贺词再次表达心声:绿在天涯思雨露,愧无奇葩报春风。

2012 年 10 月

在季风中逆行

第八辑　世博花絮

『今天遇上好人了』

安能摧眉折腰……

西藏给了一个惊喜

灵感来得正好

三十年的千面叶儿

"今天遇到好人了"

2009 年初夏,上海世博会青海馆的设计方案开始招标。上海水晶石数字科技有限公司副总裁季斐翀应邀来青海考察。工作之余,我和世博办的几位同事陪他去互助北山林区参观。

其时水晶石公司因为成功地设计了 2008 年北京奥运会开幕式的视觉艺术而名噪一时。但季总身上看不到大公司老总的骄矜之气。这位年轻的副总裁穿着随便,言谈质朴,一路上我们聊得很开心。

到了北山,车子进入朗士当沟深处停下,大家下车观赏山景。一处山崖下,几位土族妇女在兜售山货。走上前一看,是些山蘑菇、柳花菜、鹿角菜、蕨菜和大黄之类。没什么太亮眼的货色。有一位妇女手里拿的东西引起了季总的兴趣。

"这是什么?"他问。

"灵芝啊,老板。泡药酒的好东西。"这位妇女回答。说着把手里的东西递了过来。这块"灵芝"差不多有大碗那么大,土黄色,干透了,很轻,形状像一朵云彩。

我以前在此地的密林深处见过很多这样的东西,没人捡,说明不值钱。

"王老师你看看,这是不是灵芝啊?"季总问。我看了半天后说:"菌类植物种类很多,这个有点像树舌灵芝,我拿不准。就算是灵芝吧,季总你看,它已经长老了,完全木质化了,没有任何药用价值了。你拿它泡酒,泡上一个世纪都泡不出什么。不过你看这造型是不是有点意思?季总要是感兴趣,买回去配个底座,摆在写字台上,也是来青海的一个留念。"

季总听了频频点头。"这个你卖多少钱?"他问那位妇女。

这位妇女犹豫了一下,又迅速瞟了一眼身边的同伴,底气不足地开了价:"这个 80 块要哩,灵芝呗。"

一看这情景,我就明白,拦腰一刀,还她 40 块,就是个公道的价钱。

但季总不还价。他伸手从外衣口袋里摸出一张百元钞,递给妇女:"这个我要了。不用找钱。"

这位妇女喜出望外,脸上笑开了花:"多谢啊,今天遇上好人了。"

我们转身往前走。"哎!"身后有人小声招呼我,一个年轻媳妇快步上前,拽住了我的胳臂,"哎,你给那个老板说给个,我手里有好东西哩!"

"你看你这个媳妇,"我佯作嗔怪地说,"跟年长的人说话连个称呼都没有,就这么'哎,哎'地叫着吗?"

"啊哟,我忘掉了!"这位小媳妇用手捂住嘴羞涩地笑了,"我一急着忘掉了。羞死了,你嫑见怪。"

"忘掉了那就重新来。"我继续逗她。

她忍住笑,叫了一声"阿爹!"已经笑不可禁。定了定神,又说:"阿爹,你给老板说说,我手里有好东西哩。"

我问她是啥,她从衣服口袋里摸出一团塑料,打开给我看。是一块暗红色的东西,有腥气。

"这是鹿血。泡酒最好了,大补!"

"鹿是保护动物,你们好大的胆子,敢打了卖钱!想犯法吗?"我连真带假地吓唬她说。

"啊哟,阿爹!不是。我们家里没枪,拿啥打哩?这是石崖头上两个鹿打架,跌下来绊死的,我公公捡上了,庄子里人都知道!"

季总听见我们说话,转身回来,问我那是啥。我把小媳妇的话给他说了。季总问我:"王老师你看这是不是鹿血?"

我说我没把握。新鲜鹿血腥气重,现在干了,难以辨别,再说山羊血也腥气。

季总就问那媳妇,卖多少钱?媳妇稍一迟疑,就说:"这个得要250块。鹿血呗,大补。"

季总二话不说,掏出钱夹,抽了三张百元钞递过去:"不要找了。"

小媳妇高兴得脸上泛起了红晕:"啊哟,多谢老板!阿爹,我今天遇上好人了!"

转身离开时,我给季总说:"你买得急了点,是不是鹿血还难说呢。"

季总说:"管他鹿血羊血,拿回去泡上给老爸喝,他爱喝酒。"

我说:"季总,我感觉你今天买东西不是出于需要,你是义买!"

"义买不敢当,王老师!"季总诚恳地说,"我看她们挣两个钱不容易。几百块钱对我们无所谓,但可以让她们有一天好心情。你说对吧?"

2012 年 11 月

安能摧眉折腰……

那是 2009 年夏天的一个晚上，在市区一家酒店的小包间里，何厅长约请我和王贵如二人，他有话要说。老何时任省商务厅厅长、上海世博会青海馆筹备领导小组副组长，我和王贵如则是专家组组长和副组长。

灯光迷蒙之中，何厅长有些为难地、字斟句酌地开了口。他是个有经验的领导，处事圆通，但也不是在官场中见风使舵的人。我们交往才不过半年，就已感觉到他耿直的秉性。

但这一次，何厅长遇到了为难事。在确定青海馆主题的问题上，专家组的意见与省领导的意见难以统一。专家组确定的主题是"中华水塔三江源"，我们原本以为，这是最能代表青海特色的主题，得到省政府领导的认同乃是情理中事。因为此前已得到上海世博局的高度认可。

然而我们想得简单了点，这个主题在省长办公会上卡了壳。主要领导提出了"大美青海"这个主题，其他人不好多说。

从得知这一决定后，专家组的几位，就知道下一步的文章不好做了，我和搭档王贵如甚至有了抽身退步的想法。

灯光迷蒙之中，何厅长为难地讲完了省领导的要求，举起酒杯说，"两位先喝了这杯酒，听听我的想法。"

"我本人是什么意见，两位想必清楚，不必多说……但是，毕竟这是个大事，我们还得听从政府主要领导的意见。国情如此嘛。所以，是不是……把大美青海和中华水塔三江源这两个主题融合一下，融为一个主题？"

"不能啊厅长。"我几乎不假思索地开了口，"你也知道，奶子里掺水是很容易融合的；油里头掺水是无论如何也不能融合的。这两个主题的关系实际上就是水和油的关系，怎么融合？"

三人一时都无语。其实，要说的话，在许多场合已经说过了。几个月前，上海世博局国内参展部副部长钱伯金一行来青海考察，在听取了专家组对这个主题内涵的详细阐释之后，当场表示肯定，甚至都没有再说"继续加工润色"之类套话，钱伯金在会后半开玩笑地说，你们青海海拔高，水平也高！

为了能顺利通过上海世博局的验收，作为主题陈述的执笔者，我和老搭档王贵如已经费了大力气。但这都算不了什么，我们干的本来就是苦力活，如果说写得不够好，推翻重来也不怕。让我们自信的是，青海馆的主题，与其他省区的主题相比，其唯一性无可挑剔，它正好符合"以小见大，以简驭繁，突出一点，不及其余"的主题创作要求。这简直就是一个响当当的音符，无论在青海还是在国内，没有任何主题可以替代它。

我们坚持这个主题，还有一个原因。世博会虽说是个比拼创意和手法的盛会，但仅有创意还不行，创意由概念设计变成具体的视觉形象，离不开现代科技手段，那都需要真金白银的支撑。青海是个穷省，资金支持力度与发达地区相比望尘莫及，甚至也比不上任何一个不发达省区。所以，最终会建成一个什么样的青海馆,我们心里没谱,唯有这个主题本身是个亮点。

然而现在,凭空跳出了一个"大美"。这下可好,青海馆的任何优势都没有了。

"大美是青海的特色吗? 如果这个轻飘飘的'美'字可以代表青海的特色,又有哪一个省区能说不美呢? 西藏不美吗? 甘肃不美吗? 宁夏不美吗? 新疆不美吗? 如果各省区都按这个思路走,那还要'城市让生活更美好'这个总主题干什么呢?"我毫不客气地、甚至有点咄咄逼人地问何厅长。何厅长不语。

好几杯酒已经下肚,处在微醺状态的我越说越激动。"大美青海,这个口号前几年刚一喊出来,觉得还挺新鲜,喊得多了,现在的感觉呢,俗气! 老实说,大美青海与世博会主题风马牛不相及。这文章叫谁作都作不好!"

"是啊,让世界认识青海的生态地位,意义巨大,这跟展示大美青海显然不在一个价值尺度上。"王贵如接着说。

何厅长捏着空酒杯,用严峻的眼神望着我们。他没有计较我们的放肆,但也没有随声附和。这是个做事沉稳的人,以他现在的身份,不好和我们两个退了休的老头子一样无所顾忌地说话。但我知道,在骨子里,他有一些与我们相似的禀赋。

"喝酒吧,来,再来一杯!"

不知不觉之中,我们已经离开了今晚的谈话主题,随心所欲地聊了起来,十分放松而且投缘。何厅长的脸已经泛起酡红。他与我们碰完又一杯酒,说:"两位王老师,别看我是搞经贸工作的,我不是不懂文学! 你们知道吗,我一生最欣赏的有两句诗。一句是'断鸿声里,江南游子,把吴钩看了,栏杆拍遍,无人会、登临意。'另一句是'安能摧眉折腰事权贵,使我不得开心颜!'哈哈,一个男人,有这两句就够了。"

我大吃一惊。这是第一次见何厅长敞开心扉，直抒胸臆。我们遇到知音了。愣怔片刻之后，我模仿香港导演曾志伟的语气和手势，做了个夸张的动作："耶！"

2013 年 12 月

西藏给了一个惊喜

  仍然是在 2009 年,是夏末,仍然在上海衡山大酒店,世博局召开了第二次(也许是第三次)各省区联络工作会议。我和王贵如下午报到时,正好碰上钱伯金部长。钱部长精明干练,说话语速快,是个典型的上海人。寒暄过后,他急切地问我们:"你们青海的主题不是早就搞定了吗? 中华水塔三江源,多好! 怎么又改成大美青海了? "

  我们只好说,主题是省长办公会议最后确定的,领导自然有领导的考虑,专家组的意见是供领导参考用的,我们没有决策权。

  "嗐! "钱部长极为失望地叹了口气,"到现在为止,多数省区的主题陈述还是不合要求。真让人着急啊。我本来还想把青海的主题陈述作为这次会议的典型材料,下发给参会代表呢。怎么弄成这样! 拎勿清! (上海话:搞不懂)"

  从他的介绍中我们得知, 大部分省区的主题仍然反反复复定不下来,或者报上来之后不符合要求又被打回去了,这让世博局很着急。问题的症结就在于相当多的省区被传统理念所束缚，跳不出搞成就展的窠臼，总想搞大而全。有的省区，主题陈述竟然写了厚厚一本子，什么都想突出，其实什么也没有突出。这次联络工作会议，就是想再次耳提面命，呼吁大家颠覆传统的展陈理念，摒弃借世博平台来展示改革开放成果的错误想法。鼓励各地区在独特、新颖和单纯的创意上下功夫。

"我们现在就缺少青海这样的主题陈述。这个材料如果一下发，我相信会让其他省区刮目相看的，就等于在第一阶段青海赢分了！可惜！"

我们无奈地望着钱部长，一句话都没说。还能说什么呢？有些牢骚私下里发一发可以，但不能说给世博局的领导。

在上海仲夏的闷热天气和同样郁闷的心情中我们开会，听世博局的领导苦口婆心地阐述世博会的宗旨和理念，又听某一个省的专家在台上宣读用那些枯燥的数据和概念堆砌出来的、冗长乏味的主题陈述，我几乎要睡着了。

会议结束的当天晚上，世博局宴请全体参会者，我们例行公事般地坐在那里用餐，例行公事般地和前来敬酒的一拨又一拨人碰杯，甚感无味，又不好离席，只盼着有人早点宣布："宴会到此结束！"

有人在我肩膀上轻轻拍了一下。原来是钱部长，我们二人下意识地慌忙拿起酒杯跟他碰，谁知钱部长手里却没拿酒杯，他只是压低声音跟我们说："两位王老师，告诉你们一个消息：西藏的主题已经报了好几次，都被否了。今天下午又报了一个题目，叫作大美西藏！"

钱部长的金边眼镜后边，闪着复杂的含义。

"哈哈，太好了，感谢西藏，帮了我们一个大忙！"我不禁笑出声来。

西藏和青海的主题撞车了！真是天助我也。我们要立即把这消息反馈给有关领导，不待过夜。看看领导还有什么理由不放弃"大美青海"。

　　我们急忙找了个空杯子，给钱部长斟了一杯干红，结结实实地跟他碰了杯，一饮而尽，然后说："西藏的同志真是善解人意啊。简直是雪里送炭！"

　　回到房间，发完短信，心想，这个短信等于将了领导一军，这样做好不好呢？管他呢。嘴角浮起一个微笑。

2013 年 12 月

注：世博会开幕后我发现，西藏最后也放弃了"大美西藏"这个主题。

灵感来得正好

　　创作有时候要靠点灵感。灵感不是说来就来。有时如久旱之望云霓,苦等多日,消息全无。有时如电光石火,稍纵即逝。

　　2009 年年底,青海的主题已经确定,青海世博办一行六人去上海考察投标对象。其中之一是"上海第一视觉创意有限公司"。

　　"第一视觉"是国内有名的设计公司。公司总裁徐女士接待了我们,在听了我们对青海馆主题的阐述之后,表现出浓厚的兴趣,晚上设宴,继续下午的话题。

　　徐总看来是个性情中人,她坚持要按青海的规矩敬酒,"先客后主"。每只碟子放了三只酒杯,杯子很大,斟得很满。看那气势,想必是个善饮之人,这让我们有些发憷。

　　一来二回,主客互敬。五粮液开始发力。我感到思维渐趋活跃,说话也没有了拘束。但还没有太醉,话题仍然是有关青海馆的设计思路。

　　这时候徐总说话了(她喝得不少,但丝毫看不出醉意):"如果我们公司有幸中标，我想着在青海馆的一个局部，设置一个 LED 屏幕，做一个精短的视频，表现藏羚羊的命运和对生态文明的呼唤。具体内容还得你们来构想，毕竟你们熟悉青海嘛。视频内容又要深刻，又要简单。因为参观人流不可能在一个屏幕前驻足太久，最好不超过一分钟。"

徐总用期待的眼神望着我们。

五粮液的能量在全身燃烧，思绪如天马行空，越过可可西里、克什米尔，盘旋在黄浦江畔。这时候我的灵感来了，来得正好。我说："徐总我想好了。也许要不了一分钟，有半分钟就够了。"

我说用五幅画面就可以表达这个主题，每幅画面六秒。加起来刚好三十秒，三十秒是最容易让参观者注意力集中的。

我很快沉浸在自己所描述的画面之中了。

第一幅：一条薄如蝉翼的"沙图什"披肩铺满整个屏幕，披肩图案美丽，褶皱流畅。披肩中央，是一撮金币。这一幅图表达的是"沙图什"的名贵。

第二幅：金币变化为一只镶嵌着蓝宝石的戒指。巨大的沙图什不可思议地从戒指中轻盈地穿过。这表达的是藏羚羊绒毛无与伦比的纤维特质。

第三幅：蓝宝石戒指变化成一个枪口，镶嵌在戒指上的宝石变成枪口的准星。这表达的是以藏羚羊为第一环节的利益链条已经形成。

第四幅：倒毙在沙图什披肩上的一只母藏羚羊。刚产下的羊羔站在一旁，茫然地望着母亲。这表达的是什么，无需多说。

第五幅：枪口做 180 度旋转，准星在下。枪口幻化成一只天真的眼睛，准星则化为一颗泪珠。随即出现一个小女孩的全身（是富有现代感的一个城市小女孩）。她的泪水代表人类的良知。

最后我说，这个构思很简单，但不肤浅，以你们公司的高端技术水平，做出来一定好看。

　　徐总一直在凝神听我讲述。忽闪忽闪的眼神告诉我，她不仅十分欣赏这个构思的内涵，而且用专业人士的经验设想着这个 LED 展项的完美效果。最后，她微笑着审视我们每个人，毫不掩饰她的兴奋。

　　"哇，精彩，精彩！真没想到青海团队这么厉害。我要给你们每个人再敬三杯！"

2010 年 3 月

　　注：“第一视觉”公司最终未能中标，是为憾事。

三十年的干面叶儿

2010年3月，离世博会开幕还有90天，在上海，倒计时的氛围日益浓厚，青海馆的一些展项还在反复修改之中，紧迫感日甚一日。我在浦东新区一个居民小区入住快一个月了，这里有青海世博办租借的一套普通住宅，我们把它称为"青海世博之家"。

三月的上海，遭遇了"倒春寒"。阴雨霏霏，连日不开。我和同事们天天奔波，丝毫不敢懈怠。

有天上午，我如约去水晶石公司，和年轻的主创设计师王峰一起，构思青海馆的电影短片《母亲河出生的地方》。临近中午，幸而达成共识，基本框架已经清晰；下午，中标单位佳世公司的设计师金焰来找我，一起研究"格拉丹东雪峰上倒挂的冰柱"该怎么表现、用什么材质表现。苦苦琢磨了一下午，无果，暂且搁置。深夜，准备休息了，有不速之客造访。原来是上海伊清斋饮食有限公司总经理马学军。他满怀歉意地说，他们公司经省政府推荐，即将入驻世博期间的"中华美食街"。但世博局在审查他们申报的清真食品项目时,对"狗浇尿"一品提出质疑,报告未获通过,需要更名,否则"狗浇尿"就得退出申报名单。事属火急,所以他只好夤夜来访,想请我取一个不但雅致且有生活依据的名称,临时代替这个"狗浇尿"。

我一时给难住了,无奈,又先后打电话给青海的土族朋友和藏族朋友,把人家从酣梦中叫醒,先表歉意,再说缘由,希望从"狗浇尿"的民族语称谓中得到点启发。但仍然没有结果。

捉襟见肘之际,忽然来了灵感,我给马学军说,把"狗浇尿"改为"甘蓝饼"。我给他解释说,做狗浇尿饼子需要菜籽油,青海的油菜分三种类型:白菜型、芥菜型和甘蓝型。甘蓝型油菜植株高大,油质清香。你的报告中就说,"甘蓝饼"就是拿甘蓝型油菜榨出的清油做的。这个理由绝对能站得住,不怕审查部门挑剔。

马学军听后大喜,赶忙拿小本子记了,道谢,辞别。

送走了客人,我却睡意全无。躺在床上思忖:我这人能吃几碗干饭,自己最清楚,完全是出于偶然,被朋友推荐到青海世博办专家组。一进门槛才发现,工作之繁难,超过预期。我那点极其有限的生活积累和知识积累,远远应对不了面对的问题,颇有点"槽里没马驴当差"的感觉。一时浮想联翩,在枕上吟成一首打油诗(叫打油词才对)。次日打印出来,贴到了"世博之家"的墙报上。同事们看了,无不粲然而笑,有人当即找出移动硬盘,到电脑上把底稿收录了。

原文兹录如下:

浦东心曲
——王文泸自嘲

人说你头上的发,眼里的神,像几分渭河岸边姜太公。可惜你不是那个智多星。你本是烹文煮字一书生。架不住虚名,碍不过友情,把你逼进世博门。凭谁问：可有鲁班斧，造得了阿房宫？可有诸葛谋，摆得出八卦阵？有道是：西蜀无大将，廖化作先锋。甚荒唐：昨叹人垂老，今乃充壮丁。

苦思千百度，狂想入青冥，只为那江河源头水一泓。

心难静，耳畔常闻水淙淙。神难定，梦里依然雪纷纷。蓝本千回改，黔驴技已穷。你好比倒吊在半空中，把三十年的干面叶儿都吐尽。

人海里走，地铁里行。看周遭，黑压压尽是朱颜人。一片青丝对雪鬓，你恰似绿杨林中一孤松。不知享天伦，何事苦争春？

海风急，白发催，残腊尽。望穿秋水，看够浦东，只盼着竣工的锣一声。黄河南岸庭院深。门前鸟雀噪，小巷鸡犬鸣，一意儿迎候旧主人，还有你的尽孙孙。

题解：别相信哥，哥只是个传说。

2012 年 3 月

栽花栽柳,有心无心(代后记)

——答《党的生活》记者问

记者:王老师,您是怎样走上文学创作之路的?

王:我是个终身靠媒体吃饭的人,文学创作只是业余爱好。在青海,无论与我的前辈比,还是与后辈比,我的作品都很少。在当代作家普遍高产的今天,我的成果更不足以为人道。

但如果说,在不多的作品中,有那么一些篇章,为不同阶层、不同年龄的读者所喜爱,那我首先得感谢古老的汉语言文学源流对我的滋养,感谢五四以来中国现代文学传统对我的影响。我的写作坚持贴近真实的民众生活;一再体验着现实主义方法永不过时的魅力;醉心于中国汉字艺术典雅、精确和简洁的基本风格,并把追求这一文字传统视为一大乐趣。

上世纪 70 年代末,被称为文学解冻之后的春天。的确,短短的这几年时间,对于中国作家和文学爱好者来说,影响巨大。文学渴望回复本位的"自觉性",以及对刚刚过去的那个年代的怀疑和批判,恰好与意识形态领域里解放思想的时代要求相默契,从而大大提升了文学的社会地位。有太多的青年人在做文学梦,早已年过而立的我,也开始了我的文学梦。我所在的小镇德令哈,虽然偏陬不闻(后来由于海子的一首小诗,它现在很不正常地名声大振了),但聚集了一批和我一样怀有缤纷梦想的青年。物质和文化生活的双重贫乏,使得文学几乎成了唯一的精神寄托。每有闲暇,随便在哪个朋友家里,一壶热茶,一瓶劣质酒,都能使我们的文学沙龙热烈而持久。我们热议新近读到的某篇小说,也谈自己的构思,征询别人的看法。无论是否定或嘲谑,都无需担心对方不快。那是一段难得的切磋,它有利于缩短一个业余作者懵里懵懂走弯路的过程。

记者:您的人生对自己的艺术创作有何影响?

王:主要有两方面的影响。一是生活经历,那是我最初的创作源泉。我生长于青海农村,对穷苦、辛劳、善良而又卑微的生命状态体验之深,刻骨铭心。大学毕业后分配到民族色彩瑰丽的海西蒙古族藏族哈萨克族自治州工作,有了更多的机会下基层。有时在牧民帐篷里一住就是几个月,对他们的生存方式和生命状态有了比较深刻的体察。

当然仅有生活经历还不够,经历丰富的人多着呢。我的优势在于我对外部世界的敏感和细微的观察习惯。熟悉我的人都知道,共同经历过的一件事情,我的感受可能比别人更丰富一些。

二是职业对我的影响。媒体工作的特点不仅拓宽了我的视野,也培养了关注现实的意识。我的不少文学作品来自于新闻题材,是对题材内涵的二次发现。区别在于:新闻关注的是事实本身;文学关注的是人性冲突。用消息、通讯等新闻手段表现过的东西,还有很大的认知空间,这正是文学需要挖掘的东西,叫做新闻结束的地方,文学出发。

记者:您的创作分几个阶段?

王:大体可分三个阶段。第一阶段是上世纪 70 年代末到 80 年代初,受文学至尊至贵的时代氛围影响,我兴致勃勃地拿起了练习簿。我和文友王贵如合作,在省内各刊物发了一些习作。这些作品不仅艺术上显得幼稚,思想上也在刻意突出所谓时代精神,理念大于形象。

第二阶段是 80 年代中期,逐渐从概念化的模式中挣扎出来,去写自己对生活的独立判断,表达自己的审美感受。这期间作品相对比较多,良莠并存。聊以自慰的是,有些作品所见或许鄙陋,文字却不粗陋。我的写作态度极其认真,"文必逮意,意必逮物"是我对语言文字的不二标准。这一点让我终生受益。短篇小说集《枪手》就是那个时期的成果。

第三个阶段是 90 年代以后。我冷静下来了,也可以说是松懈下来了。其原因有两个。商业社会流行价值观所向披靡,社会大众的生活目标趋向于实利化和物质化,对我这样的文学爱好者来说,影响是消极的。二是我的工作性质有了变化。我当"新闻官"十几年,精力几乎都耗在周而复始的改稿审稿、制定宣传计划等流程之中,没有余力多写什么。于是"我告别了小说这种文体,告别了这种为了使虚构的故事更具真实性而需要耗费大量心力的创作方式",(摘自我的一篇序言)转向散文和思想随笔。我从虚构的世界中走出来,直接写自己的发现、怀疑、批判或是感动。弱势群体的窘迫,升斗细民的忧乐,越来越多地进入笔下。散文随笔选集《站在高原能看多远》中的绝大部分作品就是在这一时期完成的。我感觉找到合适的路子了。

一个人在文学创作中找到自我往往需很长的时间,也许始终找不到,这是很多作家的悲哀。

记者:请谈谈您对写作的主要见解。

王:几年前,我应《青海湖》编辑部之约,回答了同样的问题。为了省事,我把其中的主要观点直接移植到这里。

●除了日记,没有功利目的的写作是没有的。作者理所应当地对读者的阅读反应有所期待。期待目标由低到高,可分这么几个层次:

新鲜有趣。

认同。

感动。

深以为然。

高度共鸣。

振聋发聩乃至醍醐灌顶。

如果对实现上述目标中的任何一项都无把握,那可得考虑,放弃也许是明智的选择。

●时代性的迷茫与矛盾;群体的隐忧与梦想,弱者的挣扎与诉求,人性的卑琐与高贵,在作家笔下具有永不过时的价值意义。哪怕你的笔触仅仅划破了事物的表皮,其意义也胜过一切远离人间烟火的所谓深刻。

●坚守自己的个性天地和思考空间,不去凑热闹,这比一切技巧都重要。

●自己所看重的东西读者未必看重。过于私人化的作品,也可以写得很精致。但再精致的牙签也不过是个牙签而已。

●用孩童一样好奇的眼睛打量世界的变化,又用精明商人一样挑剔的眼光掂量其中的实际价值,这种习惯让写作者终生受益。

●相对于客观世界的无比丰富,我们所写的东西,不过是一鳞半爪;但一鳞半爪累积的效果,在一定意义上就是对社会生活的整体评价。

●许多题材,看似可写,其实不可写。一种是前人已经写尽、写绝,写到极致的东西(比如风花雪月);另一种是万人争抢、大红大紫的题材。

●许多题材,看似不可写,其实可写。譬如一条众人走熟了的小路,别人可能看惯了新脚印覆盖着旧脚印这一事实,你看到的也许是在鞋履的碰触下,路面上的砂砾依体积大小先后挪动的规律。

●作品发表出来,就进入和读者交流的过程,因此,真诚是绝对必需的,万不可敷衍读者。

●思想偏激不要紧(当然最好不要偏激)。能写出一点偏激,也比重复一种四平八稳可爱得多(出于宣传需要则另当别论)。

●赞成曾国藩的写作态度:媚俗的东西不写;违背自己良心的东西不写;不好意思让子孙看的东西不写。

记者:请说说青海大地对您的滋养。

王:我在这片黄土地上出生成长,直至终老。人格中一些最基本的禀赋就是这片土地给予的,比如诚实和质朴。融入城市后,生活观念变化之大,不啻脱胎换骨。但基本禀赋没有变。与我交往的人很容易从我身上发现这些特点,这就是我的精神胎记,在一些人眼里,可能显得有点老土。但我从来没想过把它打磨掉。让它伴随着我,免得迷失自我。

从某个角度看,生活像是跟人开玩笑。我在媒体干了差不多一辈子,无论以文学编辑、新闻编辑还是以"新闻官"的标准衡量,自谓资深,且无愧职分。而人们提到我时,一般不说"老编辑",只说"老作家",有点本末倒置的感觉。有时窃想,假如不是在繁忙编务中捉暇写了一点东西,那我今天就什么都不是了。这难道是新闻职业的悲哀吗?早知如此,我是否从一开始就该多一点清醒,不要太把专业当专业、太把业余当业余;敷衍着栽花,踏实地栽柳,也许今天面对"作家"这个称呼时能少一点惭愧。

但这实际上是不可能的。秉性已经决定,无论吃什么饭,我都不会敷衍自己的职业,哪怕它多么不被人看重。

2013 年 1 月